長谷川強著

近世文学考

汲古書院

序

本年五月に満八十歳を迎えるのを期に、小冊を編んで知友や資料閲覧で御世話になった向きにお見せしようと思う。私は我儘で怠惰、世間的な常識に欠けるところがあると自覚する者であるが、小学校以来多くの恩師・先達・知友の暖かい御教導・御世話を得たのには感謝の言葉もない。容れられず、理解されぬこともあったが、それは浮世の常であろう。往事茫々、感慨一入である。

私が中学に入学したのは昭和十五年、一九四〇年、この年は紀元二千六百年といわれて、神国日本という狂信的な時代の只中であった。その苦い時代を経て得た教訓は、時勢に流されぬ事、群れない事であった。そして驥尾に付さぬ事。その為に、学問の世界にも時に流行めいたものもあろうと思うが、それと無関係に、結果として自己の好いた事に遊んでいた嫌いがあろうと思う。そこに独善的であったり、磨きの足りぬところがあったりする事もあったかと思う。

私は平成八年に皇学館大学で「近世文学史の隙間」という妙な題で話をさせてもらった。今の文学史は飛石文学史で、その多くの隙間を埋める事によって文学史の見方が変る可能性のある事、それに留意しての研究の必要を話した。これは私自身経験した事であるが、八文字屋本を調べていた時、大体の見通しを得ても一つの資料を新しく見出した時、見通しを修正したり、新しく構築し直したりせねばならぬ事が起るのである。私はそういう隙間を埋める事に興味を見出した嫌いがある。大局を見通す眼力のある方には些事に拘わっているる思われるであろうが、それぞれの方面の研究に役立つ事があれば幸いである。

戦時中はもし西鶴のサの字でもいうと非国民扱いを受けかねなかった。今は女子学生でも廓や男色やら何の抵抗もない様子である。よい時代になったものと思う。しかし今や戦前に回帰しかねない傾向も見える。戦前の干渉やテキストの伏字やの時代への回帰は回避せねばなるまい。それに戦時中は右のような動きを肯定し積極的であった人は国文学界にもあったのである。自戒すべき事であろう。

又今は大学に対して、学外の人をも交えて研究への評価が行われているようであるが、それが右のような干渉に進まぬように切に望むものである。

汲古書院とは久しい御縁である。御礼を申したい。

二〇〇七年五月

長谷川　強

近世文学考　目次

序……I
其磧の方法一斑――通俗への路――……七
京都が育てた浮世草子――八文字屋本研究の現状――……二三
宝永の追随者――『浮世草子集二』解題――……四三
「仮名手本忠臣蔵」考――その成立と浮世草子――……八一
松　伐　り……九九
浮世草子と実録・講談――赤穂事件・大岡政談の場合――……一〇五
八文字屋本『風流庭訓往来』と黒本『敵討禅衣物語』……一二五
作られた笑い……一三五
小室家蔵『集古帖』『古絵本』――『百合若大臣』など――……一四七
パリ訪書行……一八三
「柳多留初篇輪講」続貂……一八七
語　釈　二　題……一九三
建部綾足の伊勢物語講釈……二〇一
刊記書肆連名考……二一三
補　訂　一　束……二四三
初　出　一　覧……二四七

経歴・著書論文目録……二四九
索　引……二六九

近世文学考

其磧の方法一斑

——通俗への路——

近世小説の流れは、『好色一代男』に到って全く新しい展望を開く。その鮮烈な印象の故に多くの追随者を生み、浮世草子の歴史は始まるのであるが、江島其磧は西鶴の後を承け、最も腕が立ち最も多作で、浮世草子の最盛期を支えた作者であるのに、その処女作『けいせい色三味線』（元禄十四年八月刊）など初期の作に、多くの西鶴作品の模倣・剽窃の跡を残していることが影響して、文学史上の彼の評価に歪みを与えているように思われる。

其磧は元禄の中頃に松本治太夫に浄瑠璃を作り与えた。「大伽藍宝物鏡」などがその作といわれる。その後八文字屋刊の絵入狂言本の芸評などに関係し、元禄十二年三月刊の『役者口三味線』以後役者評判記の執筆に携わるようになる。翌十三年三月に出た『役者万年暦』の開口を「芝居一代男序」と題して、東山の奥に七十有余の老人の話を聞くとするのは、『好色一代女』に倣う。『色三味線』の予告の最初は十二年十一月の絵入狂言本『京ひながた』に見えるものであるが、同時に「芝居一代男附タリ役者万年暦」予告があり、この頃が西鶴作を分析検討する準備期で、西鶴利用はここに始まる。それまでは専ら浄瑠璃・歌舞伎と演劇に親しんでいたのであって、西鶴とは小説執筆以前の文筆歴が全く異なるのである。そして役者評判記は、開口部に芸評へ導入する枠として構成の工夫が要るし、芸評部は合評という討論の形をとる。理詰な頭脳を要するわけである。其磧は西鶴のような感性派ではなくて理屈で勝負をする方なのであって、浮世草子が西鶴と異なった展開をとる事は予想された事態であったのである。

まず西鶴の模倣・剽窃の一例として、『色三味線』京之巻第二「花を繕ふ柏木の衣紋」後半は、柏木と深い仲の半六という大尽が藤六という大尽に隔てられ自由にあえず、やっと一日貰って女郎・太鼓を多数集めて騒いでいる座敷に名酒の樽が担ぎ込まれ、中から親父が出て勘当を申し渡す。この意外なものが酒樽から出現するのは『西鶴俗つれ〴〵』一の四により、揚屋座敷で勘当するのは『好色五人女』一の一による。柏木はすげなく半六に別れるが、その後藤六と口舌をし、以後女郎を替えて遊んでくれという。その狂わしい様子を見て物馴れた太鼓持が道理を説いて諫めるのに対し、柏木が本心を語る。半六が勘当されて死ぬ覚悟と見たので、不心中な様子を見せて落着かせた。子を勘当するのに遊里までわざわざ来てするのは、人に知られて恥じて以後長く来ぬように思案させる為であって長い勘当でないと思い、わざとつれない事をいった。しかし今までと同じ様に藤六とあっては、羽振のよい藤六に半六を見替たと世間にいわれ言訳が立たぬ。半六が勘当を許された時には、今までのようにあってくれという。一人の太鼓持が、やがて許される勘当と許されぬ勘当の別は如何と問うと、柏木は勘当するなら自分の家でひそかにしてすむ事であるのに、わざわざ揚屋まで来て大勢の中で勘当するのは懲しめとしか思えぬという。その後半六の勘当を許す使の手代が半六を探す辺が『一代男』一の四、許されて後半六・藤六二人が同じ太夫と枕を並べて遊ぶという辺は『一代男』六の七の剽窃である。西鶴の諸作を繋ぎ敷衍して女郎の心中物語に仕立てているのであるが、柏木が心底を明かす辺は歌舞伎の長ぜりふの述懐を思わせるものがある。全体にその時時の状況を丁寧に、悪くいえばくどく書込んでおり、柏木の言は太鼓持への返答を含めてまことに理詰である。西鶴利用といっても全く別趣の話に仕立てられているのである。

『一代男』の代表的な章の一つに巻五の一「後は様つけて呼」の六条三筋町の吉野の話がある。その前半は吉野が小刀鍛冶の弟子に仮の契りを許す話である。『色三味線』京之巻は島原に限るからこの吉野にまで及ばぬのであるが、江戸の巻第一「月にも増る高雄の紅葉」はこれに関連を持たせているものであろう。貧弱な銭見世の助四郎が、浅草観音に参って吉原で局遊びをする。その後太夫の揚屋帰りを眺めていて高尾に恋着する。どうにも及ばぬ恋と悩むが、金で自由になる恋であるから福を祈ろうと浅草の稲荷に毎日参るごとに小さい鳥居を納め、半年ほど祈るうちに高尾は身請をされてしまった。これは刊行前年十三年秋に水谷六兵衛に身請された高尾を指すのである。助四郎はがっかりして自害を覚悟して煮売屋で一盃飲んでいると、何ともいえぬ美人が通る。これが高尾で、夢枕に稲荷大明神が立ち、無銭で太夫をとは無理な願いだが契りをこめてやれとの御告で、夫に許しを得て来たと近くの別宅に導く。高尾は昔の姿になって盃をして、三味線・小歌で楽しむうちに立派な床道具を出して助四郎を誘う。助四郎は嬉しすぎて「もしや昼狐にばかされはせぬか」と般若心経を念じ眉毛を濡らすと、高尾は忽ち白狐となって社の方に隠れ、場所も水茶屋の床几に変った。「とかく仏神の力にも、銀づくの事はかなはぬと見へたり」という。最近の身請をも当込み、現実の高尾に疵の付かぬような形にして、吉野の話を書替えたものであろう。剽窃関係はない。原話の骨組を匂わせながら深刻さを避けた滑稽な話に大幅な変改をしているのである。

この吉野の話は、其磧の遺稿で元文三年正月刊行のやや安易な仕立の作であるが、『御伽名題紙衣』一之巻の島原の太夫吉野の、延宝六年に京北側芝居で嵐三右衛門・伊藤小太夫らが上演した「吉野身請」によったと称する話の第二章に『一代男』を利用して嵌込んでいる。そしてこの吉野の行為を揚屋が咎めたのに対して、吉野が「此里に住ながら恋も情もしらぬ人かな」と恥しめたとしている。その後其磧は更に話を展開させる。吉野の相手の大尽小倉屋源兵衛の太鼓持、役者の浅島弥三郎という色男が吉野を思い染め、三五という太夫に吉野への取持を頼むが、もし源兵衛に知れたら太鼓持として連れられぬようになり、弥三郎の為にならぬと吉野は承知しない。ある時大酒して大尽が寝入った時弥三郎は直接吉野を口説くが、大尽が不便がってくれる身は後暗い事はできぬと吉野は拒む。弥三郎が小刀鍛冶の弟子には許して自分を拒むのは情に依怙がある。鍛冶にあったのは後暗い事ではないのかというのに対して、吉野は鍛冶の弟子は醜男で賤しく貧しい、それが「不便さに目をふさいであふてやつたは本の情」である。弥三郎は「女郎の好風な色男」である。真の情であっても、世間の者は好い男だから大尽の目を盗んであったというであろう。それではいたずらになってしまうという。その時源兵衛は起きて、自分の目を忍んで鍛冶屋の弟子にあったと聞き、「うしろぐらい徒な女郎」と思い、弥三郎に金を与える約束で口説かせた。今は疑い晴れたという。随分しつこい話で、世之介が「それこそ女郎の本意なれ」と納得したのとは甚だ懸隔があり理屈っぽいが、西鶴は何が本意なのか説明しないのに対して、其磧は明確に説明している。そういうくどさを顧慮せず、その解釈が正しいかどうかは別として、彼なりにわかりやすく、含蓄よりは平明周到を心掛けるのである。

この章の前半、貧賤の者に情を掛ける事については、『好色二代男』巻五の四「夜の契は何じややら」に、六条三筋町の吉野に合せて、「大坂の夕霧は、座頭も一度は（身を任す）、これらこそまことのけいせいぞかし」とある。この夕霧の事は諸注に未考とするが、これに思いつくか否か、『色三味線』江戸の五「月に薄雲かゝる情」に、政都という座頭が吉原の女郎に可愛がられ、ある時女郎に按摩をしたが欲情を感じ、女郎が首尾してやって口堅めをしたのにすぐ口外し、偽りをいうと思われ客を失う話を書いており、後半部は、『色三味線』大坂の五「梅に名の鳥が啼東路の別」に、東路に太鼓持の留平と作政が恋をする。他の女郎がそれぞれ取持つが東路は作政に夢ばかりの契りを許す。それは留平は女の好く風で声がよく端歌の上手で口拍子がきくのに対して、作政はみっちゃで禿頭で背が低く片足が少し短い。留平にあっては女郎の方から好んであったと浮名を立てられ、情を知ってあってやった甲斐がなくいたずら者になる。作政は女のいやがる男で、そういう恋のできぬ男にあってやるのが情であるという。宝永七年八月刊の『野白内証鑑』二之巻八番「線悩卦」には、主人公の白人の前身は吉原の藤紫という太夫で、半トという大尽の太鼓持の竹市という三味線の名手に思いを寄せ、口説くが返事をしない。ある時大尽が大酒して寝入った時に竹市を口説くが、竹市は大尽に庇護を受けている身で後暗い事はできぬと従わない。女郎は珍しい一手を教えてもらい恋しい心の浮かぶ時は紛らわしたいといって秘伝を受ける。大尽は空寝入して聞いていたので、藤紫の心に満足するという事がある。『名題紙衣』はこのようなものを承けて書いたのであって、西鶴より得たものではない。西鶴より得た話に別の筋を付け加えて別趣の展開を計るのも其磧の一方法である。なお右の座頭に情の話については、『傾城禁短気』（正徳元年四月刊）三之巻第四「情ぶかい誓ひの海におはまりの男」に、野羅都という座頭が酔って小ざつという白人にしなだれかかり、すげなくあしらわれて三味線の弟子の高無しの三ぶに語る。三ぶは復仇を約束し小ざつを呼んで遊ぶが無理をいう。小ざつは察して丸め込んで実を吐かせると別趣に展開変形させもしている。

『傾城禁短気』一之巻第三「難波の太夫即身根引の成仏」は、大坂の有馬屋の山という大尽が茨木屋の半太夫と深く馴染み、零落して紙子姿で昼の新町を歩く。半太夫にあい、せめて姿なりと見て慰もうと毎日来るが、昔の情は忘れてはくれまい、自分もまことの思いは変らず、志ばかりを受けてくれよ、あれば何の惜しむ事があろうと一文を与える。半太夫は涙ぐんで、往来の人に恥じる様子もなくいただいて、禿に「大事のおあしぞ、よくとつておけ」と渡す。このところは『一代男』巻七の一「其面影は雪むかし」の高橋の事の模倣との指摘がある。西鶴は高橋のその様を「其見事さ、いつの世にか、又有べし」と評するが、事件としてはそれ以上の展開を持たない。其磧は禿に銭を取っておけといったのに続けて、「死て冥途へ行時六道銭となして、あの世迄お情をわすれぬ種に」といわせ、二世までの縁と思わせ、その後意外な展開となる。山は実は半太夫の心を試したのであって、感心して五十両を与えると、半太夫は「真ある一銭にはおとりし物」と道に蒔き捨てる。山は揚屋に行き、勘当を受けていたが親父が死んで家に帰った。太夫の心が以前と変らぬと見定めての上で妻にする積りで試したが、見事な心意気を見たのですぐに身請をという。ところが半太夫は姿をやつして試すような疑いの深い男はいやという。揚屋はこの不首尾を告げずに飲んで騒いで半太夫を借る間の時間を稼いでいると、半太夫から今日の客は田舎客で動けぬという手紙が来る。山は身請をするというのに半太夫が意地を張ってすぐに来ぬのにあきたらず、読んだらすぐに来るであろうと思って、来にくいなら身請もできにくい。身の程知らず様へと強い調子の返事をやる。半太夫はそれを見て、自分の気持はそうではないのにとしおれる。その日の客は都の吹出し大尽（古典大系注に銀座年寄とする）で、それを見て張合いで直ちに半太夫を身請して連れ帰る。山が、あわてて半太夫が来るであろうと待っているところへ半太夫身請の知らせ、後悔しても甲斐なしという。金銭をさもしいとする太夫に金を渡すという『一代男』の一事をもとに、全く別趣の長い話を仕立てており、深い仲の者同士が、互いに理解をしながら少しのきっかけで生じた気持のずれ、馴れた気持がさせた拗ね、そういう心理の綾をうまく描いてみせている。これはもう模倣というものではなかろう。(1)

始めに評判記芸評の討論形式について触れたが、対抗・論争的な趣向をとるのは其磧の得意とするところで、『野白内証鑑』一之巻第二番「隠膚卦」の白人は、美人で座の取持もうまいのに、よい引取手もなくいつまでも白人勤めをしているが、実は深い仲の情人がいてその男が支障となっているのである。その恋知という評判から全盛の身であるが、客にあうと、深間があって今月中は他に真の契りを交すまいと約束したといって情交しない。江戸から上京した材木大尽がこれを聞き呼ぶ。床に入ると高飛車に帯を解けという。女は実らしい顔をして帯を解かせて解いたらそれを種に何かわなに陥らせようとするのだろうという。男は解かぬと解くぞと手をやる。女は従わない。男は振られては男が立たぬ。面目が立つようにして床から出してくれという。女は私に心はないが、白人ぐらいに振られては一分が立たぬという外聞だけで帯を解けならやめてくれ、おもしろくないという。男は吉原の太夫にもまさる強い女郎だ。今年中は約束をして、その上で江戸にも連れて行こうと思うが承知してくれるか。但し自分は嫉妬深いからあう間はいやしくも男に物を云うなどは以ての外、親許へ手紙をやるにも自分の前で書くようにという。女も他の男に物も云わず、大切にしようという。そこで男は誓紙を望み、書きかかった時に、お前には大事に思う情夫があるそうなが誓紙を書いてもかまわぬかとやり込めて帰る。実はこの女には身体的欠陥があって、それを隠す為にわざと情人ありといって客に許さぬのだという。この遣取りが話の眼目の章である。

『風流曲三味線』（宝永三年七月刊）三之巻より六之巻末までは淀屋辰五郎闕所一件の当込みの長篇になっているが、その五之巻、佐渡屋の竹五郎（辰五郎に当る）は吾妻を身請しようとするが金策がつかぬ。悪手代の勘兵衛がお家の重宝の金鶏を盗むが紛失する。そこで浪人雁野外記左衛門の女房と竹五郎が姦通した事にして、竹五郎に雁野宛ての詫状を書かせ印判を捺させて、雁野に佐渡屋に持参させて応対に出た忠義な手代藤七をゆする。雁野は仕官の予定のところ竹五郎が密通したので重ね斬にしようとしたが、竹五郎が親への暇乞の為の猶予を乞うので許したのに、一向に音沙汰なく一分立たぬというのである。藤七は竹五郎を処分して雁野の妻はどうするかという。手討にすると答える。藤七、妻を盗まれるのは恥辱。密夫の詮義をするのは恥を触れまわるようなもの。仕官の妨げになろうから隠便にという。勘兵衛が差出て、隠便がよし。その代りに仕官の時には何百両でも用立てようという。藤七がこんな時に金の事をいうのは失礼というと、雁野は気には掛けぬ。言い分もっとも故沙汰なしにしよう。仕官の時は確かに用立ててくれるかという。藤七は勘付いて、竹五郎が危急の時に書いたにしては証文の筆の運びが正しく念入りに書いてあり、密通の時に大事の印判持参も不審、こちらから吟味せねばならず。まず貴方は家持か借家か、妻あるか仕官の話あるか調べるという。雁野は閉口して逃帰る。この応対などもよい例であろう。

この理詰な運びは、構成、筋の運びの巧みさになる。右の話の前後を記してみると、吾妻を近頃揚詰にしているのは手代の藤七だと聞き、腹を立て急に身請をしようとするが金が自由にならぬ。そこで勘兵衛が金鶏を盗んで竹五郎のところへ持参しようとする時に、竹五郎の妾のおらんの父親の医者花咲梅薫が訪ね、勘兵衛相手に新調の薬箱など見せて長話をする。梅薫は辞去したが、薬箱を忘れたと供の者を遣りおらん方に届けさせる。勘兵衛は小坊主に薬箱の風呂敷包を梅薫の供に渡させる。藤七が帰り勘兵衛に隠居虎安方への使を命じる。勘兵衛は金鶏包を持出せぬままに隠居方へ行く。藤七が風呂敷包を見付け開くと薬箱であるので下男に梅薫方へ届けさせる（同じような風呂敷包であったのでここですりかわっているのである）。勘兵衛が戻ると風呂敷包がない。あわてて竹五郎方へ。梅薫はおらんが竹五郎が近頃寄付かぬのに悩むと聞き、おらん方に来て脈などを見る。その時供の者が佐渡屋に忘れた薬箱包を持参、梅薫は目まいなどの時は薬をのめと指示して去る。おらんが薬をのもうと包をあけると金鶏である。勘兵衛の報告を聞いての竹五郎らの金の工面が右の密通証文の件となるのである。そして雁野が逃げ帰った後、吾妻が藤七に身請されるとの報告があり、主人の愛する女郎を請出すという事で罪に落そうとする。金鶏の事をまず調べると小坊主は風呂敷包を藤七が見ていたという。下男は梅薫のところへ藤七の使で包を届けに行き受取書を持つと見せる。藤七が勤を引く用意に金鶏を隠すと思い、隠居に訴えて虎安の前で両者の対決となる。勘兵衛は藤七が吾妻を身請しようとして手付を渡した事、金鶏を盗んだ事をいう。藤七は新町に行った事なし。金鶏をもし盗んだとしても勘兵衛が蔵に無い事を知ったのは不審と。勘兵衛は藤七が梅薫に預けた受取書ありと出す。藤七は薬箱の受取ならんという。梅薫が呼出され薬箱を藤七の方より持参の事は知らず、薬箱は娘の方に置くといい（梅薫は金鶏包を供の者が取って来たのを薬箱と思っており、藤七は薬箱と確めて梅薫が娘方にいる留守に届けさせている）。そこで食違いが生じている）、藤七の言が疑わしく思われた時、藤七はこの受取に風呂敷包とあるのに勘兵衛が金鶏と決めつけるのは不審、それを金鶏とする証人ありやという。勘兵衛は返答に窮し、転じて身請の事を責め吾妻の禿を呼ぶ。禿は請出すのは藤七という。藤七叱る。

禿はこれは藤七ならず。色白の女のような人が藤七という。おらんが出、吾妻との仲を絶たせ竹五郎を取戻さんと、藤七と称し吾妻を揚げた事、金鶏を質入した金を身請の手付にした事を告白し、竹五郎は勘当、勘兵衛は追出される。薬箱の間違いから事件を錯綜させ、対決の緊迫を描いて巧みである。

性格の善悪、気質の相違、運不運など対蹠的なありようの者を対立また併立させ、交錯させてトラブルで纏めるというのも同様の方法であろう。『商人軍配団』（正徳二年冬刊）巻之四の一「貧福の花咲分の兄弟が身体」二「過去の悪業身に積る雪の夜の酒機嫌」は、親の遺産を継いだ兄甚吉は大気で買置と吉原通いで零落し、弟甚九郎は地道に俵物商い、母に孝。母親の乞いに甚九郎は以後合力せぬ約束で二百両を融通するが、甚吉は一年たたぬ間に失う。母にねだり、母親は他の事に託けて甚九郎に五百目を借りる。甚九郎は事情を察し銀を渡して外出する。母は甚吉に銀を渡し雪の降る寒夜なので酒を飲ませて帰す。甚九郎は足駄で帰り歯にはさまった雪を落すと母に渡した五百目包が落ちる。共に天命を感じ甚吉は出家するという。

『軍配団』は発端に人の運を支配する黒白の玉を出し、以下をその作用と思わせ、その後篇の『渡世商軍談』（正徳三年正月刊）は手代の支配をする比叡山の大黒天を出し、善悪の手代、商売を競う手代と対抗の趣向を取る。このような纏め方の典型は気質物に見られる。

『世間娘気質』（享保二年八月刊）四之巻の一「器量に打込聟の内証調て見る鼓屋の娘」は、小鼓打の松林音右衛門が後継者にと思う息子は拍子の感覚が全く無く裁縫が得意、娘は女の手業は全くできず鼓の上手。しかしこの娘のおうめは美女で、薪屋の息子が見染める。入聟でなければ、法花宗に改宗せねばとの条件に家職も捨ててやっと結婚に漕ぎ付けたところ、おうめは疱瘡の為生まれもつかぬ醜女となるという。

同書の四之巻二の「胸の火に伽羅の油解て来る心中娘」は、二組の男女をからませる。勘当を受けて和泉国の堺でおばの厄介になっている弁七が、出入先の娘のおるいと通じ、妊娠させるが娘に縁談がある。二人で十二月五日の夜忍び出て心中の覚悟をする。ところが娘が血脈を忘れたと歎くので途中の小屋におるいを置いて弁七が引返す。一方年末の手詰りに困って老母を背負って夜逃げをした男が、雪の寒さに同じ小屋に母親を置いて近くの知人方に笠を借りに行く。笠を借りて戻り促す声を老母は耳遠く聞えず、おるいは弁七と思い出るのを背負って行く。弁七は戻って来て夜明けも近いと最期を急いで、おるいと誤認して老母を刺し自らも死ぬ。男二十二歳、老母九十一歳例のない心中と評判になる。弁七の母親はおるいを娘分に貰い男子を生ませ、おるいは北浜の米問屋と結婚させたが、夫婦仲よく男女十一人の子を生み、八十八の祝いまでしてめでたく往生したという。

『浮世親仁形気』一之巻三「野郎を楽む男色親父」の、武家奉公もした堅い父親と色茶屋を営む息子、その客で息子の金を盗んで遊ぶ親父と質実な商人の息子、二組の変った組合せの父子を登場させ、色茶屋の息子は父親の偏屈に困り、商家は不良親父に困るとするような例もある。

全篇を統括する趣向に工夫を凝らすのも其磧の特徴である。それは如何にも拵え物、虚構の産物と思われて、人生の真実とか写実とかを評価の規準とする立場からは、高く評価されぬものであろうけれど、技巧的な進歩を認めるべきであろう。その代表的なものとしては、宗論・談義の形に擬して色道論や遊興の駆引きを描く『傾城禁短気』がある。その前年に出た『野白内証鑑』は銭占いの趣向を構え、目録は男女の相性占いと、呼んだ野郎・白人が来るか来ぬかと占う役を兼ねる。本文は野郎・白人についての話の末尾に、以上の故に呼んでも来ぬとか来るとかの結びがある。

奇抜な趣向というと『魂胆色遊懐男』（正徳二年正月刊）と後篇『豆右衛門後日女男色遊』（同四年刊）がある。この作は西鶴の『浮世栄華一代男』との関連が考えられるものであるが、逢坂山の仙女に秘薬を与えられたこんだの大豆右衛門が、芥子粒ほどの身体になり、自由に他の男と魂を入替えられるようになるというものである。『栄華一代男』は窃視であって実行能力はないがこれは実行可能である。しかし当事者同士の関係や状況を知らぬままに事を起すので滑稽を生じる。初夜に花聟が事を始めようとする時に魂を入替えて、思うままに事を行って身体から退くと、聟は気が付いて事を始めようとして花嫁に嫌われ様子を伺っていた乳母にたしなめられる。あるいは男女の密会と見て男の魂と替ると実は姉弟であったという。卑猥であり、反モラル的な設定・描写もあるが、絶対にあり得ない非現実的な趣向であるから、深刻な読み方をしなければ面白い読物といえるであろう。

時代物は以上のような試みの後に位置する。『鎌倉武家鑑』(正徳三年正月刊)は足利頼兼家の御家騒動である。古浄瑠璃や歌舞伎の武将今川の話に、当代の歌舞伎・浄瑠璃でいろいろ肉付けをしている。最初登場の今川らの事件に、他の人物を登場させてからませて行くという形で展開を計るのは、浄瑠璃から得た手法であろう。御家騒動に巷説の柳沢騒動を匂わせ、撞木町の女郎今川にまつわる実際にあったトラブルを当込み、武将・女郎同名を趣向とし、逆臣討伐に赤穂浪士討入を当込む。欲張った作であるが当時の作としては構成緊密で面白い。

享保前半期までは主として歌舞伎狂言によって構想を立て、あちらこちらの趣向を借り改変するということをやっているが、後半期になると当り浄瑠璃の人気によりかかって、その見せ場を中心に改変することによって興味を呼び起すようになる。例えば『大内裏大友真鳥』(享保十二年正月刊)の所拠浄瑠璃は「大内裏大友真鳥」(同十年九月、竹本座上演)であるが、高村兼道の身替りに双子の助八の首を真鳥方に差出す。獄門にされた首を兼道の首と思って、その許婚者繪《かとり》姫が盗む。この首をめぐる助八の嫁のお作や近親者の葛藤が四段目の切、本曲の頂点であるが、其磧は双子を縑《かとり》姫とお作とし、真鳥の要求に対し姫と称してお作を渡し、お作は真鳥に抵抗し殺されるが、事情を知らずに兼道はその首を姫と信じ持帰るとし、お作の犠牲をその夫助八に納得させるように近親の者が努めると改変するのである。これらの作は題名と序文によって所拠作がわかるようにしてあるので、却って改変の自由を得、所拠作との距離を測りながら改変による面白さを出せるのである。

其磧の小説執筆は西鶴諸作の分析検討から始まった。カード索引を用意したかと思うほど縦横自在に利用している。しかしその間に全篇を纏める趣向や構成の技量を磨き、西鶴を離れた彼独自の特色を出すに到るのである。

柳沢淇園の『ひとりね』は享保九年の序を持ち、その言及するところは主として好色物であるが其磧に対する批評がある。上巻の二八（日本古典文学大系『近世随想集』の項目番号による）に、

色三味線・曲三味線類の二書は、古今独立の文章也。此風ていをよく味てかくべし。……きんたん記など、いづれもつゞきてよし。……すべて、其磧が文章には妙成所有と知べし。なにはのもと西鶴に出て、西鶴よりも又一だんあたらしき所あり。

という。同巻一一には、太夫は金に困っても「小判はびん水入のふたやら、酒は揚屋の井戸よりわくとのみ思ふ」平然とした風情でいるとあるのは、『曲三味線』一の一により、太夫が零落した男に心中を立て、無骨な客にも思いを寄せる風の応対をすることを褒め、二七には、「其磧がいひしごとく」として、茜屋の半七など心中死した連中も、死なずに夫婦となったらやがて夫婦喧嘩をするようになるというのはもっともだという。これは出所未考ながら、前掲の『娘気質』四の二の、心中死をするまで思い詰めた娘が、他の男と結婚して仲よく、多くの子を生み長生したという結びを思い起させる。これらは傾城の身の上や真情についての周到な記述、一時の情熱に動かされる男女の情に対するシニカルな観察――世間智といったものを評価しているのであろう。「古今独立の文章」は過褒とも思えるが、西鶴に出て一段新しいというのは、西鶴利用の事は承知の上でそれを超える長所を見出しているのであろう。

馬琴の『燕石雑志』巻之五上の七「西鶴附羽川珍重」の章には、「戯作の才は西鶴殊に勝れたり。但その文は物を賦するのみにして、一部の趣向なし」といい、其磧らは「西鶴が筆意に倣ひ、これを潤色して一部の趣向をたて」喜ばれ「その名を噪く」したという。その言には西鶴の作を含めて猥雑鄙猥といい、偏見が感じられるけれど、趣向の有無に西鶴と其磧の差を認め、人気を得た事をいうのである。八文字屋は後年には刊行書末に蔵版目録を付け、明和に浮世草子の版木の大部分を升屋に譲渡するが、なお『色三味線』など横本型の好色物を主とする作の版木は残していた。『色三味線』『曲三味線』『内証鑑』『禁短気』など後刷本の伝存するものが多く、『内証鑑』など改刻のある本が多い。『懐男』などは本の性質上披閲できる機会が限られ伝存本を確めにくいが、改題本も出ており、伝存本は本文・挿絵とも彫崩した本が殆どである。流布の様が知れよう。又『禁短気』流の、堅い本のパロディ、談義に仕立てる事も初期洒落本・談義本・滑稽本などに見られる。『懐男』については、前述の淇園の其磧評の後に、枕絵で「いつ見てもあかぬけしきあり」とするものの中に「栄花枕」「後日まめ右衛門」をあげる。後者は『懐男』後篇の『女男色遊』であるが、「栄花枕」も外題を「栄花遊び出世男」とする『懐男』かと思う。春画はないが慰みになる本という効用を認めている。『懐男』の影響は浮世絵に豆男物があり、末期浮世草子に豆女物がある。気質物は末期浮世草子に多く、上田秋成も手を付けており、三馬に特にそれに倣う作がある。明治二十年頃までは西鶴よりも評価を受けていた。

其磧の文には西鶴のリズムがない。平易周到で飛躍がない。西鶴のが連句的とすれば其磧のは舞台の役者の動きの一一を目で追うようなという感がある。しかし細密な叙述・描写という事はやはり技法としての進歩を認めるべきではなかろうか。模倣・剽窃については『野傾旅葛籠』（正徳二年正月刊）序文に、自分の作は西鶴の詞を借りて作ったものだから署名をするのはおこがましいという。反モラルの行為とは思わず、倣って及ばぬのを卑下する気味がある。思えば反モラルとすると江戸の軟文学の多くは非難されずばなるまい。構成の巧妙さという事は、初めに計画を立てその設計に従って趣向を布置したという感がある。西鶴のように一章の中で前後撞着を来たすという事がない。安心して筋が辿れるのである。躍動・昂揚の感では劣るが、これも技法の長を認めねばなるまい。

趣向の奇という事は、仮構の世界に遊ぶという事であろう。これを現実の世界を描かぬと批判するよりは、そういう遊びの世界を浮世草子に持込んだ事の功を称せられて然るべきであろう。『禁短気』の付会は遊びの上なるものなのである。『懐男』の非現実的な設定は性の文学と深刻ぶる前に一読哄笑を招く体のものであり、この他愛のないおかしさも読者を楽しませるものである。

当時の作品を考察・評価をする場合、当時の読者の嗜好や評価をも念頭に置くべきで、ひねった趣向と周到・細密の描写は高く評価されたのであるから、技法面の評価にもっと考慮を払うべきであると思う。そうすれば其磧も今少しよい評価を得られるであろう。また平明な叙述、筋の面白さ、遊戯的な気分、ナンセンスのおかしさといったものは其磧の作の通俗さを示すものであって、近世文学に通じていえる特質ではあるまいか。浮世草子の代表作者は西鶴であるという評価はゆるがぬけれど、以後の小説は西鶴よりは其磧に繋がっているといってよいのではないかと思う。(2)

注

（1）このほか、中国説話の利用については、神谷勝広氏『近世文学と和製類書』を参照されたい。

（2）京伝の『古契三娼』のおなかの住居について述べた箇所、「九尺二間の借家に畳四畳敷て。のこりの二畳はうすべりにてくろめ。腰張は三庄太夫の浄瑠璃本にてはり。さる程に哀也」を西鶴の『椀久一世の物語』上の三の剽窃である事を論じた先学の二論文がある。しかしこれは『椀久一世』を剽窃した其磧の『野傾旅葛籠』二の一の剽窃とするのが正しい。論の根幹が崩れるのであって、西鶴・其磧を原拠に擬する時に注意すべき点である。又「国語と国文学」平成十四年十二月号の棚橋正博氏の書評に、京伝の『風流伽三味線』の自笑・其磧の序文は『けいせい哥三味線』の丸写しである事、その子持ち遊女の発想の出所も『哥三味線』である事の指摘がある。後期の戯作者と其磧と何か通じるものがあったのであろう。

京都が育てた浮世草子
――八文字屋本研究の現状――

私どもが、長友先生にも御参加願いまして、八文字屋本研究会を作り『八文字屋本全集』の第一巻を刊行いたしましたのは、九二年（平成四年）の十月末、それから丁度八年、この十月（平成十二年）に第二十三巻を刊行、完結の運びになりました。それを機会に、長友先生の御縁でこんな立派な会でお話させていただきます事、まことに光栄に存じます。

現在中京区麩屋町通誓願寺下ルの通りの中ほど西側に「八文字屋自笑翁邸跡」という碑が立っておりますが、八文字屋本と申しますのは、その所にありました八文字屋八左衛門という本屋から出しました浮世草子の事であります。八文字屋は慶安（注）（一六四八―五二）に六角通大黒町（中京区六角通麩屋町西入大黒町）に浄瑠璃正本《しょうほん》屋として開業、万治（一六五八―六一）に麩屋町通誓願寺下ル町西側南寄に移ります。京都は伝統の町でありますが、浄瑠璃・歌舞伎は他都市にさきがけて花開いた地であり、浄瑠璃本の出版者としては二条通寺町西入ルの正本屋九兵衛、同じく二条通御幸町西入ルの鶴屋喜右衛門がありましたが、八文字屋はそれに次ぐ創業です。八文字屋の墓は富小路五条下ルの道知院に一番古いものが一基だけ残っており、過去帳・墓帳もありますが初期の事ははっきりしません。邸跡の碑にある自笑は二代目の八左衛門で、八文字屋はこの代になって発展いたします（なおこの人物は筆名が八文字自笑で、本屋としては八文字屋八左衛門、自らは八文字屋自笑と称した事はありません）。元禄には絵入狂言本を出して正本屋・鶴屋を凌ぎ、元禄十二年（一六九九）よりは新機軸の役者評判記を出して、そのスタイルが幕末・明治に至るまでの評判記の体裁・方法の規範となり、食物・名産・学者・戯作などいろいろの分野の批評のスタイルにも踏襲される程の成功をおさめる端緒を作ります。この評判記の作者が江島其磧《きせき》で、八文字屋がその才能を見込んで更に浮世草子の執筆を依頼して世に出たのが、元禄十四年の『けいせい色三味線《いろじゃみせん》』であります。

其磧は村瀬庄左衛門という、誓願寺通柳馬場角の両側を占めていた大仏餅屋の主人であります。大仏餅屋はもと方広寺の前にあったので方広寺の大仏の縁でそう称したのですが、京都の名物で金持の家でありました。金持の旦那の慰みとして浄瑠璃を書いて八文字屋に出させたりしており、そういう演劇好き、文才が八文字屋の勧めに乗せられたのです。

『色三味線』は大人気を得、浮世草子の歴史に一転機を作る作となりました。この挿絵を描きましたのが西川祐信であります。当時の住所はわかりませんが、享保頃の住所は柳馬場仏光寺上ル丁で、現在西川家の墓は中京区三条大宮西入ル妙泉寺にあります。作者・画者・出版者ともに京都人によって作り上げられたものであります。この成功の結果か元禄末年には八文字屋は同じ通りの東側北寄に移転いたします。商売の拡張を狙っての事と思いますが、この地に安永九年（一七八〇）の後半まで店を構えておりました。

『色三味線』の成功によって八文字屋は浮世草子に力を入れ、一方其磧の方は金持の旦那芸であったものが、家運が傾いて執筆に傾注せねばならなくなり、八文字屋と利益をめぐる争いを起して、江島屋という本屋を一時期開いたり、他の本屋に作品を与えたりもしますが、享保二十年（一七三五、一説翌元文元年）に死去するまで、大半の作を八文字屋に与えます。この間に八文字屋の方は其磧の作を有力な武器に、作者では西沢一風、本屋では菊屋七郎兵衛などの対抗勢力をおさえ、文才はなかったと思いますが、「作者八文字自笑」と其磧と共作の形を取らせます。そして享保（一七一六―三六）にはほぼ浮世草子界を制圧し、江戸に売捌店を通じて進出するという飛躍を遂げます。文学史に名の出ます『傾城禁短気《きんたんき》』（宝永八年―一七一一）や『浮世親仁形気《おやじかたぎ》』（享保五年）などの傑作がこの間に生まれました。また享保期には、浄瑠璃芝居繁盛の時期であった事に、江戸進出という事情もあって、時代物の作が多くなっています。

其磧が死んだ後、八文字屋は多田南嶺《ただなんれい》を代作者に、八文字自笑名で浮世草子を出します。南嶺は摂津国多田（兵庫県川西市）の出身といわれておりますが、当時神道・有職を京都を中心に教授していました。現在墓が東山仁王門の本妙寺にあります。その作品は演劇によったものが多く、才に任せて書流して出来不出来の差が大きいのですが、辛辣・皮肉、独特の味で読ませるものとなっています。

この間延享二年（一七四五）に二代八左衛門（初代自笑）が没します。その子の三代八左衛門は八文字其笑を称しましたが、作者の実はなく経営者としても父の蔭に隠れた存在でした。南嶺と祐信、それに其笑が寛延三年（一七五〇）に死に、孫の八文字瑞笑（白露、一時二代自笑）が浮世草子を執筆しましたが、明和三年（一七六六）に没し、八文字屋にも影がさして来ます。弟が当主となり、三代自笑を称しますが、明和四年には浮世草子の版木の大部分を大坂の升屋大蔵に譲渡（出版権の譲渡）、あと若干浮世草子を出版しますが、この自笑は蕪村門の俳人で、俳書を出版し、役者評判記の外に歌舞伎関連書を手がけます。しかし安永九年（一七八〇）に東洞院二条上ルに、天明三年（一七八三）に東洞院錦小路上ルにと移転するのは商売が順調でないのを示すようで、天明八年の京都の大火に罹災して大きなダメージを受け、大坂に移り、寛政（一七八九―一八〇一）には安堂寺町五町目の小家におりました。上方絵の人気絵師に関係をつけ、洒落本・江戸読本など新しい動きにも乗ろうとしますが結局同業者との競争に破れ、文化七年（一八一〇）に休業、帰京し、八年に大坂の本屋仲間を脱退、十二年の自笑の死去で八文字屋は没落いたします。

八文字屋の隆盛は、一に二代八左衛門の力によりますが、彼はアクの強い人物であったようで、その強引なやり方が牽引力になったのでしょう。新しい役者評判記はそこから生まれ、浮世草子の転機も彼によって用意されたのであります。

私共が今回出しました『八文字屋本全集』は、其磧が他店から出した作も含め、百五十七作を収め、その改題・修訂・改竄本などに解説を加えましたものが三十あります。浮世草子の歴史は『好色一代男』より天明初まで百年、年表にあげられるタイトルは六、七百です。八文字屋本は年数にしてその五分の四、明和・安永期の意欲が薄れたかに見えます時期を除きましても三分の二、作品数にして三分の一を占めます。そして質的にも其磧・南嶺は西鶴に次ぎ、西鶴によって大坂に生まれた浮世草子の人気を京都に移したのであります。この版元としては八文字屋、作者としては其磧・南嶺、絵師としては祐信、三位一体の活躍が、享保より明和までの浮世草子界を独占する事になりました。浮世草子の作者を代表するのは西鶴でありますが、その活躍は浮世草子の歴史の初めの十年ほどの事であり、成熟の時期を荷ったのは八文字屋本であったのであります。俳諧でも演劇でも、享保前後の時代が見直されて来ておりますが、小説においては正に八文字屋本の見直しという事が緊要の事であるのであります。

本日は「研究の現状」という題を掲げておりますが、八文字屋本の特質、後代への影響、その調査によって期待できる他分野の研究への寄与という事をお話いたしまして、御理解をいただきたいと存じます。

『けいせい色三味線』は西鶴にはじまる浮世草子の歴史に一つの区切をつける作になりました。この本は美濃判半截の横長に仕立ててあります。軽便な袖珍本で、五巻を京・江戸・大坂・鄙・湊と地域別に立て、各巻頭には島原・

吉原など主要な廓の女郎の名寄《なよせ》―抱主別に女郎の位を明記した詳細な名簿が付けられております。これらは先行した役者評判記のスタイルを移しているのですが、体裁や整然とした編成がまず新鮮な感じを与えます。そして名寄はまた以下の短篇を統括する大枠の役目を果しています。本質にかかわらぬ工夫ともいえますが、当時このような工夫を趣向と称しました。

西鶴の廓遊びを取り上げた『好色一代男』『好色二代男』などは、遊女評判記との関連が考えられております。『二代男』のはじめに以前の評判記の不正確・不公正を批判しており、その作は西鶴周辺の人物が実在の遊女にからんだり、遊女の性癖などが実在の遊女の事実と認められたりして、西鶴は実在の遊女の実際を下敷にして書いたという見解があります。しかし例えば『一代男』巻七の一「其面影は雪むかし」の高橋は寛文（一六六一―七三）頃の島原の大坂屋太郎兵衛抱えの太夫ですが、冒頭その容姿、物ごしを褒めた短文のあとの主題部は、世之介に心を残して、揚屋に赴きながら約束の客にあわずに帰り、怒った客の白刃に動ぜず、世之介の三味線で投節をうたうという話です。この部分は評判記の『難波鉦《なにわどら》』（延宝八年刊）六の七の「身代《みがわり》高橋」の項によるのですが、この高橋は大坂新町の延宝（一六七三―八一）頃の天神なのです。ただ同名なだけで利用をしているので、遊女評判記の不正確を批判しながら西鶴はこうした操作をしているわけですが、『難波鉦』の平板に比べて西鶴の方は文学になっております。西鶴は遊女評判記をそういう関係を持ちながら文学に高めたといえます。

『色三味線』は本文に登場する遊女と巻頭の名寄とには微妙なずれがあります。名寄にない女郎を登場させたり、名寄に名が出ていても例えば吉原の高尾の話は、稲荷に祈って高尾にあった男は実は狐に化かされていたという明かな嘘話になっており、時代を隠したり客を架空の人物とわかる設定にしたりしています。しかしずれはあっても詳細な現役女郎の名簿が付いていますと、読者はそこに現実味を感じるのではないでしょうか。『色三味線』は後年まで人気があり、六七十年後までも刷出されておりますが、この元禄末の名寄はそのままに付けられています。名寄にはそのような効果があったと思われます。『色三味線』は名寄によって、西鶴では関係を断てなかった遊女評判記から脱却して、廓話に虚構を弄する自由を獲得したといってよいのではないかと思います。これは小説の方法として西鶴を一歩進めたといえるでしょう。

次に語られている事件・挿話に西鶴の模倣・利用が見られ、警句や巧みな言廻しの語句の剽窃があります。西鶴作品の二部分を組合せて複雑な筋にしたり、新しく事件・事情を加えて意想外な展開をはかって、別趣の面白さを出そうとするのです。其磧の評価が下げられるのはこの模倣・剽窃という点であります。今日の感覚からは作家のモラルという面で忌むべき事であり、当時も褒められた事ではなかったのですが、それはモラルの問題というよりも作者の力量の問題と考えられていたようであります。

西鶴はかつては傑出した創意の作者とされていましたが、今日では多くの原拠が指摘されています。仮名草子の『古今犬著聞集』（天和四年―一六八四―椋梨一雪序）巻第三の「子士喧嘩《けんかの》事」は、同家中の十五歳と七歳の子供が喧嘩をし、大きい方が幼い方の頭をなぐります。幼い方は無念に思い四五日後相手の隙をうかがい切殺します。親は驚いて相手の親に断りますが、先方では却ってその幼い方を養子にし家を継がせたいといいます。しかしその子は、それは嬉しいが、今後何事につけても実子を思い出さぬ事はなかろう。ただ「義利に云迄にこそあれ」、人を討って生きてはおれぬと自害をした。「誠にためしすくなき事共也」というのであります。ませた人の心の奥を見すかすような事をいう子供ですが、そう書いてあります。西鶴の『武家義理物語』（貞享五年―一六八八）巻二の四「我子をうち替手」は、大代伝三郎の子伝之介十五歳と同家中の新参者七尾久八郎の子の八十郎十三歳が、丹後の切戸の文殊詣での時に鞘当から争い年少の八十郎が伝之介を討ちます。久八郎は書状を添えて八十郎を伝三郎方に送り処分を任せます。

討とうとする妻を押えて伝三郎は八十郎を養子にもらい、成人後娘と結婚させて家を継がせます。一時期八文字屋の代作者でもあった月尋堂の『儻偶《てれん》用心記』（宝永六年―一七〇九）一之巻六「乗物をのみこんだ男」は、菊村藪右衛門が主君の機嫌に触れ屋敷を取上げられ、新参者ながら重用されている松さき村太夫がその屋敷にいます。菊村の一子袖之助十五歳と村太夫の子小太郎十三歳が芝船祭で鞘当から争い小太郎が袖之助を討ちます。村太夫は逆らう妻に、武士の義理として主君の不興をかっている菊村に対し新参ながら羽振のよい自分が驕るのはよくないと諭し、家長《おとな》の七尾勘八を付けて小太郎を菊村方に送り、持参する書状の内見を七尾に指示します。七尾は書状通りに小太郎を連れて立退き、村太夫が子供を差出した、潔いという噂がひろまっているので菊村は泣寝入になり、これがもとで病死します。『犬著聞集』はその次の章が丹後宮津の話になっており、西鶴が宮津の事とするのはこの故で、『用心記』は西鶴を剽窃した語句があり、小太郎の退去先は丹後宮津であり、七尾という姓も通い、西鶴によった事は明らかです。『犬著聞集』は義理という観念の形骸化を指摘して面白いと思いますが、西鶴はこれを義理を重んじた話に変えて『義理物語』のテーマに合せたのです。その際西鶴は殺した方の少年の父親を新参者にしています。これは殺された方の父親の判断に影響していると解すべきでしょうか、少し舌足らずの感があります。月尋堂は両方の親の力関係を逆にし、妻にも子供を送る理由を十分に説明し、実は相手の行動を封じ自分の子も助け、騒動を未然に防ぐ、「武士のちりやくとは、こんな事をいふべし」といっています。「てれん」の主題に合わせて義理を策略に転じているのであります。非常に技巧的でうまく転換しておりますし、西鶴の叙述の不足と思われる所も補って説得的であります。なおこの話は赤穂浪士の実録、都の錦作の『内侍所《ないしどころ》』の後年の増補本『赤穂精義内侍所』『赤穂精義内侍所三考』などに神崎与五郎に関係する話として利用され、山崎美成の『赤穂義士伝一夕話』（嘉永七年―一八五四）にも採用、明治の赤穂義士伝の講談にも生きています。先行の話を模倣、あるいは挿話として取込むのは江戸時代には別に珍しくない手法となったので、わが国には古来本歌取という事がありましたが、正しく江戸時代の文学には先行作を如何にうまく利用し、取込むかという所に腕の見せ場があったのであり、そういう手法をも称して趣向といったのであります。其磧はその先輩として、西鶴を承けてそのような手法に最も巧みな作者、そのような道筋を付けた作者といえると思います。

一例をあげます。『色三味線』京之巻第二「花を繕ふ柏木の衣紋」の後半、信濃国の住人麻生殿の家来の下六《げろく》・藤六が上洛。この麻生殿・下六・藤六は『狂言記』の「ゑぼしをり」に出る名前です。弟の藤六は粋人で柏木を毎日揚げて大騒ぎ。柏木は一文字屋七郎兵衛抱えの太夫として名寄にありますが、客を藤六にする事によって現柏木でない事を示しています。柏木には深い仲の半六という客がいますが逢えなくなり、やっと一晩逢って銀を惜しまず太鼓持も数十人集めて騒いでいる時に、一石入りの酒樽が荷い込まれます。これは「下六藤六踊」（歌詞『落葉集』四にあり）という踊歌に下六・藤六が聟への祝儀に酒樽を持って来る事があり、それを匂わせております。ところが意外にも中から親父が出て来ます。この酒樽から思わぬものが出現するというのは、『西鶴俗つれ〴〵』（元禄八年）巻一の四「おもはくちがひの酒樽」に、博多の練酒屋に大坂の問屋より酒樽が届き、中には大坂で日夜男色・女色に酒の不摂生を重ね頓死した息子の死骸があって驚くという話により、息子と親父の転換をしています。親父は揚屋の座敷で衆人の前で勘当を申渡します。忽ち皆の態度が急変し女郎も愛想尽かしをいって去ります。この勘当以後の展開は『好色五人女』巻一の一「恋は闇夜を昼の国」の室における清十郎と皆川の話によっています。翌日太夫は藤六と大口説《くぜつ》、しかし狂気のように辻棲のあわぬ言動に不審を持った太鼓持の問に、半六に愛想尽かしをしたのは思いつめて自害をするのを防ぐためであり、廓から遠ざかると勘当も許されよう。しかし自分が藤六とこのままあっていては、羽振のよい藤六と勘当された半六を見かえたと世間に思われるから暫くあわず、半六が勘当を許されたら又あって欲しいと心底をあかし、勘当を許される見込ありという理由を問われ、大勢の面前を選んでしたのが一時の懲しめである証拠と答えます。半六はその心を知らず、伏見の友達を頼って暮らしますが、ある日昔の手代が勘当を許す使として半六を捜しに行くのにあいます。この勘当を許す使にあう辺は『好色二代男』巻一の四「心を入て釘付の枕」、藤六が聞いて尋ねて来て太夫の本心を告げ、その後は二人連れで同じ太夫と枕を並べてというは『一代男』巻六の七「全盛歌書羽織」によります。西鶴のいろいろの作の部分を繋ぎ転換をしているわけですが、酒樽を持込まれたところ、勘当を申渡すところ、揚屋の者の態度の変わるところと西鶴を比べてみますと、よく事情がわかるように細かく丁寧に書いてあります。太夫が藤六に心底を明かすところなど殊に丁寧に書かれております。これが反面理屈臭くくどい感じを与え、西鶴のような切れがなくなるというマイナスになるのでもありますが、抵抗なく平易に筋を通すという事になるのであります。

　全篇をまとめる大枠に工夫を凝らすのが趣向であり、一々の話に曲折をつけながらまとめる工夫も趣向であります。即ち構成の工夫であります。其磧はこの点で西鶴を抜くものがあります。西鶴利用は広くにわたり語句の剽窃も自在で、西鶴索引の用意があったかと思う程です。従って先行作を主題に応じてあてはめ利用するという西鶴の手法をも会得した事でしょう。其磧はその手法を巧緻に至らせた作者といえると思います。

　大和郡山藩の重臣の子の柳沢淇園《きえん》は元禄十六年に生まれ、其磧と同時代を生きた文人で粋人であります。彼の随筆『ひとりね』（享保九年序）に、「色三味線・曲三味線（『風流曲三味線』）類の二書は、古今独立の文章也。此風ていをよく味てかくべし。……きんたん記（『傾城禁短気』）など、……つゞきてよし。……すべて其磧が文章には妙成所有と知べし。なにはのもと西鶴に出て、西鶴よりも又一だんあたらしき所あり」（上・二八）とあります。大袈裟でありますが「古今独立」といいます。この前項には、其磧がいったように茜屋《あかねや》の半七（元禄八年、大坂千日で美濃屋三勝《さんかつ》と心中）などの連中を死なさずに夫婦にさせたらやがて夫婦喧嘩をして町中の騒ぎになろうというのはもっともだと書いています。「文章に妙成所有」というのはこのような人情の機微をついた言のある事などを念頭においたものでしょうか。いささかくどく、分別臭いように今日の我々には感じられる叙述、例えば前にあげた柏木の口説と真情の吐露というような所が、当時の粋人・教養人の賞賛を受け、西鶴以上といわれているのであります。

又近世後期を代表する作者として見直されています曲亭馬琴は、『燕石《えんせき》雑志』巻五の上に西鶴について、「人々今日目前に見るところを述べて、滑稽を尽す事は西鶴よりはじまれり」、「戯作の才は西鶴殊に勝れたり」といいながら、「但その文は物を賦するのみにして一部の趣向なし。八文字舎自笑、江島屋其磧、西沢一風等に至りて、西鶴が筆意に倣ひ、これを潤色して一部の趣向をたてたるもあれど」と書いています。西鶴は現実の描写は優れているけれど、一篇としての構成には欠ける所があるというのでしょう。西鶴の長所と短所をいい当てており、其磧等との違いは趣向の有無にあるといっているのです。

全篇をまとめる為の趣向、又筋をうまく運び意外の展開をはかる工夫、つまり構成に力を入れ、行文には委曲を尽して人情の機微に触れる、そういう点に当時の人は其磧の作の長所を認めているのでありまして、西鶴の鋭さを必ずしも評価していないという事は、それ以後の作は西鶴よりも其磧の方法の方へ流れたという事であります。西鶴は遊女評判記を文学に、町人の経済生活を文学にと、何を書くかという道を開いたのですが、其磧はそれをどう書くかという点で一歩を進めたといえるのではないでしょうか。

淇園が傑作とした其磧の『風流曲三味線』（宝永三年―一七〇六）は、登場人物に当時現役の人気役者、例えば坂田藤十郎を思わせる藤内という名を付け、言動を藤十郎の演技を思わせるように書き、『傾城禁短気』（宝永八年）では、男色・女色優劣論を宗論の形に、色遊びの諸相を談義・説法を真似て述べるという凝った趣向を立てます。そういうテクニックでは『禁短気』はこの時期の頂点となる作です。この『禁短気』の趣向は殊に喜ばれたようで、初期洒落本・談義本など本草書《ほんぞうしょ》や経典の体裁を真似たりもじったりしてまとめる作品があります。初期洒落本など相当知的な遊びの要素が強いもので、インテリにも受ける手法であったのです。このような事情に無理解であったなら、近世の小説史研究は作者とのすれ違いの連続となる事でしょう。

先に申しました『色三味線』の柏木の口説は歌舞伎の廓《くるわ》場《ば》を思わせるものがあり、『曲三味線』の歌舞伎色も申しましたが、其磧は正徳より享保には歌舞伎・浄瑠璃との関係を深くし、互いに刺激しあって題材面・技巧面での発展をいたします。『鎌倉武家鑑』（正徳三年―一七一三）は、足利頼兼の執権山梨子日向前司久国は小禄より追従により出世した者で、主君に男色・女色をすすめ天下の権を奪おうとします。今川備中守俊秀・渡辺早知らが対抗して遂に久国らを討つ長篇です。この足利家の騒動や今川の活躍は古浄瑠璃「今川物がたり」（寛文三年―一六六三）により、同じ頃の歌舞伎にも同様の配役のものがあったようですが、宝永・正徳頃には武将今川を活躍させる歌舞伎・浄瑠璃の上演があったのに合せての作です。この作は元禄末に伏見の撞木町《しゅもくまち》の女郎今川が吉原の女郎屋三浦屋に身請され、宝永に死別し、分与された金をめぐって親族とトラブルになったという実際事件があり、歌舞伎で「若後家卯《う》の花重《はながさね》」（宝永四年、都万太夫座）として上演されたのを結び付けて、男女の今川の混乱を趣向としています。しっかりした構成の長篇です。一方この作は殆どそのまま紀海音《きのかいおん》によって浄瑠璃化されており、それが「傾城無間鐘《むげんのかね》」（享保八年―一七二三）であります。なお『武家鑑』と同時に江戸の市村座で「泰平女今川」が上演されており、配役に一致する名があります。これを伊達騒動劇の古いものとする説があります。この歌舞伎と『武家鑑』の関係がはっきりしませんが、伊達騒動劇の成立を考える場合、『武家鑑』をも考慮すべきでしょう。

海音といいますと、一年前正徳二年に八文字屋から出ました『頼朝三代鎌倉記』は月尋堂の匿名作と考えられる源頼家に対する比企判官能員の謀反を描く作ですが、海音が「鎌倉三代記」（享保三年）という浄瑠璃をこれにより作っています。

歌舞伎・浄瑠璃の曾我物の系譜をたどるのは容易でありませんが、例えば其磧の『当世御伽曾我』『風流東鑑』（正徳三年）の工藤は悪人ではありません。これは同じ時に江戸の中村座で上演の「大飾叶《おおかざりかのう》曾我《そが》」の工藤が立役上上吉の村山平右衛門で、評判記の『役者座振舞《ざぶるまい》』に「敵役を実方にさする事、お江戸かぶき初つてない図」というのと関連があるのでしょう。其磧の『桜曾我女時宗』（享保七年）は女形の荻野八重桐が五郎を演じた「桜曾我」（同年）によるのですが、『女時宗』に出る五郎丸は頼朝の娘柾《まさき》の前の愛人で、五郎に対立する敵役ではないのです。歌舞伎でもし五郎丸が出ていても端役だったのでしょう。『女時宗』は近松の「出世景清」も利用しており、歌舞伎とは変改が加えられていると思います。人物の性根が演じる役者や小説の趣向の都合で変って来る。そして演劇・小説互いに影響しあって変遷するというような事も、曾我物の系譜をたどる時には留意すべき事でしょう。

其磧の享保前半期までの時代物は、歌舞伎によって構想を立てたものが多かったのですが、後半期には浄瑠璃に重点を移します。これは当時歌舞伎と浄瑠璃の力関係が逆転し、浄瑠璃で上演のものを歌舞伎で上演するようになった事、浄瑠璃本の出版が盛んで観劇に不便な土地でも読物として楽しめるようになった事、それにこの時期の浄瑠璃は作者として竹田出雲や並木宗輔がおりますが、「戯曲構成面での重厚・緻密さに関しては、近松没後の作者が、近松に優る。さらに、戯曲の底流にある、人間観照の深さ、テーマの深刻さ、この点において両者の間に優劣があるとは考え難い」（新日本古典文学大系竹田出雲 並木宗輔浄瑠璃集）という評があります。歌舞伎利用よりも緊密な構成の作を成す事が期待できたからであろうと思います。

出雲作の浄瑠璃「大内裏《だいだいり》大友《おおともの》真鳥《まとり》」（享保十年）は九州探題の大友真鳥の謀反を高村兼道が破る劇ですが、其磧は同じ題の作を享保十二年に出しており、序文に双子の趣向の人気浄瑠璃によったといいます。浄瑠璃では兼道と双子の助八の首を身代りに真鳥に渡すのに伴う葛藤がありますが、其磧は兼道の許嫁の縑《かとり》姫とお作の双子とし、お作を身代りとする事にし、人物の動静・関係をそれにつれて変え、浄瑠璃にはない二口の名剣を出し、それが真鳥が兼道を賤の女に生ませた子と知るきっかけとなり、自ら兼道に首を与えるという結末を導きます。

並木宗輔らの浄瑠璃「北条時頼記《じらいき》」（享保十一年）により其磧は、『北条時頼開分《さきわけ》二女《ふため》桜《ざくら》』（同十三年）を出します。「時頼記」は三浦泰村らの謀反の計と弓削大助と妹聟原田六郎をからませ、謀反の破綻に終りますが、大助は恩にからまれ謀反の一味になり、原田は大助に切腹をすすめますが承知せず、原田は首なし死体となって発見されます。原田の妻松世は義兄大助を狙い、大助妻幾世は妨げようとし、幾世・松世は姉妹ですが幾世は捨子と複雑で、大助は実は改心して原田に討たれ、原田は大助と称して謀反方に入込んだというような筋です。これを其磧は、就寝中の大助が首なし死体として発見されますが、実は花前という女郎に生ませた子の始末の為に外出し代りに寝床にいた家来が殺されたとし（この辺は近松作の歌舞伎「けいせいぐせいの舟」―元禄十三年―の趣向利用）、浄瑠璃が死者原田実は大助というどんでん返しの興味を狙い大助をあっけなく消すのに比べ、大助を生かして働かせ、花前という女郎を設け、人物相互の関係を複雑に、浄瑠璃より理詰で筋の通った作になっています。

一方浄瑠璃に八文字屋本を利用するものがあります。宗輔の「尊氏将軍二代鑑」（享保十三年）に、塩冶判官高貞が軍功の賞に皃《かお》よ姫を賜りますが、皃よは一度契ったが行方知れぬ男に心中立てをして暇を乞います。高貞の弟高則は家老の妻を無理に口説き兄に勘当されますが、実は彼がその男で、兄と皃よを結ぶ為にわざと勘当されようとしたという事があります。これは其磧の作『日本契情始《けいせいのはじまり》』（享保六年）に、玉藻の前を討った三浦の介は賞として美女千歳を賜り、千歳は内密の男ありと暇を乞います。三浦の介の弟和田五郎がその男で、家老の妻に恋慕し兄に勘当されます。宗輔はこれによったのです。ただ以後の展開は、『契情始』は島の千歳・和歌の前という傾城の起源の方に筋を運ぶのですが、浄瑠璃は師直が侍従を通じて皃よを口説き、侍従の夫が高則で、師直が口説いたのは実は皃よをえさに皃よに恋慕する公家を謀反に引入れようとする直義の謀を破る為であったとし、師直を忠臣とした、どんでん返しを繰返した複雑な作になっています。

塩冶判官・師直というとすぐ連想するのは忠臣蔵ですが、赤穂浪士の事件を塩冶・師直の事として文芸化したのは其磧の『けいせい伝受紙子《でんじゅがみこ》』（宝永七年）が最初です。赤穂事件を文芸化するのに、小栗判官・横山庄司の事とするのと塩冶・師直の二つの大きい流れがあり、宗輔の浄瑠璃「忠臣金短冊《こがねのたんじやく》」（享保十七年）は小栗系であります。この浄瑠璃は大人気でしたので、八文字屋では『伝受紙子』の塩冶・師直の名を小栗・横山に改め、枝筋を削って『忠臣金短冊』と改題して出す（享保二十年）というような事をいたしました。宗輔には自作に関係したこの本は記憶にあったでしょう。出雲・宗輔の「仮名手本忠臣蔵」（寛延元年―一七四八）が塩冶・師直の事件としたのには『伝受紙子』のヒントがあったと思います。この作には寺岡平右衛門やお軽の原型も見られます。

八文字屋本の後代への影響については、先に初期洒落本・談義本について少し触れました。なお一二あげますと、『頼朝三代鎌倉記』『鎌倉武家鑑』は五代将軍綱吉の下で小身者から十五万石余に至り老中の上座にあった柳沢吉保が、宝永六年正月に綱吉が死んでから、その子吉里を綱吉の落胤とし加担する大名と将軍職を狙うとし、井伊家を筆頭とする対抗勢力ありという俗間の噂を、鎌倉の世の事として小説化したものです。この吉保の事は実録として、『日光邯鄲枕《かんたんのまくら》』や『柳沢騒動』などが行われますが、八文字屋本の二作の影響が見られます。

また鳥居清経の黒本『思案閣《しあんかく》女今川』（明和四年―一七六七）は『鎌倉武家鑑』のダイジェスト絵本です。

八文字屋本で文学史でも注目されているものに『世間子息《むすこ》気質』（正徳五年）などの気質物があります。極端な性癖・性格を取上げ、短篇集をまとめ上げる方法として殊に八文字屋以後の末期の浮世草子作者が手がけ、若き日の上田秋成にも『世間妾形気《てかけかたぎ》』（明和四年―一七六七）などの作があります。『妾形気』序には、「八文字が草紙。其磧自笑の戯作多かる中に」といって気質物の名をあげ、彼の八文字屋本渉猟のあとがわかりますが、自らの作を「八文字が糟粕」といっております。その一之巻の二「ヤアラめでたや元日の拾ひ子が福力」三「織姫のぼつとり者は取て置の玉手箱」は、丹後宮津の浦島太郎の末裔の医者が龍女から玉手箱をもらい女の赤子を拾いました。この娘は夫を三人先立たせ七十になっても若い姿のままで、又二十五歳の聟を迎えますが、聟に情人が出来たのを悋気、聟は地黄煎《じおうせん》を玉手箱に塗って鼠にかじらせ妻を百歳近い老婆にしてしてしまう話です。これは其磧の『野白内証鑑《やはくないしょうかがみ》』（宝永七年）五之巻三十一番「久粧卦《きゅうそうのけ》」（この本は銭占いが趣向です）は、何人も妻に別れ老齢の筈なのに現役の野郎勤めをしている男がいます。昔丹後から来た浪人にもらった立波の紋のある皮巾着を腰にさげているのが怪しいとそっとはずすと、巾着の口から気が立上がり忽ち野郎は百歳ばかりの翁になったという結末です。秋成はこの話にあるいはヒントを得たかと思います。

山東京伝の黄表紙『御存商売物《ごぞんじのしょうばいもの》』（天明二年―一七八二）は、江戸の地本《じほん》の八文字屋本への勝利をうたい有名ですが彼の滑稽本の『指面草《さしもぐさ》』（天明元年）の序には「外八文字京伝」とあり、目録は八文字屋本風、本文に『子息気質』の影響が見られます。又彼の合巻『伉侠《おとこだて》双《ふたつ》蛺蝶《ちょうちょう》全伝』（文化五年―一八〇八）は南嶺の『勧進能《かんじんのう》舞台桜』（延享三年―一七四六）に大きく依っており、同じく合巻『濡燕子宿傘《ぬれつばめねぐらのからかさ》』（文化十一年）は其磧の『出世握虎《やっこ》昔物語』（享保十一年）で全篇の半近くの筋を立てています。

式亭三馬はタネ本として八文字屋本に目を付けていた一人です。滑稽本の『酩酊《なまよい》気質』（文化三年）は気質物を思わせる題名を付けていますが、合巻の『女房気質異赤縄《おつなえんむすび》』（文化十二年）『合鏡《あわせかがみ》女風俗』（同十三年）は其磧の『世間娘気質』（享保二年）中の九章を、人名・地名・風習等を改めただけでまるまる盗用したけしからぬものです。

明治になりましても、坪内逍遙の『当世書生気質』（明治十八年）、饗庭篁村《あえばこうそん》の『当世商人気質』（同十九年）があります。

私どもが作りました全集によって、西鶴以後の浮世草子の研究の進展に貢献できたら幸いな事ですが、浮世草子以外の研究にも役立つと思われる事の二三を指摘したいと思います。

まず演劇研究資料として。役者評判記は毎年一月三月に刊行され、前年十一月と正月の興行が主な対象となり、それ以外の興行にはわからぬものがあるのです。先に触れました『日本契情始』はその前年の九月に紀海音の浄瑠璃「日本傾城始」が上演されているのですが、『契情始』は浄瑠璃によっていません。ところが『舞台三津扇』（享保七年）という八文字屋の既刊評判記の開口《かいこう》（短篇小説形式の評判の導入部）を集めて短篇小説集のように仕立てた本は、前年閏《うるう》七月十七日に死にました大和山甚左衛門の芸歴を述べた章を巻頭に補っていますが、「去ゝ子の年……盆狂言……つゞいて日本けいせいの始りに、しやみせん引と成て、わかの前へ舞おしへらる、しこなし」とあります。評判記ではこの狂言の上演は拾えないのです。それが海音の浄瑠璃と前後して上演されているのです。『契情始』は序に「契情の始と看板して狂言する而已《のみ》」とあり、歌舞伎によったとはいっているのですが、浄瑠璃とは主要人物は全く異なり、『三津扇』によって、歌舞伎の上演時期がわかり、前に申しましたように『契情始』では島の千歳・和歌の前を傾城の始源としますが、歌舞伎はこれと関係があるようです。『契情始』は歌舞伎の「けいせいの始り」の内容を推測する手掛かりになるでしょう。

其磧の『安倍清明白狐玉』（享保十一年）の序には、「四季をり〳〵の替り狂言直に看版の題号日本霊場順礼の始り早雲芝居の仕組読本清明白狐玉五冊に編て」とあります。享保十年頃に京都の早雲座《はやくも》で「日本霊場順礼始」という狂言が上演され、安倍清明の登場するものであった事がわかるのですが、この上演も評判記には見えないのです。

この時期の歌舞伎の研究は進んでいるとはいえません。資料として役者評判記と絵入狂言本があるのですが、評判記は今申しましたように上演狂言のすべては拾えませんし、役者個々の演技はわかっても一狂言全体の仕組をつかむのはむずかしいのです。絵入狂言本は荒筋がわかります。しかし享保も後半期になると絵を大きく記事は上部に僅かという形式になります。享保には浄瑠璃の方に勢いがあり、歌舞伎狂言をそれをもとに仕組むようになりますが、浄瑠璃そのままではなく何らか変改を加えるようであります。原拠浄瑠璃と八文字屋本を比べてはみ出した部分、そこは其磧など作者の手腕をうかがう場であるとともに、歌舞伎の情報をもひそめている可能性があるのであります。

先に『開分二女桜』に触れました時に、首なし死体のトリックの事を申しました。このトリックは近世初期以来大いに愛読されました中国の裁判小説『棠陰比事《とういんひじ》』を源といたします。首がないと誰かを判断するのは着衣によります。それを誤認させる手段としたり、誤認したりして生じるトラブルが趣向として好まれ、顔の皮をはぐとか井戸にはめて人相を変えるとかいう変形もあらわれます。『二女桜』の時にいいました近松の「けいせいぐせいの舟」もその趣向の系列の一つです。小説・演劇を通じて好まれた趣向で、講談の大岡政談の小間物屋彦兵衛の話――病みふくれた首をさらし処刑したと見せて、冤罪の彦兵衛を救う――に至ります。私は他ジャンル・他作者を含めて三十ほど例を拾っていますが、八文字屋本は行われた期間が長いだけに、この趣向の使用もバラエティに富んでおります。そのような頻出趣向の変移の相を検討する役にも立つのであります。

次に、最初に其磧の作に西鶴の模倣・剽窃が多いと申しました。また後代の作者への影響の一端も申し述べました。後期の作者の十返舎一九は手当り次第に剽窃をして執筆活動をしておりますが、八文字屋本を利用する事が多く、原拠を西鶴に見出して論じたが、実は八文字屋本からの剽窃であったという場合など、論の信頼がゆらぐ事になります。これも八文字屋本に目を配る必要の一つです。

次に近世中期の上方語の語彙採集に役立つでしょう。この時期は上方語と江戸語の相互の交流もあったようであります。中村幸彦先生の著述集第十三巻には八文字屋本も例にあげてのお説があります。

次に挿絵があります。前期の多くは西川祐信が描いておりますが、西鶴の頃のものに比べて細部までよく筆が及んでおります。祐信は風俗絵本も多く出しておりますし、三巻本というと祐信筆の春画本を指すと後年まで通用しました。女性の風俗は殊に手なれたものであります。後期のものの絵師は名は知れませんが、慣れた筆で細かく廓や町の様子を描込んでいます。この時代の風俗・慣習・建築・器具、いろんな情報が得られます。当時の社会・生活を知る恰好の索引であります。

其磧は五冊一部の作の執筆料が十両であったという伝えがあり、八文字屋の専属のような立場であったのでしょう。南嶺も代作者として同じような待遇を受けていたのでしょう。上方の出版事情を考える一つの資料です。

八文字屋では版木に手を加え、再用・三用する場合が屡々あります。『遊女懐中《ふところ》洗濯』（宝永六年）という本は現在完本が伝わっていません。『色三味線』同様に地域別に五巻にしていますが、執筆に苦しんだらしく、第五巻を男色にあて、その半ばは評判記『役者口三味線』（元禄十二年）の版木に手を入れて再用しています。享保二年には役者評判と小説が合体した形の『野傾髪透油《やけいかみすきあぶら》』三巻を出しますが、その小説部は『懐中洗濯』前三巻の第二章以後の、一部は第五巻部分の版木を用いて首尾に手を加えます。更に享保七年には『けいせい卵子酒《たまござけ》』五巻とし、序章を加え中間の章に手を加え、第五巻の一部を除き末尾を改めて『懐中洗濯』の版木を用います。第五巻で除かれたうちの一章は『口三味線』の版木利用部分で、同じ七年刊の『舞台三津扇』の一章とします。版木利用の実体、商売優先の出版事情を知る実例がみられるのです。

又後期になると朝廷や将軍に関係する官職名、当時実在の人物に似た名を、刊行後間をおかずに改めるという事を屡々やっております。当時は組合を通して原稿を奉行所に提出せねばなりません。その許可を得る手続に遺漏があったのでしょうか。八文字屋は度々組合に一札を取られていますが、京都の本屋組合の記録が残っていますので、照し合せると出版事情を考える参考になると思います。

近世の文学史にはなお歪みが残っていると思います。第一に飛石文学史、西鶴の次は秋成というような理解。次に人間性の真実というような事を規準に、技巧面を軽く見る傾向があるように思います。第三にジャンルにより時代によって評価の尺度が動くように思われること、第四に明治以後東京が中心になりましたのと関係するのでしょう、文運東漸といって文学の中心が江戸に移ったとされるより後の上方の文学は殆ど無視の状態です。

八文字屋本を無視または軽視します事は、近世小説の歴史に欠落を生ずる事であります。また其磧は西鶴と比較して論じられますが、其磧を追究します事は西鶴の理解を深める事にもなるのです。八文字屋の時代物は武家社会のトラブルを扱い、歴史上の人物も登場いたします。しかし読本との関係についてはそれを遮断する説が認められているのが現状です。ところがその論を立てられました先生方は一方では八文字屋本に精通しておられる方であり、その故にその論が信奉される事にもなるのですが、大体そういう論を立てます時には一番手近を叩くというのが効果のある手段ではないでしょうか。西鶴から馬琴には直ちに繋がらないのです。読本の演劇利用も八文字屋本の修練の時期が前にあるのです。西鶴とは人間性の真実を離れた技巧に走ると切捨てられ、読本からは構成の緊密さという点で切離されるという事は、実は八文字屋本がその間を繋ぐ役割を果していた事を示すものではないでしょうか。

京都大学附属図書館には、時期的に浮世草子の末期頃の、通常は軽視あるいは無視されている作品がいろいろあり、購入された方の見識に感心いたしますが、現在の文学史の、江戸の作品の蔭になっております上方の作品の見直しという事も、殊に京都のお方にはお願いいたしたく、八文字屋本についてお考えいただく事がそのきっかけとなりましたら幸いな事に存じます。

注

岩瀬文庫蔵『武将花押集』（仮題）が慶安四年五月の六角通大黒町の八文字屋八左衛門の刊記を有し、現在確認出来る最初期の刊本である事を神谷勝広氏が指摘された（「八文字屋の慶安四年五月刊行書」上方文芸研究第三号—平成十八年五月）。

宝永の追随者―『浮世草子集二』解題―

本巻（天理図書館善本叢書『浮世草子集二』）は宝永期を中心とする四作品を収める。宝永期の浮世草子も横本の好色物は伝存本が少い。この期の中心作者は江島其磧と西沢一風であるが、前者は早印本の伝存は少いが後印本は割合に残っており、後者は伝存が少い。天理本においては、この両者についてはあるいは所蔵書なく、あるいは影印するには条件に欠けるところのあるもの、他に伝存する本が後印本のみであっても伝存の多き場合などの理由で採択されず、その亜流の四作を収める事になった。『けいせい風流杉盃』（推定宝永二年三月刊）『太平色番匠』（推定同六年前半期刊）『傾城銭車』（同年六月刊）『けいせい盃軍談』（正徳二年九月刊）である。しかし『杉盃』は前三巻の翻刻はあるが五巻完揃は天理本のみ、『色番匠』は孤本、『銭車』も五巻揃は他に海外に一本が知られるが欠丁があり、『盃軍談』も五巻揃は天理本のみと稀覯珍本を揃える事になり、それとともに期せずして宝永期の浮世草子界の動向のよき証言者として注目すべきものを集めるという結果になった。当時の浮世草子界は其磧や一風により方向づけられる事になり、大勢はそれによって把握出来るけれども、本巻所収の作品の検討によって、その把握は一層きめ細かなものとなる事が期待されるであろう。（注）

けいせい風流杉盃

五巻　合一冊　著者未詳　跋者未詳（自跋）　袋綴　鉄色表紙　縦一二・六糎横一八・四糎　四周単辺縦一〇・一糎横一六・七糎　一五行一行二一字前後　京之巻二八丁（一—廿ノ三十—四十八終裏）江戸之巻二八丁（一—廿ノ三十—四十八終裏）大坂之巻二八丁（一—廿ノ三十—四十八終裏）諸国之巻三〇丁（一—廿ノ三十—五十終裏）終之巻二六丁半（一—廿ノ三十—（四十七）表）　挿絵京之巻見開五面半丁一面（四裏五表・十裏十一表・十五裏十六表・三十一表・三十六裏三十七表・四十三裏四十四表）江戸之巻見開三面半丁二面（七裏八表・十四裏十五表・三十二裏三十三表・三十九表・四十六表）大坂之巻見開三面半丁二面（七裏八表・十四裏十五表・三十二裏三十三表・三十九表・四十六表）諸国之巻見開二面半丁三面（七裏八表・十五裏十六表・三十四表・四十二表・四十九表）終之巻見開三面半丁一面（七裏八表・十四裏十五表・三十二表・四十裏四十一表）　原題簽左肩双辺（原紅色カ）一〇・二糎二・三糎「契情風流杉盃《けいせいふうりうすぎさかづき》　三」　目録題「けいせい風流《ふうりう》杉盃《すぎさかづき》」　板心「杉盃京一の巻（江二の巻、大三の巻、諸四の巻、金五の巻）（丁数）」　蔵書印「羽州神山／増戸蔵書」「旭」「森竹」「待賈堂」「江戸四日市／古今珍書儈／達摩屋五一」「わたやのほん」他二　跋「杉盃を引跋のこゑ／色好まざらん男はいとさうぐ〵しく、杉の盃に／底なき心地すと、今の世のすい法師のいは／れし、是は尤と手を打上戸の中に因縁上戸／の吉平一人、むかしづくりのかたい口上にて、拙者／若年の時分承りしは、女はけいせいがよく、／盃は朱色と賞翫するは、もと愛染／明王の尊色をかたどり、赤きは色の最上／愛敬のあつまる所也、かるがゆへに一切の／男女の美質有をほめて、色といふは／此因縁なんめりといへば、法師完尓と／ゑみて、貴殿の一言は、東山殿の時代しだ／しといふもの也、今は野傾の艶顔に紅／粉をぬらず身に蘭麝をたかず、たゞ／うぶの風香をもてあそぶこと、今の世の／しやれ躰也、それにならぶ杉盃は、もと木／地にして、己が天然の美香を発す、是／けいせいの風俗ともいはめと思ひつくろは／ず有のまゝにかきあつめて、書の名とせし／なり、とりわけ遊里にをいて、盃の功挙／てかぞへがたし、喜怒愛楽《ママ》にをしわたり／て、興を引媒となれり、是を思へば、色は心／の入物、盃は酒をもる妙器にして、盃の外／に色もなく、色の外に浮世もあらじと／悟れば、さゞんざのはま松のこゑも、相生のひゞ／きをそへ、千秋楽の民のこゑも、神代からの／秘術を祝すとぞ」　予告「并ニなれてからしまりのよいけいこくの女むすび／新板風流けいせい口舌箱五巻／付タリあけて見て中にかけごの有野郎ぶた／第一ノ巻（庵木瓜ノ紋ト三味線ノ図）／当流そがの十郎心中とぶ心中とふたり持の虎が石／付タリ今の世のよしつね鼻の下の長い亀井の六が智恵袋／第二ノ巻（盃ト桜ノ枝ノ図）／水あげの七つ道具色のしろいむさしばうべんけい／付タリ家《ママ》と身を露に打ッにせきんひらがちからこぶ／第三ノ巻（冠ト尺八ノ図）／くるわの大よせに四つ門打やぶるたいこのあさひな／付タリ仕出しの光源氏五でうわたりのゆふがほのくらやど／第四ノ巻（鶏ト刀ノ図）／なさけをふく眉間尺かぶろにまはる三どもゑのかへもん／付タリ人をさかなにのむ酒てんどうじ丹波ごへに焼印のあみ笠／第五ノ巻（櫛ト藤ノ花ノ図）／南がしらに三枚がたの早かご打て付たり金札とわたなべ／付タリ請出されて関寺小町もとはもゝとせのうばがむすめ／一右之本五巻物に仕り近日出来申候／御しらせのためこゝに書しるし候此本は／めづらしきしゆかうに御座候間御覧被下候而／御買奉頼上候以上」　刊記「三月吉日」　識語（見返）「元禄十四年辛巳正月／役者品定役者略受状江戸巻／上上吉（紋）市川団十郎／中之上（紋）生嶋半六／右二立役之部／子役の／上〻吉（紋）市川九蔵／右子役之部団十郎悴之事也／按にあふむ太夫とみえしは岩井左源太／にはあらす哉と思はゆ其ならは生嶋半六／芸評の所にみえし猶可考也／（市川団十郎名左右ニ朱小書）団十郎うせしは宝永元年甲申二月十九日也芝居／は市村座狂言は星合十二段のよしいへりかゝれは宝永二／年の評判記に委しかるへし」

本書伝存本は他に㈠早稲田大学附属図書館蔵、京・江戸・大坂之巻の三巻合一冊の改装旧饗庭文庫本、㈡東京大学

附属図書館蔵霞亭文庫本、京之巻・終之巻の二巻二冊、原表紙、原題簽（「傾城風流杉盃《□せいふう□うすきさかづき》　二」「契情風流杉盃《□いふうりうすぎさかづき》　五」）存、㈢九州大学文学部国文研究室蔵、諸国之巻・終之巻存、改装本、京都府立総合資料館蔵諸国之巻一冊、原題簽逸の旧浮世文庫本がある。㈣後述野間光辰氏紹介に京都府立図書館蔵とある現本のみであり、合綴の折に他巻表紙は失われているが、原表紙・原題簽を残して珍重すべきである。

また本書改題本にケンブリッジ大学蔵『けいせい列女伝』五冊がある。原目録題の「けいせい」を残し、下半を削って「列女伝《れつしよてん》」と入木して改め、外題は「傾城列女伝」、板心は「杉盃」の字のみを削る。京之巻・江戸之巻を各二冊にわけ、大坂之巻は全四章の章題を掲げた原目録を付けながら本文は前二章分を一冊にするのみである。つまり京・江戸之巻と大坂之巻前半と、『杉盃』前半分を五冊に仕立ているのである。末に「定栄堂板行目録」一丁を付し、表に七部、裏に五部（共に小説なし）の書名があり、左の刊記がある。

明和八辛卯年春正月
心斎橋南へ四丁目
大坂　吉文字屋市　兵　衛
板行
日本橋通三丁目
江戸　吉文字屋次郎兵衛

右の諸伝本のうち早大本は明治四十三年十一月発行の近世文芸叢書第四巻所収翻刻の底本となったものであろう。元禄末の役者評判記は京・江戸・大坂之巻の三冊で完結するのが例であり、浮世草子にも後述の『けいせい請状』のように三巻のものがあるので、本書も三巻で完結と考えられて右翻刻も三巻で終っており、本書が五巻本である事の確認は昭和に至るまで行われる事がなかった。本書第四・五巻の存在については、増田七郎氏「『傾城風流杉盃』の第五巻」（「上方」第五号昭和六年五月）に前掲の東大霞亭文庫本により終之巻が紹介され、五巻本である事が指摘され、続いて野間光辰氏「『傾城風流杉盃』の第四巻」（「上方」第九号昭和六年九月）に京都府立図書館本諸国之巻が紹介されて全貌が明かになったのであった。

終之巻は天理本の他に東大本・九大本にも存するのであるが、三本とも跋は年記なく、『けいせい口舌箱』の予告の末に「三月吉日」とあるのみで、刊年・板元名がない。元禄十六年三月刊正本屋九兵衛板評判記『役者御前歌舞妓』大坂之巻、同年夏（野間光辰氏説）京布袋屋座上演の『日本八葉峰』及び同十七年（宝永元年）京都万太夫座二の替『けいせい白山禅定』の正本屋九兵衛板絵入狂言本に本書予告があり、板元は正本屋九兵衛と定めてよかろう。また本書諸国之巻には元禄十七年二月十九日に殺された初代市川団十郎の事があり、刊行はその後でなければならず、一方西沢一風作、宝永三年正月刊『伊達髪五人男』は雁金五人男を扱うが、その初巻の二に此の頃刊行の『風流杉盃』の五之巻に五人男の事を書くのを批判するような言がある。本書巻末の「三月吉日」はここにおいて宝永元年三月か二年三月に絞られるわけであるが、元年三月はあまりに団十郎の死と接近しており、一方『五人男』に此の頃という語感をも考慮して二年三月の刊と推定する。

本書予告の最初は正本屋九兵衛板『けいせい三嶋暦』末に所掲の左のものである。

みしまごよみ後日
傾城杉さかづき　丁数二百丁余 新板袋入ゑ入　五巻
付りてふどにたり今の世の新恋塚
并に無分別の三大尽

第一　揚屋町の諷初　（抑これは三大臣。松職によつて。腰をさすれば。千両の金箱座にみてり）
第二　情は嶋の特鼻褌　（行司なしにさあござれ。つがふ三ばんの名のりはなにと。八まん此みちの金いかり）
第三　江戸紫のふくさ物　（かやつりての口切。利休以前の初むかし。ふかひ御しんていは。ほりぬきのいどぢやわん）
第四　自由は西瓜の切売　（つまみぐひに。心中みする人さしゆび。ふたしてかくす。箱はしごの下ぶし）
第五　ほり出しの八景　（一年のすゝはらひ。ぬぐいぬいての色町。しつほりとのみ明せ瀟湘のよるの雨）
右之本近日出来仕候則三嶋ごよみのつゞき二而
御座候故御しらせのためこゝにしるし申候
　　二条通寺町西へ入町
　　　正本□兵衛新板　（国会図書館本による）

『三嶋暦』後日を称するからは、この予告を最初のものとしてよかろう。『三嶋暦』は『色欲年八卦』四冊を三冊に改編改題した本で刊年をしるさぬが、前述のように元禄十六年三月刊『役者御前歌舞妓』大坂之巻末に

　みしま暦ノ後日
一けいせい杉盃付リちやうどにたり今の世の新こひづか并ニむふんべつの大じんぞろへ
　　全部五巻絵入
右之本もまへかたより御しらせ申上候通追付出来仕候間御らんあそばされ御かひ可被下候かしく
　　（『歌舞伎評判記集成』第三巻により、振仮名を省く）

の予告がある。ここに「まへかたより御しらせ」というのは『三嶋暦』のそれと解してよかろう。それなら『三嶋暦』は従来小説年表にいう元禄五年刊ではなくて、元禄十六年初前後の刊と考えてよいのではなかろうか。『杉盃』の計

画は十六年初頃に立てられたものであろう。この予告で知れる事は、書翰体をとる『三嶋暦』の後日を称しており、刊本と大分構想に差があったであろう事が第一、題名は刊行時のものに比べて「風流」の文字がなく、この期の「風流」の字を含む題名の作は西沢一風作元禄十三年三月刊『風流御前義経記』の影響を受けた、古典のやつしか演劇色の濃い作であるが、その傾向を追う姿勢が見られぬのが第二、五巻の細目をしるすが、必ずしも刊行時のもののように地域により巻を分ける計画ではなく、題名に「けいせい」の文字を冠する事は江島其磧作元禄十四年八月刊の『けいせい色三味線』の人気が預る事大であるが、『杉盃』の場合は正本屋九兵衛板に『色三味線』より一箇月早い刊記を持つ横本三冊の『けいせい請状』があり、その方との関係を考えるべきであろう事が第三である。『請状』は今日伝存本が非常に少いが、元禄末・宝永初における評価は『色三味線』に並ぶものがあった（拙稿「その後の西鶴―受容・継承についての一考察―」浮世草子新考）。

次に『日本八葉峰』所掲予告（『歌舞伎狂言集』古典文庫三十一年三月参照）がある。『三嶋暦』後日を称し、題名は「風流」が入らず、各巻語りは『三嶋暦』所掲予告より少し省略があるが、全体として『三嶋暦』のものと同じとみてよい。

ところが『けいせい白山禅定』見返所掲のもの（『近世演劇集』大東急記念文庫善本叢刊近世篇7の影印により、振仮名とカットを省く。『上方狂言本三』古典文庫三十九年八月に翻刻あり）は注目すべきものである。

全部五巻近日出来仕候
新板ゑ入けいせい杉盃
付リ三ケノ津今の世の無分別揃
第一揚屋町のうたひ初

是はぶ思案の　　　　買込男
第二情は嶋の特鼻褌
是は無塩の　　　　雁金文
第三江戸紫のふくさ物
是は今の　　　　心中塚
第四自由は西瓜の切売
是は沙汰の　　　　夫婦川
第五ほり出しの八景
是は手管の　　　　名代娘（後略）

ここでは題名はなお変ってはいないものの、付りの文句が「三ケノ津」と地域別編成につながるらしいものに改められている。第一は当初以来の文言とほぼ同じと見てよく、刊本京之巻第一の話につながるものであろう。第二の文言は後半が雁金文と改められている事は、刊本終之巻の雁金五人男の構想がここに浮んで来たと見てよく、第三も後半心中塚と改まるは刊本諸国之巻第一にいう心中塚と関係があろうかと思われ、刊本に心中事件を多く扱うのはこの時点での構想変更であろうか。第四の「西瓜の切売」は刊本江戸之巻の第四と関係があろう。「西瓜の切売」は当初予告より見られる文言である。第五の「ほり出しの八景」は後半が色町より名代娘と遊里を離れる文言になる。これはあるいはこの間に「唐崎八景屏風」（元禄十六年五月）の上演があり、それより思いついての変更があったのかと思う（刊本では近江に関係のあるのは諸国の一の米屋心中が大津よりの米荷を詐取する事になっており、同じ諸国の三が大津の男と柴屋町の女郎の心中になっている）。

この『白山禅定』所載の予告はなお当初予告の文言に引かれるところがあり、必ずしもこの時点での構想を如実に反映するものではないであろうが、右のような変更は当初計画の修正とみてよい。そしてこの段階で三都地域別編成の構想が浮んだとして、付りの文言だけでは五巻に三都を当てるかのようにも解され、また雁金組の話は刊本では終之巻が当てられており、刊本諸国之巻第二に見える初代団十郎殺害事件は当時には衝撃的な事件であったろうから、右予告後に起ったこの事件を採るなど、更にこの予告後今一度構想の変更があったのが現刊本であろう。

刊本横本五巻五冊は京・江戸・大坂・諸国・終之巻になっている。右の予告では第二に雁金文とあり、第一―三巻は京・大坂・江戸と予定されたように見える。前掲『けいせい請状』は三巻とも刊記を有し、唯一の完本早大本の題簽の巻数表示は後人の墨書であって原表示を伝えるか否か明かでないが、それを信ずれば京・大坂・江戸の順に上中下とする。一方八文字屋刊評判記は京・江戸・大坂の巻序をとり、『けいせい色三味線』も京・江戸・大坂・鄙・湊の順に巻を立てる。正本屋刊の評判記も元禄末には京・江戸・大坂の順で巻を立てており、当初計画時は『けいせい請状』を意識しての「けいせい杉盃」との命名であったとしても、刊本においては三都の順序、第四・五巻の立て方、殊に江戸の事件を伊勢の事とし、京の事件を大津と関係付けるなどの細工をしてまで諸国之巻を立てるなどから『けいせい色三味線』の影響作である事を否定出来ぬものとなっている。

次に大坂之巻第二は明かに曾根崎心中を取上げているのであるが、徳兵衛が梯子下に忍び込み心を通ずる辺は近松の「曾根崎心中」の影響なる事は、諸国之巻第一に庄八・はるが心中の時土手町の遊びの様を聞く辺が「曾根崎心中」の道行による事をもあわせ考えて明かである。ここに「曾根崎心中」の人気に乗じて心中事件を多く取上げるように変更された事を察し得るが、平野心中（京の四）、米屋心中（諸国の一）、老人と若い女郎の心中（京の二、『風流曲三味線』にもあり事実か）、北野心中（諸国の四）その他の心中が取上げられる事になる。このうちおしゅん庄兵衛（また伝兵衛とも）の米屋心中（三本木心中）は殊に名高く、元禄十六年四月五日の事であり、同年四月都万太夫座上演「河原心中」、同時京早雲座上演「三本木河原の心中」、まず切狂言として上演され、同年五月に「唐崎八景屏風」劇中劇として上演された「心中半七三勝七年忌」（松崎仁氏「米屋心中の狂言と曾根崎心中」元禄演劇研究）など歌舞伎で上演され、十六年七月刊の『心中恋のかたまり』、翌宝永元年五月刊の『心中大鑑』にも取上げられている。次に前述のように諸国之巻第二に市川団十郎殺害事件を取上げる。荒事の開山といわれた人物の上に女舞との関係を設定するのは勿論虚構であるが、女を女舞の太夫とするは、団十郎を殺したのは実説では生島半六であるのを生島半七とする事とあわせ考えて、三勝半七の一件を結び付けているとみるべきで、三勝半七心中直後大坂の岩井座上演の「心中茜の色揚」以来色敵の金を械にしての圧迫が心中の原因となっており、それを裏返して趣向を立てたのがこの章と思われる。なお鸚鵡太夫が老母を養うために昼は芝居夜は売色とするのは、本書以前では『忠孝永代記』（宝永元年十一月序刊）に見え、歌舞伎では都万太夫座宝永三年二の替「けいせい安養世界」にも仕組まれ、後続の浮世草子『本朝浜千鳥』（同四年正月刊）『黛偶用心記』（同六年六月刊）『今様廿四孝』（同年同月刊）『野白内証鑑』（同七年八月刊）にも見られるが、元禄末年大坂の阿弥陀ヶ池辺住の女が、夫が江戸で死没したので姑を養うために売色の事実があったらしく（拙著『浮世草子の研究』第一章第二節二参照）、これをも結び付けているのである。終之巻の雁金五人男は元禄十五年八月二十六日に処刑されたが、浄瑠璃・歌舞伎に諸座で脚色上演された。これら実際事件を取上げ、また演劇界の動向にも注意を払い、あるいは歩調を合せるのは西沢一風の特徴であり、『杉盃』大坂之巻第二のおはつ徳兵衛の一件の展開に明かに一風の『新色五巻書』巻一の木屋の長蔵の話の影響が看取されるのと合せ考えて、『杉盃』構想変更は元禄末の浮世草子界の一方のリーダー一風の作風にならう事をも示すものであった。そこに題名に「風流」の文字が加えられるようになった理由があった。

本書は当初予告の第一は刊本京之巻第一の趣向とつながるものであるべく、第四の「自由は西瓜の切売」は前述のように江戸之巻第四と、同じ第四の「つまみぐひに。……箱はしごの下ぶし」は京之巻第四の三十七丁裏あたりの文言に痕跡をとどめていよう。しかし『色三味線』の五巻地域別巻立ての影響は米屋心中を大津に関係付け、団十郎と伊勢を関係付けて諸国之巻を立て、雁金五人男で終之巻を立てるという編成をとらせるに至り、一方「曾根崎心中」他の演劇の影響から心中や実際事件を多く取上げ、実事件を演劇の動向にあわせて取上げる一風の方法にならう事となり、題名に「風流」の字が加わるというような経緯で刊行に至ったものと考えられ、当初は独自の構想を持っていたのでもあろうが、結果としては一風・其磧の人気を如実に反映して見せる作となったのである。

箇々の章と先行作との関係については、『新色五巻書』との関係の一端は前述したが、『色三味線』大坂之巻四と『杉盃』江戸之巻四の乗替えた駕籠より革袋を得るとの関係は前述の野間氏紹介に指摘されている。西鶴との関係については拙著に京之巻第一と『好色一代女』二の一『西鶴織留』一の一、江戸之巻第一と『織留』三の四『武道伝来記』七の一を指摘している。なお京之巻第一は『好色盛衰記』三の二の三大尽のやつしとの野間氏の御見解がある。管見とは異なった角度からのものであるから併記しておいてよかろう。

本書に予告の「風流けいせい口舌箱」は『色三味線』に予告された「好色一代曾我」の行き方にならうものであろう。そして「一代曾我」の計画は一風の古典のやつしを一層好色物に近付けるように立てられたもののようであるが、「口舌箱」は好色物を曾我・義経・弁慶・金平・朝比奈・光源氏・眉間尺・酒呑童子・渡辺綱・小町と様々の人物に結び付け、野郎遊びをも扱う計画であった。一風・其磧の影響を受けた当然の志向でもあろうが、趣向倒れに終ったようである。

本書京之巻第一は当初計画と関係ありと考えられ、巻頭第一の章であるから作者も自信のある話であろう。これを見ても作者は技巧派で達者な筆力の持主といえる。本書は当時の佳作といえよう。しかしその技巧ゆえに一面不自然さのある事は否定出来ない。団十郎の話が伊勢の事になり、荒事師が女舞の太夫と関係を持つ、五人男は当時既に世間の噂に上っていたであろう淀屋と結び付いて文七を淀屋の手代の子とするなど、当時の実事件を扱う演劇・小説は勿論事実そのままを伝えるのではないが、事実を標榜し、またその目で見られ読まれていたのに、本書はその点技巧を弄し、筆を舞わせ過ぎたきらいがあり、前述のような一風の批評も生じたものと思う。

本書作者については野間氏は其磧・一風を擬し、後に「傾城風流杉盃作者追考」（「上方」十二号昭和六年十二月）で一風を否定しておられる。私は『けいせい請状』と同じ作者ではないかと思う。それなら其磧が後に八文字屋と確執に及んだ時、『役者目利講』に従来の経緯を暴露した中に、『役者口三味線』に人気を得て正本屋九兵衛方からも執筆を頼まれ、両方兼ねての執筆も出来ず円水に頼んだという増田円水あたりがその候補者かと思うが、なお推測の域を出ない。

本書は一風・其磧によって作られた流れに結局は乗った形で刊行された作であるのであるが、前述のように本書より後出の『伊達髪五人男』において一風は本書の五人男叙述に批判的な言を吐いている。一風がさような態度をとる事は、彼が本書を無視出来ない、その作者を競争者・対抗者として意識しているという事を示すものでもあるだろう。本書と『伊達髪五人男』との影響関係については拙著『浮世草子の研究』に述べたので再説を避けるが、逆に一風への影響が見られるのである。また其磧の浮世草子第二作『風流曲三味線』（宝永三年七月刊）との関係については前掲野間氏の紹介中に触れられているが、なお二三あげてみよう。『曲三味線』一之巻発端の野傾優劣論は本書大坂之巻第四が先行（野間氏御指摘）であるが、これは『役者口三味線』（元禄十二年三月刊）大坂之巻に男色好と女色好の鞘当があり、その系列の優劣論は宝永期の浮世草子の流行趣向の一となるのであるが、本書もその流行を誘う一存在となっている。本書京之巻第二の老人と不相応な若い女郎の心中の噂は『曲三味線』三之巻第二の九十近い親仁と十四の少女の心中志願と関係があろう。京之巻第三の深い馴染の男のある女郎を坊主が身請し、愛人方に逃げられるのは、『曲三味線』二之巻第四、本書京之巻第四の心中しようと女の用意した相口は実は火吹竹、紙屋川原で心中しようとして見張の男ら数十人に取巻かれ、男を兄と偽り女を奉公に出すという辺は、『曲三味線』二之巻第五の女を姪と偽る事、心中に出て女と間違えて惣嫁をつかまえる滑稽、心中しようとして見張の男らにとめられる事などと関係があろうと思う。宝永期の浮世草子は一風・其磧がリードするけれども、その影響作はまた逆に一風・其磧に影響を与えるという動きの繰返しの間に、時代の特徴が作られて行く事になるのである。

太平色番匠

五巻　合一冊　著者未詳　袋綴　改装後補表紙薄茶色地に小判・一分金を散らし刷　縦一二・三糎横一七・五糎　四周単辺縦一〇・二糎横一五・二糎　一五行一行一八字前後　巻一―一三丁半（見返・一―十廿―三十三終裏）巻二―二五丁（一―十廿―卅五終裏）巻三―一九丁半（一―五・四・五・八―十廿―廿九―（三十）表）巻四―一五丁（一―十廿―廿五終裏）巻五―一四丁半（一―十廿―廿四裏・奥付）　挿絵巻一見開四面（見返一表・一裏二表―「色」字は後人による朱塗抹あり―七裏八表・廿五裏廿六表）巻二見開二面半丁一面（四裏五表・廿二裏廿三表・卅二表）巻三見開二面（四裏五表・廿四裏廿五表）巻四見開二面（四裏五表・廿一裏廿二表）巻五見開二面半丁一面（四裏五表・八表・廿二裏廿三表）　原題簽左肩双辺九・八糎二・二糎「（太平）色番匠　二」　目録題「太平色番匠」　内題「太平色番匠」　尾題（巻一―四存）「太平色番匠」　板心「色番匠巻一（―五）（丁数）」　蔵書印「兎角菴」　広告・予告「鎌倉比事と申全部六冊／是は最明寺殿一代の公事の裁判を／先年板行いたし殊外おもしろき物ニ候／白闇色挑灯／附男女当世百草染と申物／あと

より板行仕候」　刊記「書林／難波　海原亭／江府　月花軒／三条縄手下ル町／花洛　山陽堂」

本書は他に伝存本を知らず、昭和初までの小説年表類に見えず、ただ右記の蔵書印でわかるように果園文庫旧蔵本であるので、『果園文庫蔵書目録』に登載されている。

本書奥付には刊年月がなく、板元三店名が通常の屋号でしるされていない。『子孫大黒柱』には本文末とその奥に左の刊記と広告がある。

江戸日本橋南一町目
書林　須原屋茂兵衛
己宝永六年　大坂平野町
丑林鐘吉日　象牙屋三郎兵衛
京三条大和大路
橘屋次兵衛（本文末）

当流全世男《たうりうぜんせいおとこ》并東土産《あづまみやげ》　全部五冊
来ル七月十六日ゟ本いたし申候
その跡ニ
白闇《しらくら》色ぢやうちん付リ男女《なんによ》百草染《ひやくさうぞめ》　全部六冊
先達而出シ申候
鎌倉《けんさう》比事《ひし》　全部六冊
是は寂明《さいみやう》寺殿《しとの》公事《くじ》のさばきをしるし申候

又
太平色番匠《たいへいいろばんじやう》　　全部五冊
是は当世《たうせい》すいな事をしるし板行《はんこう》ニいだし申候
御求《もとめ》なされ御覧《らん》可被下候以上　（奥）

これによれば本書は宝永六年六月には既刊である。一方本書奥には『鎌倉比事』を「先年板行いたし」という。『鎌倉比事』は宝永五年三月に橘屋次兵衛より刊行された。従って本書刊行は五年三月以降六年六月の間であるが、五年三月刊本を「先年」板行というところから六年前半期の刊行と推定する。三店は右『大黒柱』に名を連ねる三店であり、『鎌倉比事』は橘屋が板元であり、本書奥付にも橘屋に当る山陽堂にのみ住所を詳記しており、橘屋を主板元とする右三店の刊行と考える。

本書は巻五の二初めに素堂の旧庵の事をいい、俳諧師の手になるかとも思われるが、演劇色が濃く、殊に其磧の『風流曲三味線』（宝永三年七月刊）の影響の強い作である。『曲三味線』は演劇的趣向・手法を採り入れて好色物の長篇化を試み、一人物の生涯・遍歴の間に挿話を投入して行くという安易な手法での長篇化に比べ格段の成果を上げている。本書はそれに比べて構成は甘いが『曲三味線』の追随を試みており、合せて江戸を代表する濡事師中村七三郎の宝永五年二月三日の死を当込んでいる。

本書は竹本近六と松本時五郎のからくり細工の競争に前者が勝った事から、後者の謀計で近六の馴染の女郎うてなに悪名を負わせ、近六の流転に導く構成をとる。両者の名は竹本座、近松、また山本飛騨掾一派の名を意識して付けたものであろう。本文にいろいろのからくりをしるし、巻一の七丁裏挿絵には竹田出雲・山本弥三郎の姿が描かれ、天鼓等のからくりの図もある。天鼓などのからくりから「用明天皇職人鑑」を意識しての発端と思われる。舞台を大坂・京・江戸と移すのは『曲三味線』がそうであるが、大体当時の好色物の常套である。この近六は巻二に至り中村七二、また中九と称するという。これが中村七三郎に当てて書かれている事は、巻二の四にきしべぼたんけんの次女おさだが聟選びをするのに、神の御告でおさだの湯具を落しておき七二が拾うのにより定める事になっているが、『江戸桜』や『役者二挺三味線』江戸之巻中村七三郎の項にいう、元禄十五年正月江戸山村座初狂言「祭礼鎧曾我」に曾我十郎となり畠山重忠の厄落しに落した紅の湯具を拾うに当てている事によっても明かである。相手のおさだは紋が抱合牡丹の丸とあり、宝永三年三月大坂嵐座三の替「けいせい信太妻」の切「心中抱牡丹」におかめの役の嵐喜世三郎に当てていると思うが、男装し丸頭巾をかぶるのは中村七三郎が宝永三年十一月中村座顔見せ「宇治源氏弓張月」に頼政となり、羽織袴丸頭巾姿で出る（『役者友吟味』）によろうか。おさだの姉おなをがこがれて恋死をしたのは松本あげまきというは松本重巻、この家の若家老は榊山小四郎（三の一）であり、七二をだます敵役をふぢかはぶしやう（三の二）というは敵役の藤川武左衛門に当てるのであろう。巻四の五にはふぢかはが中村七三郎の最期物語の看板を掛けて人を寄せるといい、狐が喜世三郎の八百屋お七に化けると話すは宝永五年三月江戸中村座上演の「中将姫京雛」の当込み、同章廿五終丁表の藤村半太夫は宝永三年顔見世より七三郎と同座の記事が『役者友吟味』に出る。巻五の一には山下・嵐などの声色がある。この登場人物に当代の役者を当て、その性格づけや行動を役者の芸風・当り狂言の役でするというのは『曲三味線』の方法にならうのである。この他本書には構成の面や細部の趣向に『曲三味線』によるところが多い。『曲三味線』の要所の趣向を採って配置し直すという方法で書かれた作の感すらあるのである。気の付いた点をあらあら記してみよう。

巻一の一は『好色二代男』巻五の四との関係が考えられるが、『曲三味線』一之巻の三、藤内の深い馴染の高橋を妹聟の和甚が身請すると聞き、藤内が身代の内証を明かし話を破る、あるいは三之巻の四、佐渡屋の竹右衛門の深い馴染の揚巻を玉屋の重蔵が身請し、揚巻は竹右に心中を立てて遁れ出て非人姿でさまよう、実はこの身請は竹右が揚巻の心中を試みる為の策という、殊に後者を書替えた趣向ではなかろうか。同巻の二、近六はうてな身請の金調達の為持参金付きの醜女と結婚するのは『曲三味線』二之巻の五に藤内が高橋にあう金を得る為に主人の姉の醜女おかねと契る事によるであろう。同三、舅と裁判沙汰になり、近六はうてなを腹変りの妹と偽るのは『曲三味線』二之巻の五に高橋が藤内の請人に藤内の姪と偽る事がある。同章うてなが京へ再度の勤を決心するは『曲三味線』同章に高橋が古市へ再度の勤を決心する事がある。同巻の四、近六がうてなを思い京へ上る途中伏見である家をのぞくのは、廿五丁裏の挿絵よりして『西鶴置土産』巻二の一との関係も考えられるけれど、そこに集まる男らと近六の関係は『曲三味線』六之巻の四、竹五が福法師の太鼓持となり見くびられるが、妾おらん今は太夫難波津にあい発起し、もとの大尽気を出し法師に見直されるのと関係があろう。巻二の一の紙子姿は『曲三味線』一之巻三に藤内が紙子姿で揚屋の門口に立つ事があり、同巻二の占いはやや遠き感もあるが『曲三味線』四之巻の一に占いが出る（あるいは二之巻の一を考えるべきか）。巻二の三の男を思い恋病いは『曲三味線』二之巻三にも出る。同巻の四の聟となる男見分は『好色五人女』巻三の一であろうが、其磧との関係を求めると宝永二年四月刊の『役者三世相』京之巻の開口を考えるべきであろう。同章おさだに男装をさせているのは『曲三味線』五之巻第三におらんが男装し藤七の名をかたる事がある。同巻の五に親父が娘を七二に托し去るは『曲三味線』一之巻の二（そのもとは『懐硯』五の二）、その莫大な宝物は聟になって宝蔵を見る点で『五人女』巻五末であろうけれど、『曲三味線』との関係を考えると五之巻第三の淀屋の宝蔵をあげるべきか。巻三の一、七二に代りおさだが小姓上りの百十郎に命じてありはら（前のうてな）を身請する事は『曲三味線』五之巻第三におらんが藤七（野郎上り）に扮して吾妻を身請するに当ろう。同章ありはらを若家老の榊山に与えるは『曲三味線』六之巻第五の竹五はおらんを妻とし吾妻を忠義な重手代藤七に与えるに当る。同巻二より悪役の医者ふぢかはぶしやうが出、この男のすすめに従ってより七二身辺によからぬ事多く、七二の江戸流浪より落ちぶれたぶしやうを捕えるに至る波瀾の原因をつくる男であるが、『曲三味線』の佐渡屋の悪手代勘兵衛に二之巻第二の医者天川武入を合せた人物であろう。同巻の三の妾おいとを連れて高尾行の豪遊は『曲三味線』四之巻第二の異様の乗物など造っての豪遊による。同巻の四の女房を種のゆすりは『曲三味線』五之巻の第二に当ろう。巻四の一の三丁表後半よりの馬鹿遊びは『曲三味線』三之巻第三の馬鹿遊びに当り、それなら二丁裏に北浜辺米問屋の景、三丁裏の世の噂をはばかり家を去るというも『曲三味線』右の巻章以後に展開される淀屋事件との関係が考えられねばならぬであろう。同章六丁辺よりの源内の女主人への恋慕ゆえの義理立ては異色のものであるが、これを『曲三味線』との関係で考えると二之巻第二の峰右衛門が女房に母の敵討を頼まれての辺が思われる。源内が江州草津村に住むのも『曲三味線』の敵武入が江州北村に住むとのつながりが考えられる（なおこの辺は目録より見て第二章に当る筈であるが、本文にはその章題を落している）。同巻の三、源内が腹を切り二女の守護として自らの首を切り与える事がある。この女が首を携える事は『役者友吟味』大坂之巻によれば宝永三年十一月の大坂嵐座の顔見世「大名重宝記」に嵐喜世三郎扮するおまつにこの事があり、その夫は小佐川十右衛門の扮する若草源内である。ここから本書の源内はこの若草源内の性根に通うように書かれているかと思われる。またおまつが妾奉公に入った中村四郎五郎扮するたけちとのもの介が事情を知って悪人の首を打ちおまつに渡し、母に善を勧め説得というあたりがあるいは源内と小四郎女房（ありはら）のやりとりに反映されているのであろうか。同巻の四、この首は結局ただ道中ですりかえられるだけというのは働きのない趣向であるが、これは『曲三味線』五之巻第一に悪手代勘兵衛が盗み出したお家の重宝の金鶏を入れた箱の包があやまっておらんの父の梅薫の薬箱の包とかわるという、この方は巧みな趣向であるが、そのゆえにこれに引きずられて書かれたものであろう。同巻の四、ぶしやうの話す小咄が狐の話であるのは『曲三味線』末尾の白狐の奇瑞に引かれたものか。そしてこの章が悪敵捕縛という『曲三味線』の悪人滅亡に相当する。巻五の一初、有徳人の子で法師修業の身が太鼓持となるは、あるいは『曲三味線』六之巻の四の零落した竹五郎が福法師の太鼓持になる事によろうか。末尾近六（七二）が実は飛騨の匠の作った人形の魂であり、色道の中を和らぐ陰陽神と正体をあらわし去るというのは、『曲三味線』末尾に発端の爺婆が男女の道を守る陰陽の神であると白狐の正体をあらわし去るというによる。ただ人形の魂というところに『色三味線』の傾城買の心玉を重ねて考えるべきであろうか。なお時事に関するものとして前述中村七三郎や淀屋などの他に、巻一の一に「大むかし内裏御造営に飛騨国の工を召れ」という巻五の五に「むかし内裏のごぞうゐいいそがせ給ふとき」という。これは宝永五年三月八日の京都大火で焼けた内裏の造営が成ったのが六年九月であるから、本書刊行はこの工事中の事であったのによる。題名や主人公の設定にこれが関与していよう。巻二の三に「すゞきやのかぢ」の名が出る。祇園の梶が家集『梶の葉』を出したのは宝永四年の事で時の人の一人であったのであろう。巻五の二に宝永四年十月四日の大地震・高潮で殊に大坂に被害が甚しかった事が書込まれている。時事書込も『曲三味線』は勿論、当時の浮世草子の常套である。

本書は『曲三味線』の影響をまともに蒙ったというよりもその箇々の趣向を改めて配置し直すという姿勢によって成った作という感がある。しかしその為に無理・不自然の生じている事は否み難く、『曲三味線』の亜流作として『曲三味線』の人気を証言する存在となっている。なお巻初の操りについての記述と挿絵は浄瑠璃研究に何らかの参考になるであろうか。巻四の四は挿絵とともに露天での講釈の様体を知る参考になり、巻五の一は声色遣いの芸態の一参考たり得よう。

傾城銭車

五巻　五冊　柳子軒松根著　月日洛東柳子軒松根自序　袋綴　薄茶色原表紙　縦一二・四糎横一七・五糎　四周単辺縦一〇・五糎横一六・五糎　一五行一行二〇字前後　一ノ巻二〇丁（一・二・初一・一―五ノ十―十五ノ二十―廿七終裏）二ノ巻二一丁半（一―十ノ廿―廿七八―卅三終表）三ノ巻一五丁（一―十ノ廿―廿五裏）四ノ巻一八丁（一―十ノ廿―廿八裏）五ノ巻一三丁（一―十ノ廿―廿三終裏）　挿絵一ノ巻見開三面（〔序〕一裏二表・三裏四表・廿一裏廿二表）二ノ巻見開二面（四裏五表・廿四裏廿五表）三ノ巻見開二面（四裏五表・十ノ廿裏廿一表）四ノ巻見開二面（四裏五表・廿三裏廿四表）五ノ巻見開二面（三裏四表・九裏十ノ廿表）　原題簽左肩双辺八・九糎二・〇糎（四ノ巻分寸法）「□いせい銭車二」「傾城銭車二」「けいせいせにくるま三」「けいせい銭車四」「契情銭車五」　目録題「傾城銭車《けいせいせにくるま》」「傾城銭車」「けいせい銭車《せにぐるま》」「契情銭車」「けいせい銭車《せにくるま》」　板心「一（―二）巻（丁数）」「巻三（―五）（丁数）」　蔵書印「●紀州／熊野／船津／尾鷲屋」「さ」「わたやのほん」他　序「世のわざはすける心にしの竹の。そのふの末葉／人間のたねと生れなから。外の遊興うす／くして。明暮東山の遊里に徘徊せ／しに。黙止かたき恋路に思初勤のひじゆつ／に叶わねば。しよせん仏神を祈らんと此清／水寺にこもり、立願せしに、百日の願みつる／名も望月の空晴て、千里の外まてくま／もなき、心もすめる折節、いきやう花降て、い／くわんたゝしきかんなぎ、あまくだり、へいはくふる／とみへしに、あまたの大尽行違ひ太夫の道／中引船のもんたく《（ママ）》、遊里の有さま、／目前たり、行人聞、紫式部石山寺にて、源氏六十帖を写／せしもかくやと計思はれて、やたての筆の／命毛も、たゑなばたへよと書つけ候得共、古／文なる事は心におよばず、当世事の本として、／此度是を板行す、金銀しよくわを困ば祈／すと恋や叶わん、求て御覧の境界にあ／やかりたし、りんゑのきづなにむすほゝれぬる、／恋のたよりにもならんかとの願ひ、神の／いがきをこへぬるも、恋路にはとがめなし、是／も女色の恋さうし、粋のうへをこしぬるも、御／名の指合候とも、大やうに御しんの内に奉納／諸願成就のため敬白／月日　洛東柳子軒松根（印）」

本書伝存本は他に京都大学文学部潁原文庫本中に二・四・五ノ巻の三冊、ケンブリッジ大学蔵本に五巻揃の本がある。前者は天理本と同色の原表紙、但し四・五ノ巻のそれは表面が殆ど剥離し、題簽は「傾城銭車二」のみ存。四ノ巻は目録は天理本の写し、四裏五表・廿三裏廿四表の見開二面の挿絵を除き、その表裏の本文同士を貼合せる。天理本に比べて刷はよく、天理本に欠く奥付半丁を有し、五ノ巻原丁数は前記一三丁にこの半丁の加わる事と刊年月等を知り得る。奥付は左の如し。

跡追

并ニいきおいは飛龍滝のぼりつめたる女道

好色嶋原合戦

付リいきはりにいかりをなす獅子王の衆道

鐘林《うしの》吉日

ケンブリッジ本は写真によれば京大本と同じ奥付を有し、原題簽をも存するが、一ノ巻に二丁、三ノ巻に八丁欠丁がある。この他に四・五ノ巻の石田元季氏の手になる写本（奥付あり）が愛知県立大学蔵本にある。

刊年月については奥付に「うしの／鐘林吉日」とあるのみであるが、一ノ巻の一に「四五年以前に板行にせし色三味線」云々といい、本書構想は宝永五年の宝永通宝発行に関係があるから、この「うし」は宝永六己丑年とすべく、「鐘林」を林鐘の誤りとすれば六年六月の刊ということになろう。遺憾ながら京大本・ケンブリッジ大本（また石田写本）とも奥付に板元名がない。削去された疑いがあるが、それならこれらの本も初印本といえぬ事になるが明かでない。予告されている「好色嶋原合戦」は刊否未詳で、この面からも板元を考える手がかりはない。しかし作者は序によれば京都人のようであり、挿絵は大森善清風である。京都の出版であろう。

宝永通宝（大銭）は『常憲院殿御実紀』巻五十七によれば宝永五年閏正月二十八日に四月より通用の事を令したといい、『元禄宝永珍話』巻四に同年五月より通用という。一枚を十文に通用させるものであったが不便不評で通行渋滞、翌年綱吉の死後すぐに、『文昭院殿御実紀』巻一によれば宝永六年正月十七日に通用を停止した。かく不評のものながらとかく世の関心をひく通貨の発行であった事と、それが京都で鋳造された事とで本書構想にまず採用されたと思われる。この事は四ノ巻の四に「宝永通宝車」があり、五ノ巻巻末に忠吉に今後は「壱銭を十銭のあたいにつかふほとの。気にならねはならぬ」といわせているにより明かである。右の「宝永通宝車」のところは前後と文字が不調和で、訂正の跡を認めるべきかと思われるが、宝永通宝ははじめ孔の左右に「宝永」の二字のみをあらわし、外郭に「万代通用」と極印の予定（『泉貨鑑』古事類苑所引による）というから、あるいはこの銭文の変更などが関係するかもしれぬ。また忠吉の父は永久、母は世用といい、忠吉が丸に珍の字の紋を付けているのは、宝永通宝は背の外輪に「永世久用」の四字を極印し、また小字の「珍」の極印を添えたものあり（『泉貨鑑』古事類苑所引）というのによるのである。次に目録及び本文の章題の上に様々な銭の図をカットのように入れている。これは例えば前掲の宝永通宝車の出る章には宝永通宝を図し、五ノ巻の三の茶傾大明神が朝鮮へ去る章には朝鮮通宝、末章はめでたし〳〵で終るので太平通宝などと内容に関係のある銭を選んでいるようである。この様々な銭の図を掲げるのは、既に『一時随筆』に天和頃より流行といい、『泉彙』（古事類苑所引による）に越中富山城主松平正甫の『化蝶類苑』他元禄より享保に至るという古銭玩弄の風を反映し、本文に結び付けるところに趣向があるのであろう。古来の和漢銭の他、駒引銭は勿論、大黒銭や「南無阿弥陀仏」としるす念仏銭、「南無妙法蓮花経」とある題目銭なども当時実際に存した銭であった。作者も古銭愛玩者の一人であろうか。次に題名に「銭車」という。これは前掲のように宝永通宝車と結び付けられて題名の所拠を示しているようであるが、銭車また銭独楽ともいい、『用捨箱』下之巻に元禄末宝永初頃より一時流行といい、其磧の『通俗諸分床軍談』（正徳三年刊）に銭車の出る事も指摘、享保初まで弄ばれたかという。この流行を宝永通宝車に結び付けるのがまた一趣向であったのであろう。

全篇は主人公忠吉の好色遍歴である。構成はすっきりしていず、江戸・大坂・京都と主人公の移動で筋をつないで、つながりのない事件を書込む。忠吉は始末講に出る程の男であったのに茶傾大明神にとりつかれて心が入れ変り、吉原に通い琴占に馴染み、その禿初咲を水揚、まさつねとも親しむ。座敷牢に入れられるが葬礼の代理に出てまた吉原へ。永久は子の為に産を失った上に亀屋三右衛門方でなくなった金の疑いをかけられ、それを償う為に娘（忠吉妹）を売る。忠吉は勘当され上方へ。琴占病死。忠吉は筑摩祭見物後一騒動あって大津で旧奉公人久三郎にあい、柴屋町で遊び、奈良の堂供養の場でてれん坊と称し色道談義。大坂に出、乳母の亭主にだまされ詐欺の片棒をかつぎ失敗。新町に遊び、撞木町より京都へ。島原北向の女郎に通うが窮して盗みに入り、夕霧に見付けられる。これ妹。永久が嫌疑を言い開かずに出した金を、誤解と知って返したのを忠吉が費消したので夕霧身売となったのに責任を感じた亀屋は夕霧を身請。一方茶傾大明神が去って本心に返った忠吉は今後の勤労を誓う。

一ノ巻目録に「色三味線に挊かけて」云々とあり、序文間に挿んだ絵にも幣帛を持った藁人形が描かれている。茶傾大明神は自ら「色三味線の巻首にのりし。契情買のわら人形」と名乗り、『けいせい色三味線』京之巻第一の鎌倉屋の源の事も三丁表にあり、挿絵の大明神の姿も『色三味線』挿絵による。末に大明神が朝鮮に去るも『色三味線』末尾に応ずるもので、『色三味線』の影響作である事を表面に打出している。それとともに以下を一人の男の上の事とし、江戸・大坂・京都と舞台を移す事は『風流曲三味線』などにならうのである。

一ノ巻一に「永代蔵にあるふじや市ひやうへ」とあるは勿論『日本永代蔵』巻二の一、二ノ巻一に反魂香が出るは『好色敗毒散』巻之一第三に反魂香があるが、宝永五年中の上演と推定され、宝永通宝の当込みもあるといわれる近松の「傾城反魂香」よりの思い付であろう。そうして夢中に煙の中より琴占と初咲の姿があらわれ恨むというのは『色三味線』鄙之巻の二によると思われる。四ノ巻一の奈良の堂供養は宝永六年春の大仏殿堂供養という最新ニュースの当込みである。その色道談義は五年正月刊西沢一風作の『風流三国志』三巻の二の「野傾宗旨談義」同三の「野傾禁談義」による趣向であろう。同章中「白人ほねをくだく」云々という。これは謡曲「頼政」中の語句のもじりであるが、『曲三味線』の元禄末より数年にわたる予告（拙著『浮世草子の研究』第一章第二節二参照）にずっとしるされていたものである。同巻の二の箱根で死人に逢ったとの詐欺は類話が多いが、本書に近い時期には宝永四年正月刊北条団水作の『昼夜用心記』巻二の五がある。同巻の三に新町の美な女郎に今川（五ノ巻一に島原にも）というはあるいは『風流三国志』の女主人公と関係があるか。また『心中大鑑』巻一の一『杉盃』大坂之巻第三や今道念節「傾城今川心中」などに出、新町とも島原の女郎とも書かれる今川に思い付くのであろうか。悪女を求めるのもあるいは『曲三味線』二之巻より思い付くか。同章「さゝいからの五郎介」の名は「大織冠」の狂言より出る名で、大坂の二世嵐三右衛門の得意芸の一つであったもので、元禄十四年冬嵐座上演の「名残の盃」上において三右衛門が演じ、これを京に上る名残の狂言とする筈であったのが、十一月七日に三右衛門は病死した。この点で三右衛門を知る者には印象に残る芸であったと思われるが、宝永五年竹本座上演と推定（義太夫年表近世篇）の「雪女五枚羽子板」は各巻初と下之巻末に嵐三右衛門の「だんじり六法」の文句が書込まれており、この浄瑠璃に出る藤内太郎は右の「名残の盃」下に三右衛門が演じた。この辺より思い付くのであろう。五ノ巻三に夕霧が忠吉を夜着の下にひそませる事がある。時期の近いものとしては宝永四年十一月以後の上演とされている近松の「心中重井筒」中之巻が考えられるが、この浄瑠璃を媒介に『好色一代男』巻六の二の新町夕霧に思い至るという事であったろう。なお前述のように亀屋三右衛門（この名もあるいは嵐と関係あるか）が夕霧を身請するのは、夕霧が身売をするような事態に至った事の責任を感じてであった。『曲三味線』一之巻四より五にわたり、大坂の中村四五平は日蓮真筆の大曼陀羅を買う為に父親から千両を預り都に上ったが、島原で琴浦に溺れ七百両で身請、勘当される、そこで従兄弟の和甚を頼ったところ、琴浦は和甚の妻で悪手代城兵衛の奸計で売られたのであったから、四五平は零落した和甚へ七百両合力と称し琴浦を譲る、琴浦は腰元奉公に出、和甚としめし合せて四五平の求める筈であった曼陀羅を盗もうとして捕えられる、これは四五平の恩に報いる為の行為であり、事情を聞いたその家の主人の計らいで和甚は伯父の家を継ぎ、四五平も勘当を許されるという。忠吉の費消が妹の身売となり、責任を感じた亀屋が妹を身請する、忠吉は盗みに入って計らずも妹や亀屋にあい、めでたい結末になるというは『曲三味線』によるとみてよいであろう。和甚の伯父の家は長島屋であり、忠吉の父は長島永久（一ノ巻二）である事もその一証となろう。吉原の琴占の名も琴浦に出るであろうか。このように『曲三味線』との関係を考えると、三ノ巻二で娘に心中を迫られて逃げるは前後の脈絡なく書込まれたように見えるが、『曲三味線』二之巻の五や三之巻の一・二との関係を考えるべきか。

　本書もかくて『色三味線』『曲三味線』にならい、方法・趣向の面で影響を受け、時事、当り狂言・浄瑠璃などをも書込んだ作であった。一年前の五年正月刊『野傾今様梓弓』は横本で末一巻のみを披見したが「諸国之巻」になっており、本六年秋に出た其磧自身の作『遊女懐中洗濯』は五巻を京・江戸・大坂・鄙・風流之巻に分ける。翌七年正月には一風作の『傾城伽羅三味線』が出る。『色三味線』が改めてこの時期に人気を呼んでいるのであるが、本書もその人気を証する一存在といえる。出来はよいとはいえぬが、一応長篇として首尾の照応にも考慮が払われ、意欲を認めるべきであろう。

しかし本書は一方的に其碩の影響を蒙った作とばかりはいえない。二三気付いた点をしるしてみよう。其碩の『野白内証鑑』（宝永七年八月刊）の目録は五枚の銭の表裏の組合せによる銭占いの趣向になっており、時期的に本書の銭のカット（時に背面をも描いている）がこの趣向採用のヒントを与えていぬであろうか。同じく其碩の代表作『傾城禁短気』は前掲五年正月刊の一風の『風流三国志』に「野傾宗旨談義」「野傾禁談義」の趣向があらわれると、その翌月閏正月刊の『役者稽古三味線』に五巻として予告を出し（野間光辰氏『浮世草子集』解説参照）、対して一風は七年正月に『三国志』を『けいせい禁談義』と改題して出すという風に、宝永期を競争して来た両者最後の鎬を削る争いの産物であるが、この間に本書四ノ巻一の色道談義が位置する。右の『禁短気』予告に既に島原寺とか五重相伝とか仏教関係の用語をもじり用いる計画である事がわかり、本書があるいはこの予告にもヒントを得ているかと思われるが、「時にてれん坊、高座に上り、ちん〳〵とりんを打」とか「色道大師の一枚起請文にいわく」とか、談義口調や命名に何らか『禁短気』に反映するものがあるかもしれない。四ノ巻四の宝永通宝車は畳二畳敷の大きさの、千二百両で取寄せた牡丹に作り物の猫と蝶という。正徳三年正月刊其碩作の『鎌倉武家鑑』六之巻の一に忠臣達が逆臣久国の陰謀をあばく手段の一として島台に牡丹と睡猫・舞蝶の作り物をしたのを献ずる事がある。内に忠臣の一人がひそむ大島台である。茶傾大明神は『色三味線』巻末を受けて長崎の茂太夫方より永久方へ移って来たが、五ノ巻の三において朝鮮で日本の螢大尽の精が凝り固まり男色をひろめ、尻の光を四方に輝かすゆえ、この外道を鎮める為にまた朝鮮に帰るとて去るという。前掲其碩作の『遊女懐中洗濯』（宝永六年秋序刊）は、『役者胎内捜』を卯月朔日刊との広告があり四月初の刊かと思われる絵入狂言本『けいせい八咫鏡』（宝永六年京榊山四郎太郎座二の替）には四月十五日刊予定三巻の予告があり、三巻とも女郎に関する内容の作として計画され、地域別の巻編成もうかがえない。それが絵入狂言本『厳嶋姫滝』（同年同座上演）所掲予告には五巻とし、京・江戸・大坂・鄙・男色に分つ計画が示されている。

「姫滝」は上演月未詳であるがからくりが見せ場であったから夏の上演であろう。非常にきわどいところであるが『姫滝』狂言本は六月刊の本書より後の刊行である可能性があろう。そして『懐中洗濯』は九月刊であったかもしれぬ（拙稿「遊女懐中洗濯よりけいせい卵子酒まで」浮世草子新考）。刊行された『懐中洗濯』第五巻の風流之巻第一は、『色三味線』に出た長崎の茂太夫にとりついた傾城買の藁人形が朝鮮から唐土・阿蘭陀まで遊蕩をひろめ、また唐人らによって長崎に送り戻され、今度は同類を語って男色をひろめる為に京に上る事になっている。本書末尾が逆に『懐中洗濯』の計画変更か、あるいは刊本風流之巻第一の趣向に影響した可能性も考えられるのである。

宝永期は一風・其磧が浮世草子界をリードする時期であるが、その両者の競争、互いの趣向の奪い合いの他に、その亜流作がまた逆にヒントを与える事がこの期の作に活力を与え、多様化し充実させる力になっているのである。この事は其磧独走の享保期と比べてみれば明かであろう。

けいせい盃軍談

五巻　合一冊　著者未詳　巻飾堂吉田孝賢画　正徳二とせ／桜さく／月日／散人不移子具足居士／近松平安序　袋綴水色原表紙　縦一二・四糎一八・六糎　四周単辺縦一〇・三糎横一六・三糎　一四行一行一四字前後　一之巻二八丁半（一―十ノ廿―（三十九）表）二之巻二八丁（一―十ノ廿―三十八裏）三之巻二七丁（一―十ノ廿―三十七裏）四之巻二六丁（一―十ノ廿―三十六裏）五之巻一三丁半（一―十ノ二十―（廿四）表）　挿絵一之巻見開一面半丁三面（五裏六表・廿一表・三十表・三十六表）二之巻見開一面半丁四面（四裏五表・廿一表・廿八表・三十二表・三十七表）三之巻見開一面半丁四面（四裏五表・九表・廿四表・廿八表・三十四表）四之巻見開一面半丁四面（四裏五表・九表・廿四表・廿八表・三十四表）五之巻見開一面半丁二面（四裏五表・十ノ廿表・廿三表）　原題簽左肩双辺（原紅色褪色）一〇・二糎二・三糎「け

いせい盃《さかづき》軍談《ぐんだん》一」　目録題「けいせい盃軍談」（一・二・五之巻）「けいせい盃《さかづき》軍談《ぐんだん》」（三・四之巻）　尾題「けいせい盃軍談」　板心「さかつき一（―五）（丁数）」　蔵書印「兎角菴」　序「序／荘子が寓言かいて出る／ほどの嘘も玄ゝ清白の／道のをしへと成ぬ今や詞／海波しつかに筆の林／の朶をならさぬ時つ御代／おのれがおもひを述て人／の目を笑しむるも何ぞに／益なからめやは嗚呼盃／軍談の手なみうけたり／〱下戸のうへには嘘とも／おぼせかし是にあふて酒呑童子も一口滴猩ゝも向後／禁盃せずんはあらじ書成／て序を予にもとむ筆の行／にまかせしどろなるちどり／のあゆみ三水に酉のあと序／も又酔たとさ／正徳二とせ／桜さく／月日／散人不移子具足居士／近松平安稿／（花押）」　刊記「正徳二壬辰年九月吉日／書林人見利兵衛（印）／画師巻飾堂（印「吉田氏」「孝賢」）

本書は果園文庫旧蔵本で『果園文庫蔵書目録』に登載されている。他に伝存本の管見に入ったものは京都大学文学部潁原文庫本零本一・五之巻の二冊のみである。両冊とも天理本と同色の表紙に原題簽を残し、天理本に欠く五ノ巻のそれは「けいせい盃軍談五終」とある。序文の近松名の左に「同梅啓」の墨印が捺されているが、序文と墨色を異にし後人のさかしらか。

本書は近松の序文があるが、作者自序の体ではなく文中に作者名に触れる事もないので、作者は明かでない。目録類に自笑作とするものがあるが、根拠のない記載というべきであろう。挿絵の絵師は巻飾堂吉田孝賢とあるが、同人画の署名のある他の浮世草子を知らない。

本書は題名に「軍談」を称する通り、『太平記』の人物・事件をもじっての酒戦という趣向の擬軍談になっている。目録章題に「郭勢揃附清水酒合戦」など軍記物のそれを思わせ、附りの体裁もそれを意識しての事であろう。相摸屋九郎七入道は前相摸守平高時入道であり、だいごや兵六は後醍醐天皇。前者が新町を根拠地にするに対し後者が島南の笠屋町に拠るとは笠置城を思っての事であろう。一之巻第二に女の忘れた包より「おに丸」と書いた大盃を得るが、鬼丸は『太平記』巻第三十二「直冬上洛事付鬼丸鬼切事」（以下『太平記』は日本古典文学大系によった）に出る剣の名である。同章兵六が夢中松尾明神の告により後見として栂の字の付く名の男を捜す事を覚るのは『太平記』巻第三の「主上御夢事付楠事」により、栂の太十郎は楠正成に当る。二之巻第三の相撲屋入道が鶏合にふけり、「いたちぼりのや失火を見ばや」とはやす声に遣手のすぎが障子より内をのぞくと異類異形のものありというは『太平記』巻第五「相摸入道弄二田楽一并闘犬事」による。同巻第四に島南船遊、高木屋橋出張といい、あざの九兵衛と栂の戦いは『太平記』巻第六「楠出二張天王寺一事付隅田高橋并宇都宮事」、あるいは巻第七「船上合戦事」も考えるべきか。同巻第五の章題の郭炎上は『太平記』に「谷堂炎上事」（巻第八）「内裏炎上事」（巻第十四）などいう書き方にならうのであろう。同章の入道焼死は『太平記』巻第十「高時并一門以下於二東勝寺一自害事」、三之巻第一の浮草が寺の内で半櫃に隠れるは『太平記』巻第五「大塔宮熊野落事」、同巻第三より出る足代屋利右衛門、人呼んで「あしかゞ」は足利尊氏、同巻第五の八幡宮通夜は『太平記』巻第三十五「北野通夜物語付青砥左衛門事」によるが、八幡宮にしているのは『太平記』巻第九「高氏被レ籠二願書於篠村八幡宮一事」をあるいは思っての事か。四之巻第一の栂が子の正之介に酒色教訓は『太平記』巻第十六「正成下二向兵庫一事」の正成の正行への庭訓、同巻第二の栂の湊屋合戦での死は『太平記』巻第十六「正成兄弟討死事」、同巻第三の兵六の死は『太平記』巻第二十一「先帝崩御事」に当ろうか。その他享保三年九月に処罰された茨木屋幸斎が二之巻第三に出る。当時より有名の人物であったのであろう。また二之巻第五の新町の火事は目録に「宝永八年卯月八日」とある通り、その日に大坂立売堀より出火、新町も類焼の火事の当込みであり、前掲八幡宮通夜物語の女郎と若衆の果の物語はあるいは『曲三味線』発端と、両者が鳩となり飛去るは前掲『太平記』巻第九「高氏被レ籠二願書於篠村八幡宮一事」に出る鳩であろうが、これも『曲三味線』末尾と関係があるかもしれない。また好色伝受は『傾城禁短気』などの影響によるものであろう。五之巻第二の大念仏は謡曲「隅田川」

であろう。

宝永五年正月刊西沢一風作の『風流三国志』は、もと伏見撞木町の女郎で江戸吉原の三浦四郎左衛門に身請され江戸に下ったが、夫の死後遺産の分与を受け上方に戻り、その金をめぐり身内でトラブルがあったという実在の女郎今川をめぐる当時の事実事件を取上げ、彼女を主人公に三都の遊里を舞台とする作であるが、これを通俗軍談書の『通俗三国志』に付会しているところに題名の所以があり、趣向があった。目先のきいた一風が当時の中国趣味への関心、通俗演義書の流行という風潮をとらえての作であった（『浮世草子の研究』第一章第二節一参照）。この作は決して上作とはいえぬのであるが、この一風の試みに追随し、通俗軍談書への付会より引いては軍記合戦物仕立の作品を試みる動きが生まれる。『傾城銭車』の項に述べたように同書奥には「好色嶋原合戦」の予告がある。宝永八年正月刊京の酔盲軒宸蛇堂作の『新好色文枕』（外題は「けいせい新好色文枕」）には「世之助帰朝物語通俗漢楚昆談」が予告されている。同年改元されて正徳元年十一月刊と推定の其磧作『寛闊役者片気』刊行時より『通俗諸分床軍談』が予告され、同じ其磧の町人物も正徳二年冬刊『商人軍配団』、三年正月刊『渡世商軍談』と軍談に関係ある題名が付される。右の『床軍談』は漢の高祖、楚の項羽に擬した二大尽の買論を『通俗漢楚軍談』の諸事件に付会し正徳三年中に刊行を見、後篇「三野色軍談」が予告されたが未刊に終った。近松の「国性爺合戦」上演もこのような風潮の延長上において考えるべきものかと思うのであるが、本『盃軍談』はさような流れの中に位置する作なのである。

本書は栂の太十郎は『太平記』の楠に当るので呑死もやむを得ぬとして、妻の梅枝も栂の遺子、先妻の子の正之介養育の為に島原に身を売り、その金を熊手の弥市に托し、更に醜男の枯木の茂介に正之介に身代を譲るとの約で身請をされるが、弥市の違約により正之介が窮死した事を知り、栂の絵像を抱いて剃刀で肮かき切り自害する悲劇的な結末をとり、めでたし〳〵で終っていぬのはやや異例といえようか。これは例えば近松の宝永四年四月上演と推定されている（義太夫年表近世篇）浄瑠璃「卯月の潤色」は与兵衛今は助給がお亀の跡を追って伯母にもらった白縮緬の絎帯をお亀の位碑に結び付け、自分の左手にからんで笛のくさりを剃刀で切って死ぬというに近いものを感じる。近松の心中物の影響が考えられるのではなかろうか。近松が序文を与えている事とあわせて注意すべき点かと思う。そして本書より後正徳四年の秋以前の上演と推定されている（同年表）近松の「相撲入道千疋犬」は『太平記』通りに高時が闘犬を好む事にしているから問題はなさそうであるが、初段安東入道が将軍と高時入道の前で闘犬をすすめた五大院に反駁する言の中に闘鶏に触れる事があり、四段目には村上彦四郎の妹やよ梅が狐つきの狂女をよそおい将軍成良親王に近づく事がある。前者は本書二之巻第三に鶏合があり、後者については五之巻第二に梅枝今は浪花津が大念仏を見て船頭の話に正之介の死を知り心乱れ歎くというは、前述のように謡曲「隅田川」によるのであり、そこから狂女の連想は当然起るので、かつて近松が序文を与えた本書の右部分が執筆時に何らか作用した事も考えられる。なお右四段目には盲法師の鶴沢を大塔宮の計よろしく般若櫃に押込む事があり、『太平記』によるのではあるが、本書にも三之巻第一にこれによる趣向のある事は前述の通りである。

本書は原拠への付会という点では『通俗諸分床軍談』の緻密に及ばず、栂と梅枝と焦点分裂の気味があり、浮草など脇役の人物はその場限りの登場で筋と緊密に結び付かぬものがあるが、前述のような動向の、また演劇との交流のよき証言者として注目される。

注

『けいせい盃軍談』は東京古典会の入札下見でその後一見した。また原書では孤本の『茶契福原雀』も収録候補であったが、改題改竄本であるので除いた。同書については拙著『浮世草子考証年表——宝永以降』七五頁を見られたい。

原書では原本影印により論を進めたので、本書では各作品の梗概を以下に用意した。

けいせい風流杉盃

（京の一）島原の三大尽に対抗出来ぬきくやの平に頼まれた楽介は、江戸の大尽の紹介状を作って三文字屋に来、その意を受けた男が手紙持参。楽介耳遠しと大声で口上を述べさす。新町茨木屋の花咲は出入屋敷の息女、身請し迎えを待つべしと。隣室の三大尽直ちに大坂に行き身請。音沙汰なし。（二）女郎狂いに金を失い、丑刻参りの後家を口説き夫婦となり、また島原へ。勘当され心中せんと女郎を殺し、勘当を伝えに来た七十九歳の重手代が止めて代りに自殺、老人との心中と噂立つ。（三）坊主持銭、島原とこよを身請。とこよには間夫あり戸棚に忍ばせてあう。持銭が連れ行こうとするをだまして逃亡。二年後見付けるが従わぬ故、殺して持銭も自害。（四）みふねの深間の重平、大坂で心を寄せられた後家を殺し来、みふねと身請した老人にあい、みふねと逃げ捕えられ、女は茶屋に売られる。殺した筈の後家あり。なだめてみふねと脱出し平野で心中。

（江戸の一）若殿の耳に入れた芥子人形を取り、足軽江沢鷺太夫出世。山王祭の時呉服所の主人に誘われ吉原に行き玉川に恋着。身請妻とす。殿玉川に執心、医師徳入に毒を盛らせ鷺太夫を殺す。玉川これを知り酒を盛って殿を殺そうとするが、今までの恩を思い、徳入を殺す。殿後悔。（二）油屋二郎作、上方より勘太郎を丁稚に雇う。二郎作の姪おくま、二郎作の留主に雷雨、勘太郎にしがみつき口説く。契る。手代仲を裂こうとしおくまに縁談ありという。勘太郎は悩み自殺。おくまは一旦尼になったが、勘太郎と取り交した文を縄にない首をくくって死ぬ。同じ日に破戒僧首をくくり二人心中との噂立つ。（三）若殿山王参、芦浦雁介供。御局に頼まれた用を果す為に山王へ。歌比丘尼清林の小比丘尼が鼻血を出したのに出合せ手当の指図。清林に誘われ家に行き酒に酔い、清林命と顔に入墨させ、阿呆払。（四）都の布久島原で産を失う。正月に貧乏神になって銭を儲け江戸へ。途中乗った駕籠で先客の忘れた財布を得、吉原でその金を失う。西瓜を売り、俵屋の七とあい、相方淀野に振らせぬことを受合い二貫目の手形を貰う。中に淀権左を供に千手にあう。口説し権左千手の首を切る。千手が振ったのが原因と諸女郎に振らぬ手形を書かす。中に淀野もあり。千手の首と見せたのは西瓜。千手を請けんとして手形に三と加筆。七承知せず。心中。七は思いなおし三貫目持参した時は既に遅し。

（大坂の一）大坂への三十石。娘連れし婆、威張る槍持奴あり。船頭、同様の奴病中組が千日で処刑と話す。その間に婆向歯を吸取られたという。その上唇に油墨。奴が娘と間違いし。（二）泉州の百姓の娘はつと徳助仲よし。父親借銀に困惑、おはつ蜆川の天満屋に奉公。徳助は内本町平野屋に奉公徳兵衛という。おはつの許に通い主人の金を費消。おはつも親方の物を入質し徳兵衛に合力。徳兵衛来て箱梯子下の戸棚に忍び、曾根崎で心中。（三）勘九郎は始末者で父安心。藤屋の七に正月遊びの金を貸す。七の落した手紙で事情を知った女郎が金を返す。勘九郎感心。新町通いを始め、次第に上級に、太夫今川にかかる。うまくあやなされ十三度まで振られ、今川を殺し自害。真鍮の小判とすりかえて家の金を持出していたもの。（四）扇屋吉六、女郎を身請し囲う。女房恨み道頓堀で若衆方の権六とあう。吉六女房遊興の場に踏込み、女房と野傾優劣論争。心中を弔う百万遍を行い、三勝半七はじめ亡霊出て喜ぶ。これ吉六夫婦の夢。

（諸国の一）京油小路北の米屋の息子庄八は近所のはると契る。はるに西国の浪人に奉公の話。米運送の車遣をだまし庄八米を横領し、奉公の手形を破棄させたが、米の返却に窮し、賀茂川の切通の川端に羽織を敷いて坐し、土手町の遊興の様を聞きつつ心中。（二）女舞の猿若鸚鵡太夫は老母を養う為に生島半七の頭取で古市で興行、夜は売色。芸上るにつれ役者評判の巻頭、荒事の開山の市川団十郎を師匠と頼む。生島嫉妬し舞台で市川を刺殺。（三）大津の煙草屋長右衛門、柴屋町の清浜に馴染産傾く。清浜貢ぐ。祇園の会の紋日を遁れて富士禅定に赴く。長右好色懺悔をさせられ眠った夜清浜が現れ恨む。先達の銭を盗み大津に帰ると清浜は着類を貢いだと抱主の折檻にあっている。傍輩女郎の計で清浜脱廓、入水心中。（四）左巴の八、撞木町の初音にあう。初音病の手当に金を使い込む。北野で心中と出て行方知れず。

（終の一）商いの道を嫌い念流の兵法と尺八を習った雷庄九郎、小太刀の弟弟子で米屋の子ほて市、二人は極印鍛冶専右衛門と喧嘩、橋より逆様にぶらさげる。専右衛門は仇を返さんの心掛け、解雇され男伊達の仲間に入る。（二）紺屋の雁金屋文七は淀屋の手代が腰元にはらませた子。大福院の下男あんの平右衛門と兄弟の約。なじお屋の娘おかつと深い仲であったが、おかつ新町に売られ滝川。文七廓にひたる。五人男尺八持ち乱暴をして回る。侍の一行通る時、平右衛門の脇差の柄が足軽の袖にひっかかり争い。仲間に手を負わす。（三）専右衛門は馴染の大尽をなぐり、文七は滝川と立退く約束をして母にやさしい体を見せ家出。平右衛門の父平六は先の仲間が町人に傷つけられた咎で打首と告げ、麦を売った銀を渡して逃げよという。侍の家中の者らに捕えられ千日で処刑。

太平色番匠

（一）からくりの名手竹本近六に松本時五郎負け、近六馴染のうてなに穢多の客ありと噂を流さす。近六は悪女で愚かなおるすと持参金目当に結婚、うてなを身請。舅と裁判となり、うてなを妹と偽るが、その窮状を見てうてなは島原に身売、近六は金を舅に返し好色修行に。京へ上る途中、伏見で諸国遊女の起誓など宝比べをする連中に、太夫の百枚継の牛王の血起誓など見せて閉口させ、稲荷では絵馬の官女が近六を争い、引かれて袖の破れた夢を見、覚めると袖破れたり。

（二）近六ありはらの噂を聞き、まだ自分に心残すと思い廓に行き文を通じるが、間夫と疑われる。中村七二また中九と称し東に遊び女郎にもてる。名医きしべ牡丹軒、鬢付油で儲けた弟の遺産も得て豊か。姉娘は松本揚巻という若衆にこがれ死ぬ。妹娘おさだ美男人形にこがれ、二軒茶屋を借り切り男を目利。夢に美しの御前の告あり、湯具を落し中九が拾う。人形も中九の作りし物。美しの御前で結婚。牡丹軒羽化登仙。三十二の蔵に珍器財宝満ちたり。

（三）おさだありはらが中九を思う心を確め身請。ありはらを家老の榊山小四郎に与える。伏見の宝比べの連中零落し取巻となる。中九不調。長崎外科藤川ぶしやう女より腎水を取る法を知る。大名稼ぎの妾を抱え高尾の紅葉見。二間四面の輿に乗り行き、恨の字の送り火をたかす。腎水を取られし女の亡霊におびやかされる。すみや彦左衛門江戸へ稼ぎに行った間に妻腎水を抜かれ死すとゆするに三百両渡す。おしま（腎水取られし女）の亡霊ぶしやう中九の悪評を立てる事、ぶしやうと彦左は馴合の事を告げる。

（四）揚屋町を堀に、揚屋を北浜の蔵屋敷に、御座舟・夕立、綿で雪に似せ、また古書にあわせ丸裸に冠着ていろ〳〵曲取など桁外れの遊びをし、慎むとて東に下る。おさだ後を追い小四郎女房供。草津の旧臣源内に頼む。源内はおさだへの執心を切れず浪人したもの。腹を切り忠義の魂は頭にありと首を切る。女房首を携え東下。ぶしやうは白人遊びに零落。抜参りの子を売り、旅人の荷をすりかえたりし、首の包もすりかえ。ぶしやう手下中九邸に忍び入り小四郎に捕えられ、小四郎これを連れ東下、中九にあう。浅草寺境内で中村七三郎最期物語を語るぶしやうを捕える。

（五）深川の素堂旧庵で蓮見。十月四日地震後の高波で新町騒動と聞く。彦左衛門に夫を殺され散茶勤の女郎にあう。高尾に三十六度振られる。昔内裏造営時飛騨匠人形を作る。官女人形と契り木子の匠を産む。その匠が作りし人形の魂が中九と。昇天。

けいせい銭車

（一）始末講の座に色三味線の契情買の藁人形今は茶傾大明神が現れ、忠吉に取りつく。忠吉吉原の琴占に馴染、禿を初咲と改め水揚。順の舞に芸なしの二人相撲をとる。根太が抜けるというを嫁入には吉相と。まさつね美女なれど客を振る。忠吉揚げ三味線借り誤って折る。これを手段に契る。歌仙組の者まさつねが忠吉にあった訳を聞く。近日話すと。

（二）父永久忠吉を座敷牢に入れる。葬礼に寺遠く忠吉をやる。忠吉歌仙組にまさつねの事を語る。もと堺の木薬屋の娘まさ、金八を見染。金八は島原の菊川に馴染んでいたが主家を追出され、窮して菊川のくれた三味線をまさに売る。まさ自家に奉公させ通じ、露顕して金八は追出され、江戸で草履取。まさ三味線を持ち抜参に出て悪者に売られ、金八にあうまで千人振る願を立て、忠吉の行った夜は九百九十九人目。千人の願成就して深くなると。永久念仏講で失せた三十両を盗んだと疑われ、娘売るより法なしと歎く。穂露発与太夫まさつねに心をかけ身請も考える。酔って座敷に入った与太夫を押え、心をかけず廓に足踏せぬ証文を書かす。

（三）琴占死の読売。忠吉勘当。忠吉西上、途中筑摩祭で目をとめた娘に心中迫られ逃亡。草津で旧奉公人久三郎にあう。柴屋町でかけはしに呼込まれ、女郎は立たれぬ程の目にあい揚代を取り忘れる。

（四）忠吉は剃髪、奈良で大銭山はすのみ寺てれん坊と称し色道談義。大坂谷町筋の日和藤六に大坂来を誘われ、木辻の女郎に手管を教え布施として床入。高麗橋唐物屋宗安、男子権十郎病死、妹未婚。てれん坊箱根で権十郎にあうと証拠の袖を示し、供養に庵室をという。夜娘に忍び房之丞も忍ぶ。房之丞は結婚を許され、てれん坊は権十郎の乳母の夫藤六に頼まれた事を白状。金屋の元にあい新町悪女を望み集め気に入らずという悪遊び。太鼓にさゞいがらの五郎介。畳二畳敷の牡丹を般若寺より取寄せまさつねに送らんとし、忠吉の相方金札とめる。囲の坂田まさつねの生霊の真似をし気に入られ、金札牡丹を折る。
(五) 忠吉都で紙屑買、北向に馴れ踊見物の時面目を失う。忠吉夕霧にあう。男来るに夕霧忠吉を炬燵に隠す。夕霧は妹、忠吉に教訓。虚空に声あり、茶傾大明神朝鮮に帰ると。忠吉改心。亀屋三右衛門夕霧を身請。彼は妹を女房にと思っていたが、三右が念仏講の金を戻したのを忠吉が奪ったのが身売の原因。三右の言に忠吉後悔。

けいせい盃軍談

(一) 相撲屋九良七入道大坂の大金持。酒傾を好む。堺の醍醐屋兵六道頓堀に進出。入道あざの九兵衛を酒合戦に遣わす。兵六は妾が死んだので墓参。古き卒塔婆に詣でる女に心を移し、道頓堀の茶屋木市に誘い契る。女鬼丸と書いた二升入の盃を忘れる。松尾明神の夢告あり。この盃で飲めば酔わず、謂れ知らぬ者は乱酔。栂の字の名の者良輔佐と。生玉境内で室津の梅が枝に溺れ破産の栂の太十郎を得る。栂浮瀬に籠り三方に隠し勢。九兵衛方が飲み倒すが、隠し勢の乱入に敗退。
(二) 栂伊丹のあはやへ上諸白を買う使に。あはや夫婦喧嘩、見るに梅が枝。仲直りし去状を亭主に戻す。栂方に梅が枝来暮す。あはや来て密夫という。栂去状示す。あはやに返したのはすりかえた奉公人請状。あはや一札を書き三百目払う。鶏合入道見物。また酒宴の時茨木屋の太夫天職押かけ投節、いたちぼりのや失火を見ばやとはやす。窺い見るに鳥獣異類の物。兵六船遊。菊屋後家を口説き契る事あり。入道押寄せ兵六鬼丸で飲む。九兵衛栂を攻む。土風起りいたち堀辺失火。新町も焼け、入道焼死。
(三) 遊女寺に預けらる。うんかいうきくさを口説き、老僧留守中に契るが、老僧帰り、うきくさ半櫃に隠る。盗人入り半櫃を奪う。うんかい追払わる。盗人伴左衛門半櫃を開くに遊女に売った娘。大坂を立退く。足代屋利右衛門あしかがと呼ばれ新町遊。うんかいと子までなした女の恨みの手紙拾う。うんかいの所へ悪女子を連来て責む。先ず子を殺し心中と覚悟の場に足利来てとめ、うんかいを酒大将に頼む。びろうどの平六を両方より招く。八幡神前で白人の果の尼と野郎の果の僧が勤の事、兵六・足利の事を語り、二羽の鳩となり飛去るを見て足利に味方。

（四）道頓堀湊屋で酒戦。栂は飲死を覚悟し一子正之介に酒食一代記一巻を与える。兵六方無勢。栂一人で戦い大酔し二階の階段より落ち数日後死。兵六淫酒に痛み死。栂四十九日の弔いに家主梅が枝を口説き、拒絶して追出される。梅が枝窮し自殺をはかり、熊手の弥市に島原奉公をすすめられる。

（五）梅が枝浪花津となり湿深で鼻落ちの枯木の茂介にあい身請される。大坂への下り船、佐田天神辺で大念仏を見る。船頭、子を養う為に島原勤め、金を口入の者に預けしに、子虐待、病むを追出し姿くらます。子は母を尋ねてこで病死と語る。名を聞くに正之介。梅が枝栂の絵を桜の枝に掛け、勤も身請も正之介の為と口説き、絵を抱きしめ自害。

「仮名手本忠臣蔵」考

——その成立と浮世草子——

「仮名手本忠臣蔵」は竹田出雲・並木宗輔（本曲上演時の号は千柳、以下便宜一般に知られる宗輔で呼ぶ）・三好松洛合作の浄瑠璃で、寛延元年八月十四日より大坂の竹本座で上演され、古今稀な大当りといわれる好評を得た。本曲は元禄十四年三月十四日、播州赤穂五万三千石の浅野内匠頭長矩が高家の吉良上野介義央に江戸城中で刃傷に及び、切腹・城地没収の処分を受け、吉良には何の咎めもなかったので、浅野の旧臣大石内蔵之助ら四十余人が翌十五年十二月十四日吉良邸に討入り、吉良の首を挙げたという事件の劇化であるが、当時は実際にあった事件、殊に時事に関する件を実名で当代の事として文芸化する事は禁じられていたから、本曲は『太平記』巻二十一の七「塩冶判官讒死事」に見える、足利氏の代の高師直と塩冶判官のトラブルに浅野の刃傷を托している。本曲の大当りは以後の赤穂浪士劇の世界を足利の代の師直・塩冶に定めてしまい、例えば赤穂浪士劇の上演史として参考にされる『古今いろは評林』などでも、それ以後の師直・塩冶の登場する歌舞伎が大きく扱われていて、今日の研究者にまで、赤穂浪士劇というと直ちに『太平記』の世界のものと考えて怪しまぬ傾きがあるようである。

一方事件のあった元禄末より「忠臣蔵」上演までは四十余年の年月があり、その間にも事件の文芸化・劇化は行われているのであるが、その調査・研究は資料不足という事もあって、演劇面において進んでいない。「忠臣蔵」以前の浄瑠璃・歌舞伎の検討を行わずに「忠臣蔵」の成立を考える事はできぬであろうが、歌舞伎の方の資料が不足するのである。それと同時期の小説——浮世草子は演劇と交渉を持ち、赤穂事件関係の事実を伝える事を標榜した実録などにも交渉を有する。管見によれば浮世草子は「忠臣蔵」の成立に相当関わっているのであるが、従前部分的に指摘した拙稿(1)以外には考察皆無といってよい。改めて本稿を草して演劇研究の方方の参考に供したい。

『太平記』の世界

討入の翌年十六年正月、京の早雲座上演の歌舞伎、近松門左衛門作の「傾城三つの車」は御家騒動劇であるが、中の討入の場が赤穂浪士の討入の当込といわれている。反応は非常に早かったのである。同年二月、江戸の中村座で浪士の復仇を曾我の事に仕組む「曙夜討曾我」が上演されたと伝えられるが、これには疑問がある。また宝永五年、京の亀屋座の初狂言「福引閏正月」は『歌舞伎年表』に「赤穂事件の芝居か」とあるが、その評を載せた評判記の伝否未詳で、この狂言を取上げた挿絵一面と、『許多脚色帖』に貼込まれた番付を見るのみである。これには師直・塩冶判官・八まん六郎などが役名として見え、師直の塩冶妻への恋慕のあった事などはわかるが、それは『太平記』の範囲の事で、刃傷・復仇という展開の気配を察する事ができぬから、赤穂事件の脚色作とはいいきれぬのである。

浮世草子では西沢一風の『傾城武道桜』（宝永二年八月刊）、作者未詳の『傾城播磨石』（同四年正月刊）があるが、前者は新町、後者は島原という遊里での争いから死んだ男の為に馴染の遊女が復仇するという話にしている。

宝永七年には俄かに赤穂事件を扱う演劇・小説が続出、流行をなし、以後正徳・享保初年までブームともいえる様相を呈する。これは宝永六七年にかけ、浅野・吉良刃傷を思い出させるような刃傷事件があった事とか、兄の累を蒙った、長矩の弟の浅野大学が宝永六年八月二十日に赦され、七年六月二十八日に将軍家宣に謁し、九月十六日に五百石で召出されたというような事が端緒になったと考えられているが、まず宝永七年には演劇・小説にわたって次のような作品がある。

歌舞伎では、大坂の篠塚庄松座上演の「鬼鹿毛無佐志鐙《むさしあぶみ》」は六月一日から九月十一日まで、好評であったので閏八月を含めて百三十日の長期興行を行い、ブームの火付役になったという。それに刺激されて京の夷屋座において「太平記さゞれ石」が上演され、九月頃上演と考えられる「硝《さざれいし》後太平記」はその後日である。また秋には京の万太夫座、大坂の榊山座でも赤穂事件の狂言が上演されたという。

浄瑠璃では、近松作の「碁盤太平記」を本年九月かそれ以後の上演とする説がある。本曲は「兼好法師物見車」の後日として作られたものであるが、「物見車」の上演年月は未詳である。また紀海音作の浄瑠璃「鬼鹿毛無佐志鐙」は従来正徳三年上演とされていたが、近時宝永七年説がある。七年の上演としても歌舞伎の「鬼鹿毛無佐志鐙」以後という事になろう。

浮世草子では江島其磧の作と推定される八文字屋刊の『けいせい伝受紙子』が閏八月に出されており、前記「太平記さゞれ石」の影響が認められる。

これらの作品が浅野・吉良の刃傷事件をどの時代、どの人物に托しているかを見ると、歌舞伎の「鬼鹿毛無佐志鐙」は全体の仕組は明かではないが、小栗と横山（絵番付によこ山左衛門）(2)のトラブル。続く歌舞伎の「太平記さゞれ石」(3)は、足利尊氏が七堂伽藍を建立する工事の場を師直・師安父子が守る。塩冶判官は普請の役に当っているが、その許婚者の出雲の前が萩の侍従を伴い来る。師安は出雲の前に恋着し、侍従に仲介を頼んでいたのであった。事情を聞いて出雲の前は小夜衣と返事をする。侍従は師安に出雲の前を奪わせるが、丁度塩冶が師直・師安に対面に来た時に出雲の前を乗せた駕籠を舁込む。塩冶は怒りをおさえ師直に当て言をいう。これに対し師直・師安は塩冶に恥辱を与え、刃傷に至るとする。万太夫座の狂言は小栗判官、(4)榊山座は未詳。

浄瑠璃では、「兼好法師物見車」は『太平記』の「塩冶判官讒死事」により趣向を立てた作である。師直は後宇多院第八の姫宮卿の宮に恋慕。兼好は侍従に塩冶の妻の美を師直に説かせ、師直に思いつかせて卿の宮への恋慕を防ぎ、兼好が艶書を代筆してその中に貞女の道をしるしたので、塩冶妻は師直に従わず、兼好は師直に忌まれる。師直は塩冶妻の音羽の滝詣を待受け、侍従に仲介を頼む。侍従は聞かぬ。塩冶が見張るのを知らず、師直は濡れかかる。塩冶妻は拒むが薬師寺二郎左衛門がとりなして酒盛。塩冶妻は盃を受けて夫を呼ぶ。塩冶の勇に師直避ける。以上が上の段で、中の段に師直の讒言による塩冶の死が影の事として語られる。刃傷の事はない。海音の「鬼鹿毛無佐志鐙」は、後花園院の代に将軍義政の弟の政知が鎌倉に下向し、諸大名が饗応の時の小栗左衛門兼氏と横山左衛門とのトラブルから、小栗が横山に斬りかかる事にしている。

浮世草子の『けいせい伝受紙子』も『太平記』により、「物見車」よりも、より『太平記』に沿った形で、塩冶妻に心をかけ兼好に恋文を書かせるが効なく、侍従を仲介に頼む。侍従は欲から口説くが小夜衣の返事に師直は塩冶を亡して妻を手に入れようと思うとする。そして高氏の長男義詮が直義にかわり政務に当る祝儀の饗応役に塩冶が命じられ、師直の指図を受ける。しかし装束の事、馳走の次第と手違いばかりさせられ、勅使の前に出る時にまた装束の事を問うと、「大内の事は其方が内室よく存知ゐらるれば、立帰つてうつくしき内義にあふてとふて来られよ」との答に、遂に刃傷に及ぶ。

ところで右の諸作の刊行・上演の時期の先後を考えておく事は、それらの作相互の影響関係を見るのに必要であろう。歌舞伎の「無佐志鐙」は七年六月一日より上演、『伝受紙子』は「硝後太平記」の絵入狂言本所掲の広告に(5)閏八月二十一日刊行とあるのが確実なものであるが、「太平記さゞれ石」、その後日の「硝後太平記」、「物見車」とその後日の「碁盤太平記」、海音の「無佐志鐙」については、「後太平記」「碁盤太平記」は、前者は塩冶の所領は弟に与え、旧臣の子等は赦免とあり、後者は塩冶の子竹王丸が跡を継ぐ事を許されるとあり、浅野大学が召出された七年九月以後の上演と考え、「物見車」はそれ以前（「碁盤太平記」上演までの間隔は未詳）、海音の「無佐志鐙」は従来正徳三年上演とされていたが、歌舞伎の「無佐志鐙」との関係で宝永七年の上演かとされている（遺領相続や赦免の事はない）。管見によれば、『伝受紙子』は七年三月には坂田藤十郎・中村七三郎・初代市川団十郎の死を当込んだ好色物三巻として計画されたが、その八月刊の『野白内証鑑』には、五巻を無礼講・吝《（ママ）》気講・仁義講・礼知講・武勇講にわけ、内容を示す語りに「太平記細石《さゞれいし》」の語を含む予告が出る。(6) これは上中下三番を仁義講・礼智講・武勇講とする「太平記さゞれ石」の上演によって『伝受紙子』構想の変更があった事を示す。従って「さゞれ石」の上演は少くとも八月、七月に遡る可能性もあるという事になろう。「物見車」と「さゞれ石」との先後は、後者が先なら「物見車」も塩冶の刃傷を出すであろうのにその事がないから、「物見車」を先と考える。「物見車」と歌舞伎の「無佐志鐙」の先後は、後者の仕組の詳細がわからぬので判断しにくいが、同外題の浄瑠璃の「無佐志鐙」に刃傷の事があり、歌舞伎も同様であったとすると「物見車」が先であった事になる。浄瑠璃の「無佐志鐙」は五段の中の三・四・五段を礼・智・信之部としているから、少くとも「さゞれ石」以後の上演であろう。

浮世草子ではこの後に赤穂事件で一書を成す数作がある。作者未詳の『忠義武道播磨石』(7)（宝永八年正月刊）は、鎌倉幕府の嘉儀に伝奏下向。中国筋の城主印南野丹下が尾花右門の指図を受け、印南野は尾花に便宜を与えるが、美少年の小姓を所望されて与えず、その恨からトラブル、印南野の刃傷に至るとする。其磧作と推定の『忠臣略太平記』（正徳二年秋以前刊）は、天龍寺出来の法会に塩冶は勅使・院使の饗応役。師直の指図を受けるが、師直は塩冶妻への恋慕の達せられぬのを恨み、手違いをさせ、刃傷に至る。『忠義太平記大全』（享保三年正月刊）は、作者未詳であるが、鎌倉寿福寺の新堂供養に勅使・院使の饗応に当った加古川領主印南野丹下は、尾花右門の指図を受け、尾花にいろいろ便宜を与えるが、尾花が小姓に恋慕し所望するのを拒み、尾花があらぬ指図をし印南野刃傷。白梅園鷺水作『高名太平記』（正徳頃刊）は、鎌倉で江州の浅井高見之丞が和歌について為家の批点の事で野上吉之と争い、刃傷に及ぶとする。部分的に赤穂事件による作には、作者未詳の『近士武道三国志』（正徳二年正月刊）巻第十に、播州印南野丹下まさ久が鎌倉殿中で尾花右門これ国と口論、刃傷とし、都の錦作の『当世智恵鑑』（同年三月刊）巻之二の一に、道心者が箱根で西国方の城主深野某の家臣小寺宮内父子にあい、米良方に討入の話を聞くと思えば夢であったとする。作者未詳の『今川一睡記』（同三年正月刊）は、塩冶の師直への刃傷があるが、今川孝宗がからみ、塩冶領内の支配に水戸の松波勘十郎の一件をからませる方に重点がある。作者未詳の『西海太平記』（同年九月刊）は、塩冶家の大岸宮内配下の高岡伝五右衛門の妻子に関する、赤穂事件の外伝をなしている作というようなものが刊行されている。

これらの作を大別すると、㈠説経の小栗判官の小栗・横山に托するもの、㈡『太平記』の時代、師直・塩冶またその近縁の人物のトラブルに托するもの、㈢浅野・吉良を思わせる名の架空の大名の争いとするものと、それぞれに仮托される人物・時代を異にする発端を置いて作品が構成されている事がわかる。前述のように享保以後の赤穂浪士劇の扱いは必ずしも明かではないが、㈢は演劇に受けつがれる事はない。㈠の小栗は、歌舞伎の「無佐志鐙」の大当りが強い印象を与えたものか受けつがれ、祐田善雄氏の御論によれば、(8)この「無佐志鐙」と小佐川十右衛門所演の狂言（前述の万太夫座上演の小栗の世界のもの）による、沢村長十郎座で享保二年四月上演の「忠臣いろは軍記」の影響を受け、小栗・横山一件に托された歌舞伎が多く、並木宗輔自身の浄瑠璃「忠臣金短冊」（享保十七年十月一日、豊竹座）もまた小栗・横山であり、その好評はまた小栗の世界に仕組むという機運を強めて行ったといえるようである。

㈡では「兼好法師物見車」が問題である。本曲は前述のように赤穂事件物のブームを将来した歌舞伎の「無佐志鐙」

以前の上演と考えられ、祐田氏もいわれるように、(9)後日の「碁盤太平記」を別にした本曲だけでは赤穂事件を想起させるものはないのである。並木宗輔には安田蛙文との合作に、享保十三年二月上演の浄瑠璃「尊氏将軍二代鑑」がある。本曲については既に拙稿で指摘しているが、(10)その構成が大きく浮世草子、江島其磧作の『日本契情始』(享保六年三月刊)によっている。玉藻の前を討った功で三浦の介義孝が官女千歳を妻として与えられるが、千歳は既に三浦の介の弟和田五郎義勝と契った仲であった。これを「二代鑑」では、塩冶が賞として早田の大納言の女篠の目姫改め皃よ姫を与えられるが、(11)皃よは以前契った男があり、それが後に塩冶弟の四郎左衛門高則とわかる。皃よに心をかける右大臣藤原の具親は足利直義と通じ悪謀を抱く。師直も皃よに恋慕するが実は具親の悪心を妨げる為とする。その筋は複雑であるが、要するに塩冶妻をめぐる塩冶・高則・師直らのからみに興味があるのであって、このような作がある事は却って赤穂一件と塩冶・師直と結びつける事が宗輔の念頭になかった、ひいては当時の演劇界にもそういう機運がなかった事を示すものであろう。それなら「物見車」も前掲の「福引閏正月」も赤穂事件とは関係がないのであって、「物見車」は「閏正月」に採用した時代・人物より思いついての作で、歌舞伎の「無佐志鐙」の大当りを見て、塩冶の臣として「物見車」に出した八幡六郎を、今は改め大星由良之介として赤穂浪士の復仇を扱う「碁盤太平記」をその跡追としたという事情であったのではなかろうか。

そう考えると、早く『太平記』の塩冶・師直のトラブルを浅野・吉良の刃傷事件に結びつけたのは、歌舞伎の「さゞれ石」と浮世草子の『伝受紙子』という事になる。しかし「さゞれ石」の方は『太平記』に比べて、塩冶の妻とせず許婚者とする事、師直ではなくて子の師安の恋慕と変改する事の理由は明かでない。師安に扮した富山兵右衛門は『役者謀火燵』によれば敵役の中の位で、この役者に一役振ったのかもしれぬが特に働きのある役とはいえず、このワンクッションを置いた事によって劇として効果を上げたとはいえぬのである。これに対して『伝受紙子』の方は、

『太平記』通りに直接師直の塩冶妻への恋着としており、前述のように師直が塩冶に対し妻を当てつけて罵言を吐くという事もあり、「忠臣蔵」に一層近いといえよう。

宗輔が浮世草子に一部分なりと趣向を得た作については、以前に前述の「尊氏将軍二代鑑」と、「北条時頼記」（享保十一年四月）「南都十三鐘」（同十三年五月）の例をあげた事がある。[12] 更に『伝受紙子』は、刊行直後の小修訂を経て正徳に入って赤穂事件関係部分を三巻に編成した改題改竄本『評判太平記』として出し、また五巻に復して『けいせい伝受紙子』の旧題で出し、宗輔の「忠臣金短冊」が享保十七年十月一日より上演され、大好評でやがて江戸でも上演されるというのに乗じて、「金短冊」の世界にあわせて、塩冶・師直を小栗・横山と埋木で修訂した改題改竄本、題名までを借用した『忠臣金短冊』五巻として享保二十年二月に出すという事をやっている。[13] 人気のあった浮世草子であったのであるが、宗輔にとって己れの作に右のような縁を持った作として記憶に残ったものと思われる。

「忠臣蔵」において『太平記』の世界、塩冶・師直のトラブルを刃傷に結びつけたのは『伝受紙子』に思いつくといってよいのではないか。『伝受紙子』は赤穂事件を扱うといいながら、題名にもわかるように好色味の勝った作であるから、小栗をとらずに塩冶妻に対する師直の邪恋の方を採ったものと思われるが、宗輔ら「忠臣蔵」の作者が世界を定める時、従来の浄瑠璃、海音の「無佐志鐙」の小鼓と弓と技芸の褒貶による小栗の恨み、「金短冊」の香競べに横山が小栗の相手の方の肩を持った事に対する恨みなどよりも、『伝受紙子』の師直の塩冶妻に対する邪恋を結びつける方が効果が上げられると判断したのであろう（技芸より恋をとった事には、前述の一部の浮世草子に男色の恨みとするもののある事も思いあわされる）。また「無佐志鐙」「金短冊」ともに豊竹座上演であるのに、「忠臣蔵」が竹本座上演を予定されたものであったがゆえに異を出そうとした事もあったのであろう。

登場人物・趣向

右のように考えられるなら、「忠臣蔵」の中の人物の言動、部分的な趣向の上に、浮世草子の投影を探ってみる事も無駄な穿鑿ではないであろう。『伝受紙子』や前掲諸作などとの関係を二三記してみる事にする。(14)

『伝受紙子』二之巻の第二、大岸宮内の一子力太郎に八重垣村右衛門が心をかけ、念友の間柄になる。この八重垣については、「家中の末の奉公人」「軽き末の奉公人」「切米取の纔の奉公人」とある。塩冶の切腹後家中は離散し、八重垣は宮内父子の行末を見定めようと思う。同第三、力太郎は八重垣と縁を切ろうとし、八重垣は力太郎を斬ろうとする。宮内が止める。父子との問答からその内心を察した八重垣は、同第四に他言せぬ証拠にと腹を切って再訪し復仇の本心を聞き、力太郎が縁を切ろうとしたのは、八重垣が一味に加わっても男色の愛にひかれての事と噂されるであろうのを慮っての事と心を明かすのに満足して死ぬ事がある。「硝後太平記」では、討入後小寺吉左衛門が帰国し出雲の前に報告する。親吉内は腰抜けと罵るが、吉左衛門が再び関東に下ると知り切腹してはげます。吉左衛門は出雲の前に恋着した太田大膳の首を取り、大岸宮内らの切腹の場に至り共に切腹を願う。その時一味の者の子を赦免し、塩冶の所領を弟塩冶六郎に与える使が来、皆は吉左衛門をなだめ切腹を思いとまらせるとする。これは討入後大石の命で赤穂と浅野本家の広島に赴き、浪士切腹後の四月初め大目付仙石伯耆守の許に出頭、処刑を願い聞届けられなかった（『赤穂鍾秀記』巻之下）と伝えられる足軽寺坂吉右衛門に当てた役であるが、片岡仁左衛門の勤める主要な役の一つになっている。「碁盤太平記」では、足軽寺岡平蔵の子の平右衛門が岡平と称し大星由良之介方に奉公、師直よりの間者と疑われ力弥に斬られる。平右衛門は平蔵が主君の仇を討てと切腹したのにはげまされ師直方に奉公したが、間者に選ばれたので大星が遊興にふけると報告し油断させておいたといい、感心した大石が一味に加え、平右衛門は碁盤に石を並べて師直邸の様子を伝え死ぬと、これもよい役目を負う人物となる。前述のように「硝後太平記」「碁盤太平記」は九月以後の上演と考えられているが、[15]それなら「忠臣蔵」の寺岡平右衛門は『伝受紙子』の八重垣村右衛門を始源に、「後太平記」の小寺吉左衛門、「碁盤太平記」の寺岡平右衛門にはその影響を考えねばならぬであろう。そう考えると、八重垣が宮内父子の復仇を志す本心を聞出そうとして果さず、他言せぬ証に腹を切るという誠心を示して本心を明される事と、「忠臣蔵」七段目、平右衛門が由良之助に取りあわれず、お軽を斬ろうとして由良之助に関東への供を許されるというのとの関係がたどれるのではなかろうか。

『伝受紙子』四之巻の第二、京都石垣町で力太郎は白人のはつねのまんと馴染み、毎夜通う。同志の一人鎌田惣右衛門が来て意見をする。力太郎はまんの借金二十両を鎌田より借り、まんに与えて以後通わず。同第五、実はまんは力太郎の兄分であった八重垣村右衛門の妹で、母を養うすべのないゆえの白人勤めで、二十両は勤めをやめるに必要な金であった。この話については既に書いた事があるが、[16]元禄末年頃大坂で、夫が江戸で病死して妻が姑を養う為に売色するという事実があったようで、少し宛変化させてはいるが、当時の左の諸作（注記する以外は浮世草子）に題材また一部の趣向として用いられている。

忠孝永代記（森本東烏、宝永元年十一月序刊）六の二
本朝浜千鳥（永井正流、同四年五月刊）一の三
けいせい風流杉盃（同二年三月刊）諸国之巻の二
儻偶《てれん》用心記（月尋堂、同六年六月刊）三の四
けいせい安養世界（歌舞伎、同三年正月）
今様廿四孝（同、同年同月刊）二の四
傾城播磨石（同四年正月刊）二の四
野白内証鑑（江島其磧、同七年八月刊）一の四、二の十

『伝受紙子』以後も、『傾城禁短気』（其磧、宝永八年四月刊）三の二、『風流七小町』（同、享保七年九月刊）三の二に見

られ、「忠臣蔵」以後にも近松半二らの浄瑠璃「太平記忠臣講釈」(明和三年十月上演) 六段目に利用される。このようにパターン化した話であるから宗輔らは心得ていた事と思われるのであるが、「忠臣蔵」の世界を定めるのに『伝受紙子』が関係していたと考えると、ともに足軽の妹である事、兄の死後母を養う為に勤めに出る事と、夫の為の勤めで勤めて後に夫の死にあう事 (その死はともに切腹)、勤めの場が石垣町と祇園とほぼ同じな事、力太郎・由良之助ともに色に耽るよりは方便の遊びである事、女が同家中という縁のある者である事などと両者を関係づけると、「忠臣蔵」のお軽のヒントがここにあった事を思わせるのである。お軽は京の二条通寺町の二文字屋次郎左衛門の娘で大石の妾であったと伝える。「金短冊」第四には、山科の大岸宅に妾のかよがいる事になっている。名前の近似からその時から軽女の事が宗輔の念頭にあったのであろうと思われるが、これを大石の遊興相手に改変したのは「忠臣蔵」の作者の巧妙さで、それを寺岡の妹とするなどは『伝受紙子』の関与を考えてよいように思う。

次に勘平である。勘平は「金短冊」にも出るが、「碁盤太平記」の岡平 (寺岡平右衛門) の系をも引いた人物として設定され (妻は歌木)、「忠臣蔵」とは全くイメージを異にする。

そのモデルとされる萱野三平については、長矩刃傷の変を急使として赤穂に報じた事の他、実家に寄った時に母の葬にあい、悲歎しながら再び盟約に赤穂に赴いた事、老年の父に家にとどまる事あるいは他家へ養子の事、他家へ勤仕の事をいい渡され、忠と孝の板挟みとなり十五年正月十四日切腹、主君に殉じたと伝える (『赤城義臣伝』等、『忠誠後鑑録』或説上には母生存)。浮世草子では、

滝井杉之丞が母方の縁者方におり、その娘お梅が恋慕、自害すると迫るので契ったが夢であった。娘の父が杉之丞を聟にという。断っても聞かれず自害。娘も後を追って自害 (『忠義武道播磨石』二の二)。

これは同志の一人で大坂で遊女と心中したという橋本平左衛門 (『江赤見聞記』四) と混合の気味のある話であるが、

聟に望まれ断れず自害というに萱野三平を思わせるものがある。独身の三平が勘平となってお軽と契るのは、この辺からあるいは発するのであろうか。

遠里《とおさと》忠平次は遠野小野の家に帰る。父忠太左衛門は復仇の事を許さず、油を請売し養わぬ時は勘当という。忠平次が自害を計るのを下人喜三太が止める。忠太左衛門が喜三太に求める事を命じた今宮の干瓢を持来れという時、母にあい今宮に行かずという。今より行けというに対し、晩に母の許へ行く約束ゆえ行かぬという。忠太左衛門は怒って斬ろうとし、忠平次が止める。喜三太は主より親を重んじるが曲事ならまず忠平次を斬れという。忠太左衛門後悔（『忠臣略太平記』四の三・四）。

これは親の命に背けず自害した三平の話を逆転させたもの。

吉野勘平が故郷の吉野に帰住していたが、奈良に赴いた帰途七八人の山賊にあい、着物は与え、亡君より拝領の脇差は与えなかったので斬合いとなり、三人を斬倒したが片足を斬落される。所の者が見つけて戸板にのせて送る。勘平は女房に、深手であり、たとえ養生して本復しても片足では復仇は不可能ゆえ殉死といい、遺書をして切腹。女房は山科に赴き由良之助に次第を語り遺書を渡す。大岸父子感涙にむせぶ（『忠義太平記大全』五の三）。

ここに勘平の名がはじめて出る事に注意したい。そして賊に襲われる事、戸板でかつぎ込まれる事を与市兵衛の上に移し、勘平を切腹させると「忠臣蔵」五段目・六段目の骨組になる。ヒントとして有力な話ではなかろうか。実説にせよ右の浮世草子にせよ三平がらみの話は、自害・切腹が欠くべからざる条件である。「忠臣蔵」は、「金短冊」の横山邸で横山を討とうとして妻歌木を死なせ、また大岸の本心をうかがう為に唖を装い入り、力弥に討たれるというような実説と全く離れた勘平像を、切腹に修正し、その際に右の『忠義太平記大全』を利用したのであろう。

「忠臣蔵」九段目、戸無瀬・小浪が自害を覚悟する時、表に虚無僧の鶴の巣籠を吹く尺八の音に手を止める。お石が出て力弥との祝言を許すといい、聟引出に本蔵の首を所望する。虚無僧姿の本蔵が入来り大星父子を罵り、力弥の槍に突かれて本心を明かす。前に宗輔が利用した浮世草子として名をあげた『日本契情始』に、兄三浦の介に千歳を添わせる策として、和田五郎は家老古郡新五右衛門の妻おぬさに艶状を送り、勘当を受けて家を去る。古郡夫婦も和田五郎の母の思惑をはかり立退く。一之巻の三に、その隠れ家に「行脚の虚無僧柴の戸に立て。鶴の巣ごもりといふ手を。息づかひよく吹ければ」、夫婦は感にたえず呼入れると意外にも和田五郎であった。和田五郎は事情を聞いて帰参を許ろうといい、古郡は強く拒む。和田五郎は古郡を罵って討たれようとする。古郡はその覚悟の体を見、離縁状を書き妻を与えようといい、盃をさせようとする。和田五郎は同じ事なら不義者にして我を討てという。古郡は討たれるのを急ぐのは不審と心底を問い、三之巻の一で和田五郎は実心を明かす。両者心底を探り義理を立てあう。一方は旧家老であり、おぬさを与えようとし拒む事あり、盃事に及ぼうとする事もある。虚無僧の奏する鶴の巣籠で意外の出会となり、緊張より許容に至る。「忠臣蔵」の方がずっと複雑にはなっているが、『契情始』を宗輔が以前に利用している事を考えて、九段目構想の多少のここに出た可能性を指摘しておきたい。

なお小事ながら、同じ段に出る由良之助の妻をお石という。これは実の大石の妻の名ではない(実の妻の名はおりく)。「金短冊」にはおやなとする。其磧作の『傾城禁短気』(宝永八年四月刊)三之巻第二に、大坂の白人遊びを描いて、名物のお石という白人をもと浪人の娘と聞いて呼ぶ。赤穂事件を仕組んだ篠塚の狂言の噂をするとお石が涙ぐむので、赤穂浪士のゆかりの者かと思うと、父が浪士の石塔細工に呼ばれ、江戸に下り着く前に病死、その為母を養おうと思い勤めるというとの話がある。大石→お石の連想によると単純に考える見解もあろうが、上来の浮世草子との関係から見て、『禁短気』より思いついた可能性があろうと思う。

赤穂事件関係実録と浮世草子

「忠臣蔵」十段目は堺の天河屋義平の義心がテーマである。そのモデルは天野屋利兵衛とされて来たが、実在の天野屋利兵衛にそのような事実はなかったという。[17] 利兵衛の事は討入後時日を経ぬ頃の記録・実録類には見られぬようである。天野屋の事を取上げた実録類の記事は、

大坂の町の名主天野屋次郎右衛門が槍を二十本誂え、鍛冶が訴える。町奉行が調べ禁籠。討入後大石依頼の事をいう。追放され、京にて宗悟と称する（『赤穂鍾秀記』下）。

大坂物年寄天野屋理兵衛、大石の依頼で袋鎗数十本注文。町奉行松野河内守訊問、入籠。討入後白状。追放され京東山で松永土斎という（『忠誠後鑑録』或説下）。

十五年八月町奉行松野河内守に久宝寺町の鑓屋某、天野屋利兵衛より鑓四十本注文ありと訴え。天野屋白状せず、拷問。翌年敵討落着と聞き、大石依頼の事をいう。追放され、京知恩院門前で松永土斎（『内侍所』礼）。

一方浮世草子では、

浪士の一人和田松笠右衛門が大岸を恨み、大岸が狙う事、塩冶御用の大坂の呉服店で京に楽隠居の海士川《あまかわ》屋土平が武具調達の事を師直に訴える。師直訊問。土平は宮方の残党が楠正行討死後出家し、不用の武具を買うと陳述（『忠臣略太平記』三の三）。

堺の鑓屋孫六が天王寺屋度兵衛より異様の鑓の注文を受け届ける。度兵衛は実をいわず押込められ、討入後実を明かす。剃髪して松本地斎という（『忠義太平記大全』十二の一）。

鑓屋三助、変った誂えの鑓四十筋の注文を受け野上吉之に訴える。常の鑓を渡せと命じる。仕立物屋袴百注文ありと訴える。野上方に浪士と内通の者あるを思わせる手紙を添える。これは大西浦之介の計略（『高名太平記』六の三）。

『後鑑録』は『赤穂義人纂書』補遺所収本によると、小川恒充の宝永四年四月の自叙、同五年十一月の後語を備え、それに冠する正徳四年夏の前田道通の序がある。そして右の話が収められているのは或説の部であるから、少くとも宝永五年十一月以降、あるいは正徳四年以後の補遺という事になろう。『内侍所』は元禄十六年の自序を有するけれど、野間光辰氏が宝永五年以後の成立としておられる。(18) 著者の都の錦が九州から上方に帰った宝永末以降の成立であろうか。『内侍所』には天野屋の事のない本があり、智之巻に右より詳しく出す本もある。『内侍所』は「伝に曰」「注に曰」という形で話を加え、次いでそれを別章に立てて巻数をふやし、五巻の本が四十巻、五十巻までふくらんだ本であるが、天野屋に触れぬ本のある事は、『内侍所』が天野屋に触れるのは少くとも正徳以後という事になろう。『鍾秀記』はそれより遡るようであるが、このような記録体の初期実録類は、新情報を著者また後人が増補して行く性質のものであり、同書は箇条書になっていて加除の容易な体裁である。『義人纂書』第二所収本が、そんな増補を加えられた可能性がない事もなかろうと思う。

これらを見ると、宝永末か正徳の頃に京都に松永土斎という人物がおり、それが天野屋利兵衛の隠棲後の姿であったかあるいはそういう噂があったので、大坂の町の惣年寄が隠棲に至った理由として、浪士の武器調達という事が付会されたという事情ではなかったか。刃傷と討入は事実を押える事ができる。しかしその中間の浪士の動静、事成就までの辛労の具体相はつかめない。そこに根拠のない噂、推測や捏造が入りこむ余地がある。右の浮世草子は実録諸書と同じ時期に、そういう話を作り、ふくらませる役割を荷ったのである。

『京都書林行事上組済帳標目』によれば、実録の『太平義臣伝』（赤城義臣伝）と同時に、『忠義太平記大全』『忠臣略太平記』『高名太平記』が享保四五年頃絶版を命じられており、下って明和八年の『禁書目録』には、これに加えて『忠臣金短冊』が見える。これは前記の『伝受紙子』の改題改竄本であろう。これら浮世草子は実録の『介石記』『鍾秀記』などと同じ扱いを受けているのである。ここからも「忠臣蔵」の執筆時に実録が参照される事があったら、関係の浮世草子も参照された事が考えられる。

「忠臣蔵」の成立を考える時、正統の史書・記録だけではつかめぬ細かい消息を求めて初期実録類を参照するのであるが、それらは著者の理想とする武士像への思い入れから来る推測・捏造があり、根拠のない噂の採用がある。その上これらは写本で流布し、転転する間に増補されて行く。諸本調査が必要であるが殆ど行われていない。一方浮世草子は直接の趣向源となり、実録との交渉があり、ある時は実録の増補の供給源ともなっている事、刊行時が判るから推測・捏造の発生時期を押える手掛りとなる事などから、有効な資料となり得るのである。ただその際、後年のものながら西沢一鳳の『伝奇作書』初編上に、「小説稗史を真といふ事」「浄瑠璃の作を行といふ事」「歌舞妓の作を草といふ事」の見解があり、浮世草子・実録に比べて浄瑠璃・歌舞伎は一層架空の世界に遊ぶ事が認められていたという事を考慮しておく必要があろう。

注

（1）『浮世草子の研究』、『けいせい色三味線けいせい伝受紙子世間娘気質』（新日本古典文学大系78）。

（2）守随憲治氏『歌舞伎通鑑』所掲。

（3）『西沢文庫脚色余録』三編中の巻（新群書類従・一二）所収。

（4）『飛鳥川当流男』改題改竄本『西鶴あと逐当流たが身の上』による。

（5）八文字屋版。都立中央図書館加賀文庫本。『脚色余録』三編下の巻所収はこの上本か。

（6）『浮世草子の研究』。

（7）本書及び後掲の『近士武道三国志』『西海太平記』等を月尋堂の作と推定する説がある（藤原英城氏「月尋堂と八文字屋」近世文芸58）。

（8）「仮名手本忠臣蔵成立史」（浄瑠璃史論考）。

（9）同右。

（10）「並木宗輔考」（浮世草子新考）。

（11）今尾哲也氏『吉良の首』に顔世の名初出の作と指摘。

（12）（10）に同じ。

（13）拙稿「板木の修訂」（浮世草子新考）。なお『金短冊』と同じ頃に『忠臣略太平記』をもとに六段本に仕立た『曲輪太平記』も出、上演されたものではないが塩冶・師直と浄瑠璃が結びついている（拙稿「曲輪太平記考」浮世草子新考）。

（14）「忠臣蔵」各段の作者の分担の問題（森修氏「浄瑠璃合作者考」近松と浄瑠璃）があるが、本稿は作者間に共通の理解があったと考えておく。

（15）大学の九月召出が根拠となる説であるが、六月に将軍に謁しており、召出は予想できたとすると九月以前の上演も考えられぬ事はないが、証拠がないから、通説による。

（16）『浮世草子の研究』。

（17）『大阪市史』一に、天野屋は北組惣年寄で内平野町住、四代の利兵衛直之は元禄三年惣年寄となり、七年九郎兵衛に替り、八年五月罷免。利兵衛は岡山池田家蔵元、熊本細川家名代とあり。

（18）「都の錦獄中獄外」（近世作家伝攷）。

松伐り

正徳二年二月十五日より、大坂の松本名左衛門座で座本荻野八重桐・宮崎伝吉の一座で上演された「関東二度ノ敵打」に松伐りがある。『歌舞伎年表』の説明は、『役者箱伝受』（正徳二年三月刊）大坂之巻の「上立役　中村新五良」の項の左の記事を移しただけのもので、それ以上の詳細は明かでない。

（前略）二月十五日よりなじみの梅、難波のぶたいに咲せ、関東二度ノ敵打ニきも入五郎兵へと成、両替や南北殿へ養子きも入、長持の中より大岸くないの石塔、四十七人のそとはを出し、段々の品いはる丶所よし、其後中げん奉公し、やみの夜ニしのび者をとらへる時、ぬき打ニとなりやしきの軒の松の枝切リ、せんぎに成、とらへししのび者を引出せば我弟、なはとき主人の敵と両人して、新九郎桐野谷殿を打、其身腹切給ふ迄大でけ、（後略）(1)

これによれば大岸宮内の仇討の後日譚になっているから、塩冶・師直の事に脚色した赤穂浪士一件関連の、大岸一味の中の者に何らかの縁のある者が、一味の恨を蒙っている者を討った狂言であったという事はいえるであろう。

正徳二三年頃の八文字屋刊行と思われる浮世草子『当流曾我高名松』(2)は、曾我兄弟の仇討の後、鬼王・団三郎が主人曾我五郎を女装して捕えた御所五郎丸を主人の仇と狙う話になっている。このテーマは「二度ノ敵打」といえるであろう。五郎丸は曾我五郎を捕えた功によって、荒井の藤太重家と称して鎌倉常盤ヶ谷の松館を拝領している。この松館とは八幡太郎義家以来源家に由緒のある松がある故の名である。その隣の邸には秩父六郎重安が居る。鬼王は関内と名を替えて秩父方に仲間奉公。関内が拍子木を打って夜廻りの時、邸に忍び入ろうとする者を見て抜打に切付け、隣屋敷の塀より生下った松の枝を切折る。夜盗を捕えてみると、仇討をあせって荒井方に忍び入ろうとしてあやまって秩父方に入ろうとしたが、虐の為に力衰えていた団三郎であった。荒井は松の枝の切り手を吟味し、落ちていた拍子木から秩父方に切り手ありといいかけ、関内が名乗り出る。そこへ団三郎も出て、遂に荒井を討つ。

なお、狂言前半にある、肝煎となる事、両替屋に養子を肝煎る事、卒塔婆を出し段々の事情をいう事は、『高名松』にも、荒井方の掛屋の大坂の富裕の両替屋山崎屋治左衛門方に少将を妾として入らせ、兄弟の姉二宮と、五郎と少将の間の子金蔵をも預け、縁を深くして荒井を討つ手段を求めようとする事があるが、鬼王が八百屋七介となり仲介をするのであり、金蔵も養子となる。治左衛門は実を明かされ、荒井方へ計略の手紙を書く。鬼王は少将の長持をあけて曾我兄弟の位牌を出し、鬼王兄弟の死後の曾我兄弟への弔いを頼む。治左衛門は自ら右手を切落し、荒井へ以後密告の手紙を送らぬ証拠を見せるという事があり、『高名松』と「二度ノ敵打」とは密接な関係にある事は明かであろう。

『高名松』は伝存本には署名などはない。月尋堂が作者に擬せられている作(3)であるが、彼は八文字屋の代作者であった時期があり、八文字屋が其磧との確執期に、作者の署名のない作を刊行するのは正徳二三年の間である。『高名松』をその間の作とすると、「二度ノ敵打」との先後が問題であるが、「二度ノ敵打」の方が筋を通すのが素直な感があり、また宝永末・享保初にかけて赤穂浪士の一件を演劇・小説に取上げる事が流行をなしており、「二度ノ敵打」の方がその流行に従う作で、『高名松』はそれを正徳二年刊の『当世御伽曾我』『風流東鑑』など曾我を扱う作に思いついて、曾我に転じた作と思われ、「二度ノ敵打」→『高名松』という流れを考えてみたい。

ここに今一つ『諸国勇力染』という浮世草子がある。『浮世草子考証年表』では正徳年間の刊とした。所見本は零本二之巻のみで、作者・冊数・刊年など何もわからない。目録首には「二之巻」とあるが本文首には「下二之巻」とあり、完本の巻数の判断に迷う。目録には「相州小田原之噂」とあって、一之巻とは事件の場所など異なるようであるが、そこに掲げる三章の章題の上には三四五とあり、一之巻とは少くとも登場人物など通うものがあるようである。巻末でこの話は終り、三之巻以後があれば話題は異なるようである。

左近の将監の嫡男右近之丞は蹴鞠を好んだが、隣屋敷の柴野為宗の庭の松が繁って鞠掛りの上に覆いかさなるようになったので為宗方に申入れるが、先方は枝を切る事を承知しない。将監が改めて申入れると、代々家に伝わる古木であり、殊に将監方に出た枝はよい眺め、切る事は不承知との返事。これに怒って家来を切りにやらせようとすると、新参の草履取妻平と妹の小松がその役を望む。将監方が警戒に当る中を、塀に梯子を掛け小松が斧で枝を切落す。翌朝為宗方より切り手を引渡せとの申入れに、将監はこれを拒み、為宗方を迎え撃つ用意をする。妻平は為宗方へ渡すように望むが将監は許さぬ。妻平は実は小栗判官兼氏の一族後藤左衛門国虎の弟国安で、小松は実はその女房。小栗が横山郡司と不和になったのは、為宗が小栗・横山に遺恨深く讒言して不和になるように謀る。小栗は短慮で、実否も正さず殿中で横山に手を負わせ、二の太刀を打ちかけようとする時為宗が抱き止め本意を遂げず、彼なくば心のままに討ちしものと最期まで残す一言に報い、また小栗の家滅亡の恨をはらす為に諸士が横山を討った時に国安は他国しており、人数に加わらず腰抜けの名を取りしを雪ぐ為に為宗を討たんと思い将監家に奉公、為宗方に送り討たせてくれと望む。将監は二人の請状を返し与え盃をして送り出す。妻平は小松の縄尻を取り、家来らが守り届ける。為宗は数十人に守らせる中で、小松をなぶり殺しにするとて、この腕で切りしならんとまず小松の右腕を切落す。妻平は十手で為宗の右腕を打ち飛びかかって押伏せる。小松舌をかみ切って死ぬ。妻平は恨みを述べ為宗を殺し死体にのって腹を切る。二人を小栗や諸士の菩提所藤沢寺に葬り弔う。

宝永末より享保初にかけて多出した、赤穂浪士一件を扱った小説・演劇は、大別して太平記時代か小栗判官に結んで仕立てられたものとなる。この作は、浅野内匠頭の刃傷をとめて吉良上野介を討たせなかった梶川与惣兵衛に対する世人の悪感情を示す、赤穂浪士一件の外伝といってよいであろう。ここにも松伐りがあり、『高名松』との関連が考えられる。『勇力染』は目録の各章題にカットが描かれており、正徳三年九月刊の『手代袖算盤』が目録にカットを入れている事や、同年同月刊の『西海太平記』が赤穂浪士一件の外伝をなしている事を考えて、『勇力染』も正徳三年前後の刊行かと思う。その小松の右腕を切落す所は、西鶴の『男色大鑑』第二巻の二「傘持てぬるゝ身」に拠るのであろうが、『高名松』の治左衛門が自らの右手を切るのとの関連が考えられる。しかし、『高名松』の作意の多い記述に比べて『勇力染』の方が先出であろう。即ち正徳二三年に以上の三作が続いて上演また刊行され、それらが赤穂浪士一件の外伝として構成され、共に松伐りの趣向がある事が注目されるのである。

なお加えていえば、『高名松』には、鬼王が大坂より東下の時、道中奉行桃井播磨守家来と偽称する（三ノ一）事があり、桃井の名は『けいせい伝受紙子』などにも出るが、介経の家来の侍に小林平八（四ノ一）という名があるのは、実在の吉良の家臣の小林平八郎を意識するものと思われる。

私は前稿で、並木宗輔が八文字屋本を読んでおり、『伝受紙子』によって「仮名手本忠臣蔵」を高師直・塩冶のトラブルとする事を思いついたと書いた。宗輔は『伝受紙子』の他に、正徳・享保期の浮世草子など赤穂浪士関連の物をいろいろ渉猟している。場合も切る行為の寓するものも異なるのであるが、右のように赤穂浪士関連の作に松伐りが重要な趣向になっている事を考えると、「忠臣蔵」第二の加古川本蔵が縁先の松の枝を切って、主君桃井若狭助を励ます事は、これらの作にヒントを得た可能性を考えてよいのではないかと思う。

注

（1）『歌舞伎評判記集成』第五巻による。振仮名は省いた。

（2）『八文字屋本全集』第六巻所収。

（3）藤原英城氏「月尋堂と八文字屋」（近世文芸58）。

浮世草子と実録・講談

――赤穂事件・大岡政談の場合――

浮世草子と実録との関係については、元禄十五年正月刊、都の錦作の『東海道敵討』（元禄曾我物語）が後年石井兄弟の亀山の敵討の実録に用いられる事、[1]正徳二年正月刊、作者未詳の『頼朝三代鎌倉記』、同三年正月刊、江島其磧作『鎌倉武家鑑』が寛延頃以後の柳沢騒動の実録成立に大いに影響する事[2]などが指摘されている。このように後年実録成立時に事件当時の浮世草子に遡って利用される場合の他に、事件当時あまり隔たらぬ時期に、浮世草子と実録と交渉しあい影響しあって虚実混合の実録が作り上げられる場合、実録が挿話等をふくらませ長篇化・複雑化して行く時に、関係のない浮世草子の中の一話が投入される場合がある。本稿ではそれらの二三の例について考えてみたい。

赤穂浪士一件

元禄末より宝永・正徳の浮世草子界では、当時の実際事件を取上げる事が一つの流行をなしており、市井の心中・殺人などの事件から町人社会の事ながら当局の介入のあった淀屋一件へ、更には武家社会から幕閣へと対象がひろがって行く。右の『頼朝三代鎌倉記』などもその風潮の中に生まれた作であるが、宝永六年正月の将軍綱吉の死が抑圧からの解放のきっかけになったかのように、元禄末の赤穂浪士一件、宝永五年末よりの水府百姓一揆、七年六月一日処刑の伊勢桑名松平家の野村増右衛門の苛政などに関連の時事小説が宝永末から書かれるようになり、とりわけ流行したのが赤穂浪士一件を扱う作で、七年六月一日から大坂で上演された歌舞伎「鬼鹿毛無佐志鐙」の大好評に続いて歌舞伎・浄瑠璃・小説と競って赤穂事件が取上げられ、浮世草子では全篇に事件を扱うものの他に、一部の巻あるいは一章を割くもの、外伝をなすものなど続出し、享保初年に及ぶのである。

一方これとは別に事件の記録、素朴な実録体のものも多く作られる。『赤穂義人纂書』第一・第二・補遺の三冊に主要なものが見られるが、『介石記』や『易水連袂録』（『赤穂義士史料』下巻所収）など早期の成立と思われるものの他に、事件に接した年紀の記されているものがあるが、それは記述の真実さを保証しようとする手段である場合があり、実際はそれより下って宝永・正徳期成立のものが多いように思われる。それにこれらの書は箇条書や時間を追うという記述の形が後人の加除増減を許すものであるから、『義人纂書』などに伝えられるものがそれぞれの成立当初の姿を伝えているとは必ずしもいえぬと思われ、伝本調査が必要で取扱いに慎重を要するが、赤穂事件関係の浮世草子の諸作と、実録体のこれらの書が行われた時期に多分に重なるものがあったと思われる。

この実録と浮世草子をつなぐ存在として注目されるのが最初に名をあげた都の錦である。都の錦は元禄十五年に大坂で浮世草子数作を発表した後京坂からは消息を絶つが、翌十六年早春に江戸に現れる。(3) 即ち赤穂浪士の討入直後の事である。その時の印象が強かったたか、また文筆者の性として情報の収集に努めたかして、宝永五年赤穂事件を取上げて実録風の『播磨椙原』を執筆する。三巻十二章の簡略なものではあるが、それと前後して『武家不断枕』『武道稚寝覚』の述作があった。都の錦は宝永末年に許されて薩摩より上方に帰るのであるが、二千風とか往悔子とか称して再び著述生活に入る。その時期正徳頃に執筆された実録が『内侍所』である。元禄十六年正月中浣(4)の序文があるが、本書成立時にかけていえば偽りである。しかし彼がその頃江戸にいた事は事実であった。『内侍所』は当初五巻、後年後人の手で次第に増補され、『赤穂精義内侍所』『赤穂精義内侍所三考』などの題で四十巻から前後篇五十五巻など大部のものとなり、講釈師の種本ともなる。(5) 一方彼の作の浮世草子『当世智恵鑑』(正徳二年三月刊)の一章には赤穂浪士を登場させているのである。

赤穂一件の根元は元禄十四年三月十四日の浅野内匠頭の吉良上野介に対する刃傷であるが、それは内匠頭の一時の短慮に発し、しかも薄手を負わせるだけの不覚さで、切腹・城地没収という大事を結果した。世評は芳しいものではない。翌十五年十二月十四日の大石ら旧臣の討入、続く十六年二月四日の切腹に至って世評は湧き、その行為の是非が論じられた。初期の記録・実録体のものは、刃傷・切腹、赤穂城請渡、一味の集散、討入・切腹とほぼ事実の裏付のある件の記述が主となっている。ところが後になると刃傷の原因として吉良の貪欲をあげ、城明渡しの時の忠・不忠の士の対立、大野の醜状、大石の遊興を中心とする討入までの苦心、討入時の各人の具体的な行動、首を揚げるまでの苦労、引揚時や泉岳寺における行動の具体相といろいろなものが加わって行くのである。それらは根拠がある事もあればあやふやな噂の採用でもあり、当事者の行為を解釈し合理化しようとする心に発するものであり、浪士らを賞賛する心から武士としてあるべき行為として美化しようとするもの、話として興を盛るものであった。浮世草子の方は虚構が許されるものであり、右のような改変・付加は一層自由に行われる筈であった。そして同時期に作者に都の錦のように両方に関与するものもあって、正徳期は浮世草子・実録が交渉を持ち影響しあって、赤穂浪士説話を作り上げていったのである。

まず天野屋利兵衛について、(6)『赤穂鍾秀記』下には、大坂の町の名主天野屋次郎右衛門が槍を誂え訴えられ入牢、討入後実を明し追放され、京で宗悟と称するとあり、『忠誠後鑑録』或説下には、大坂惣年寄天野屋理兵衛が大石の依頼で袋槍を注文、町奉行松野河内守の訊問を受け入牢、復仇後白状、追放されて京東山で松永土斎と称するという。

『内侍所』礼之巻には、(7) 天野屋利兵衛は槍注文の事を訴えられ、松野河内守の訊問を受け入牢、復仇後白状、追放され京智恩院前で松永土斎と。一方浮世草子では、『忠臣略太平記』(正徳二年秋以前刊) 三の三に、塩冶御用の大坂の呉服屋で京に楽隠居の海士《あま》川屋士平が武具調達と訴えられ、師直訊問、士平は巧みに陳弁。『忠義太平記大全』(享保三年正月刊) 十二の一に、天王寺屋度兵衛が異様の槍を注文し訴えられ押込。復仇後実を明かし、剃髪して松本地斎。『高名太平記』(正徳刊か) 六の三に、槍等注文の事を野上吉之 (吉良に当る) に訴える者あり。大西浦之介 (大石に当る) 逆に利用して野上方に内通者ありと思わせるという。天野屋利兵衛については既に『大阪市史』第一に、利兵衛は元禄三年惣年寄。八年五月罷免された事、浅野家と無関係な事をいう。右の『鍾秀記』はあるいは浮世草子に先行するかもしれぬが、宝永頃までの実録体のものには他に天野屋の事は見えず、同書は箇条書の体裁で、「一説に」「或説に」と条末に追加箇所があり、天野屋の事は巻末近くに出、後人の付加も考えられよう。『後鑑録』の『義人纂書』所収本は、宝永四年の自叙と序、正徳元年の叙、同四年の序があり、天野屋の事は本篇でなく或説の末近くにおかれ、浮世草子と同時期の採録であろう。『内侍所』も同じ頃の成立と考えると、当時京知恩院門前に松永土斎なる人物がいて、天野屋の隠居後の姿であったかあるいはそういう噂があったかして、大坂の惣年寄がそういう境遇に至った事に対する不審が、浪士の武器調達と結びつけられたという事情ではなかったか。そしてそういう話の成立に浮世草子も力を貸したのであろう。天野屋が実在の人物であった事と、武器調達の事実があったか否かは別問題であるのに、後年には実在の人物である事を以て調達の事実も証されるように受取られる。頼惟寛の「天野屋利兵衛伝」が書かれ、山崎美成の『義士随筆』一には没年月日・法名まで伝える事になる。

吉良邸に浪士所縁の女性が奉公し、討入の時助力したという話がある。早く『異本浅野報讐記』に、浪士の妻の美人の者を吉良方に奉公させ、他に一両人も女を入れておいたので、討入の時暗がりに蠟燭をともしてあったという。

このことは『内侍所』には否定しており、それが正しいのであろうが、堀部弥兵衛の娘と偽称した妙海尼の話を、佐治為綱が安永三年に書留めたという『妙海語』に、山岡覚兵衛の後家と大高源吾妹の奉公を妙海は否定し、奉公したのは七人で、吉良の妾となった者もあり、討入時浪士達と闘い討死といい、河田藤助が武林唯七の妻の尼に聞いたという、武林妻と吉田忠左衛門の女が奉公し討入の時手引をしたという件は認めて、二人は寺坂吉右衛門と屋敷を出たという。これには大蔵謙斎の『妙海語評』に批判があるが、山崎美成の『赤穂義士伝一夕話』十に、山岡覚兵衛後家（片岡源五右衛門妹）と松村三太夫妻（大高源吾妹）は美女ゆえ神崎与五郎のはからいで奉公、両女は討入の時働きその後尼になったとあり、山岡は山科に住んでいたが病死、妻は大石の許に当歳の子を抱いて来、事成就の時に子を殺し、山岡の子討死としてくれというが大石は実心をあかさず、江戸の神崎方に下らせるとし、妙海のいう七女奉公の事、また武林妻・吉田娘の奉公と、二女は吉良を討たせた後寺坂と邸を出た事をもしるす。『いろは文庫』第五編末六編初には、奉公の二女が師直の首をとり、寺岡平右衛門がそれをにがすとし、立林只七妻の事とする。明治の義士伝(8)にも、山岡覚兵衛の妻が奉公し、吉良に身を任せながら屋敷の絵図を伝えるとする。

浮世草子では、江島其碩作の『けいせい伝受紙子』（宝永七年閏八月刊）の女主人公、浪士の鎌田惣右衛門の妻は主家退転後再び島原に勤め、師直に身請けされて内通、討入の時は所在を知らせ師直を討たせ、尼となる。『略太平記』一の五、大菱由良之助は、病死した岡山角之進の妻が遺児を同志に加えてくれというのに感じ、師直方に茶の間奉公をさせ、内通させる。『高名太平記』三の一、浪士の妻二人が野上家に奉公し種の方・磯の方といい、後者は野上の愛を受けたが、夜討の時手引。三の四に、山岡角之進は浪人し伏見にいたが重病にかかり切腹、魂が二歳の角太郎に入り、野上の屋形の内通に協力の手段ありという。『太平記大全』五の一、溝部弓兵衛の妻が尾花家に奉公し、大岸由良之助に内通しまた絵図を送る。

浪士関係の女性の奉公・内通の話は、妙海の役割が大きい事がわかるが、妙海の話には右の浮世草子の影響が見られる。敵の妾となり、事件後尼となるという。また明治まで一貫して山岡覚兵衛の後家といわれるが、これも右の岡山角之進また山岡角之進による名であろう。浮世草子と『報讐記』の前後は明かでなく、後者が先出かも知れぬが、当時奉公内通の噂があり、それを増幅し、虚構をまじえたのが浮世草子であり、妙海により事実が保証された形となったものであろう。

大石内蔵之助が敵の目を欺くために遊興に溺れる体を示すという話は、『魚躍伝』『江赤見聞記』巻四『忠誠後鑑録』巻三などに見え、都の錦も『播磨椙原』以来この事を書き、浮世草子は正に好材料であるから逸するものはなく、「仮名手本忠臣蔵」七段目に代表される演劇の方でも見せ場となり、浪士の苦心を示す代表的な話柄であるが、その中で敵を欺くと共に味方をも欺く大石の行動に新しみを出す工夫が行われる。その一つ『太平記大全』四の四に、六月四条河原の納涼に、大岸由良之助は岩波村助らと縄手を歩く時、七八人の男が巾着ずりを捕えて責める。すりは大岸を指して同類といい、鼻紙袋は渡したという。男らは大岸を捕え丸裸にし、鼻紙袋を奪い顔を打って去る。大岸は顔を土色にふるえうろたえる。男らは尾花家の者で、これより大岸に復仇の心なしと思うとある。

ここに鼻紙袋を出しているのは、『伝受紙子』に鎌田惣右衛門が大岸力太郎に二十両を用立て、力太郎の書いた証文を入れた鼻紙袋を四の四で祇園町の闇中に盗人にすられ、その証文が後の筋の展開を導くのに思いつくものと思われ、(9)『太平記大全』作者の虚構であるが、後年の『いろは文庫』十三編巻之三十九に、大星由良之助は祇園の連中と嵯峨へ茸狩に行くが、途中五六人の酔った武士に喧嘩を売られ、大星は土に額をすりつけてわびる。武士らと同道するが酒宴時武士ら狼藉、大星はかまわず仰向に倒れ寝入る。武士ら鼻紙袋を奪い去る。彼等は師直の間者であったが、中は遊興費の書付、遊女の文であったのであきれるとする。『いろは文庫』には『太平記大全』の引用箇所が散見するので、ここも同書によると見てよいが、今日から見て情ない由良之助像も、当時にあっては武士の面目を損えば損うほど謀計の巧みさを示すものとされたのであろう。これから見て『太平記大全』の趣向が当時の人に共感を得るものであった事がわかろう。

本居宣長が十五歳の延享元年に松坂樹敬寺の実道和尚から聞いたという「赤穂義士伝」(10)に、大石が伏見からの帰途こての長蔵という牛遣いのあばれ者と喧嘩をし、わざと眉間を割られ醜名を流すという。更には三田村鳶魚氏によれば、(11)村上喜剣の碑の撰文を林鶴梁が依頼されたのが天保三年であるが、同様の話として、鈴木白藤が種彦の話として天保四年に書留めたのに、細川家の臣大川源兵衛が大石の人物に感心していたが、ある時大石が泥酔し溝に落ちたのを助け意見をしたが聞かぬので絶交、復仇の事を聞き切腹とあり、豊芥子が安政六年に録した「吉浅拾葉集」に、細川家用人渡辺庄太夫が撞木町で酔倒れていた大石に憤激し面上に唾、復仇を知り切腹とあるという。このこての長蔵から村上喜剣等に至る話は、『太平記大全』に発し、相手を敵の間者から乱暴者、大石に同情的な者に移したものではなかろうか。明治の義士伝(12)には、薩摩の宇都宮重兵衛が祇園帰りの大石が馬士に蹴られ深田に落ちるのを見、大石が大望を抱くゆえに争わぬと思ったが、その錆刀にあきれ大石の肩を踏むという、こての長蔵の俤もうかがえる話になっている。

また『赤水郷談』に見える大高源吾が播州大久保で馬士と口論し、謝証文を書いたという話は、右のこての長蔵の話の変改で、「大高源吾詫証文」なるものは、それによる好事の者の偽作（三島駅に伝わるというので場所は異なる）ではなかろうか。

不破数右衛門は勘気を得て浪人していたが、刃傷一件後一味に加わった。『精義内侍所』二十に、同家中の女を妻とし貧窮、追剥をし早水藤左衛門にあい復仇の事を聞く。妻は病死、二歳の娘を預けて赤穂に下るとする。浮世草子

『略太平記』三の四に、岩角右衛門と不破の名をにおわす名の武士が、女郎を身請し妻として勘気を得、伏見で貧窮の暮し。旧友に復仇の計画を聞き妻子を置去にして一味に加わるというと関係があろう。『伝受紙子』二の五も、鳴尾崎船右衛門が浪人し伏見で窮乏、復仇の企てを知り金調達のため瓜を盗み私刑にあう。妻は五歳の子を殺し自害、船右加盟とする。明治の義士伝[13]に、浪人した不破が片岡より事を聞き、子の秀松を殺し赤穂に赴き、妻お国は夫を励ますため自害というまで尾を引く。

この他、浅野の刃傷・切腹前の凶兆、その乳母や浪士の母の自害、吉良にその妻や上杉家の千坂兵部が自害をすすめる事[14]なども、実録・浮世草子に前後して見られる。

次に後年赤穂事件の実録に挿話としてとりこまれた例をあげよう。

『赤水郷談』に、神崎与五郎は赤穂を退いた後に京都で暫く近衛家に仕え、ある時愛宕に参詣。雨上りで道悪く、従者を連れた彦根の士の顔に草鞋の泥がかかり、わびてその場をすませたが、彼等の態度が無礼であったので、その下山を待って料理茶屋で馳走し、大酒に及んだ時に代は彼等が払うと亭主に告げて去るという。何故かような馬鹿な話が神崎に付会されたのかわからぬが、鰻の太鼓式の話は、『御伽比丘尼』（貞享四年刊）三の四、『好色由来揃』（『日本好色名所大鑑』元禄五年刊改題）五、『千尋大和織』（宝永四年刊）五の四、『野白内証鑑』（同七年八月刊）一の六と浮世草子に繰返された趣向である。

また『精義内侍所』『内侍所三考』などに、神崎の子与太郎は十二歳また十三歳、釣に行きうまく釣れず、名主の子九歳がうまく釣るゆえ場所を替らせたが釣れず、無理をいい斬ろうとして却って斬られる。名主は子を神崎方の処分にまかせるが、神崎はその子を養子にしたとする。この話は『一夕話』九にもとられて細部に少異はあるが同話である。明治には[15]、郡奉行神崎与左衛門の子与太郎が同様の争いで年下の太郎作に殺され、与左衛門は太郎作を養子とし、これが後の与五郎であるとする。これは西鶴の『武家義理物語』二の四、大代伝三郎の子伝之介十五歳と七尾久八郎の子八十郎十三歳が争い、伝之介は討たれ七尾は八十郎を大代方に送る。大代はこれを養子とするというによる。以上は全く無関係の話を採って挿話に仕立てたものである。

明治の義士伝では、(16)片山万蔵は赤穂退散の時、荷物を土佐高知の親戚に送ろうとするが船がない。やっと一船と約束、荷物と母、妻のおべんを乗せ、母の忘れた金を取りに戻り、脇坂家の足軽小山伝十郎の計らいで金を手にして帰ると船は出て行方不明、この船は近辺の船頭の知らぬ海賊船であった。それより片山は二人の行方を探し討入にも加わらず三年、非人に落ちぶれ大坂に来、妻が新町の太夫になっているらしく、難波屋次郎左衛門という大問屋の娘といわれている事を知る。出世した小山にあい、その計らいで妻にあい、母が殺された事、その時の海賊西海の灘右衛門が難波屋になっている事を知り、町奉行松野河内守に訴え、夫婦で母の敵討をするという話がある。江戸期の実録には見えぬようであるが、明治以後もこの前に語られた事があるか未調である。

正徳三年九月刊の浮世草子『西海太平記』は赤穂一件の外伝をなしており、塩冶家の高岡伝五右衛門の妻おつねと娘に荷物を、六右衛門と妹おまつが船頭又市・九郎作の船で大坂に送る。途中六右衛門はだまされて無人島に置去りにされ、おつねは殺され、おまつは海に投込まれる。六右衛門は助けられ、主人の妻子を探し流浪。おまつにあい、又市が大坂の醤油問屋となり、主人の娘は新町に売られた事を探り知り、鎌倉で油醤油を売る九郎作を討ち、又市を訴えて敵討という話である。これは当時大坂にあった事のようであるが、(17)片山万蔵の話が右の作による事は明らかであろう。

大岡政談小間物屋彦兵衛

大岡政談の小間物屋彦兵衛の話は恐らく江戸後期の成立であろうが、便宜「帝国文庫」及び、「有朋堂文庫」によるという「東洋文庫」所収『大岡政談』を用いる。

まず彦兵衛は大坂堂島住で、勘兵衛の甥弥七を抱えたが三十両の品を持逃げされる。勘兵衛は言を左右にして奉行の命もきかず弁償しない。その間に海賊が二人捕えられ、勘兵衛はその親分の八艘飛の与市であった事がわかり、処刑される。かような事から彦兵衛は江戸へ稼ぎに下る。この海賊の事は前掲の片山万蔵の話のもとになった『西海太平記』あたりより出るものであろう。

彦兵衛は江戸で女隠居と縁が出来、商用の為借金をするがその夜隠居が殺される。彦兵衛の借金時の状況から疑われ召捕られる。隠居の甥市郎左衛門の証言により拷問され、苦痛の為白状し獄門となる。その首は牢内で病んだ為に腫れて元の形なし。浅草の駕籠舁権三と助十は殺人のあった夜の相借屋の勘太郎の挙動に不審を抱き疑う。彦兵衛の息子彦三郎十五歳が江戸に下り、途中鈴ケ森で父の骨を求める時、権三・助十が通りかかり彦兵衛の無実を話すのを聞いて後をつけ、翌朝二人を尋ね事情を語る。彦兵衛の家主八右衛門の智恵で出訴し、大岡は権三・助十を呼出しその言により勘太郎を捕え白状させる。彦三郎ら無実の処刑を恨む。大岡彦兵衛を出す。他に牢死の者の面皮を剥いで獄門としたもの。市郎左衛門は償いに彦兵衛が女隠居から借り質入した元利を払い、勘太郎は獄門、権三・助十は賞される。

宝永四年三月刊、青木鷺水作の浮世草子『諸国因果物語』（諸国近代因果物語）二の三は、下野国宇都宮の重右衛門の家を宿として、輪王寺等に出入の京都の小道具商人竹屋庄兵衛が手代を連れ毎年逗留。延宝四年春、庄兵衛は早朝出発京に上ろうとして内儀に暇乞に行き血を踏む。重右衛門が見ると内儀は一刀の下に殺され首がない。舅が庄兵衛を疑い庄兵衛入牢、疑いをはらせぬままに斬罪。手代の願いで首なしの死骸を下渡され、葬って上方に帰る。遺児三歳の庄市郎を庄兵衛と名乗らせ、母・手代で商売。二代目庄兵衛は今年元禄八年に二十二歳となり、手代に連れられ東下、重右衛門方に泊り父の墓参。通り合せた百姓二人が無実の商人を殺した勘右衛門が憎いという。彼が邪恋から内儀を殺したと聞き訴え、勘右衛門打首。奉行恩賞を与えると白髪の老人を連来る。これは先代庄兵衛。無実を慮って先には他の罪人を庄兵衛と称し成敗したのであったという話がある。小間物屋彦兵衛の話には、借金にまつわる女隠居との交渉、家主の智恵、誣告者の償い（後述）など加わっているが、右の『諸国因果』の話はほぼ核心部を覆い得るもので、原拠に擬してよいもののように思う(18)。

この話のポイントは、奉行が処刑したと思わせて主人公を隠しておいた事、処刑者の首なし死体を下渡した事にあるが、この前者は『棠陰比事』上の「向相訪賊」、後者は同書下の「従事函首」により思いつかれたものであろう。「向相訪賊」(19)は僧が殺人罪に落ちたが、向敏明は無実かと思い、役人を市中に放ち僧処刑をいわせて実を聞出し僧を許すのであり、後者は人妻が殺され首のない死体が残されていた。妻の親族に訴えられ夫服罪。従事が疑問を抱き探索し、ある豪家の主が人妻と通じ、自家の乳母を殺し首を棺に入れ葬式をし、その体を人妻の家におき、ひそかに人妻を囲っていた事をあばくのである。この場合死体は着衣によって当面問題の人物と確認されるが、実は別人の死体であり、首を切ったのはそれを隠す為であった。『諸国因果』では邪恋による殺人とし、犯人が首を持去ったのはその恋着心のゆえであったとして、持去る必然性があるように書く。また「従事函首」付載の話に強盗が旅人を殺し首を切って去る。その後を通りかかった男が血を踏み捕えられるとするが、『諸国因果』には血を踏む事もある。「従事函首」との関係を認めてよいであろう。

この「従事函首」の話は当時喜ばれたと見え、『智恵鑑』三の十三に採録、中川喜雲の『私可多咄』五にも「棠陰比事にいはく」としてあげられ、西鶴の『懐硯』五の二の、破産して窮境に陥った男九助が、乞食に親しげに近付き、酒に酔わせて殺し、自分の衣服を着せて逃亡、九助自殺の噂を立てるという話も、皆の見知る衣服によって身替りに殺した乞食を九助の自殺体と見せたので、衣服によって死人の身許を見分ける点で、「従事函首」に思いつくものであろう。この場合は首を切っては自殺に見せられない。他殺と見せても支障は無いと思うが、殺人犯が首を持去るという不自然を避けたのであろう。その代りに首があるのに他人と識別出来なかったという不自然を残したといえようか。

これらの後にあって『諸国因果』の話は『棠陰比事』を日本の話に焼直してなかなか巧みである。その故にか、刊行が二箇月遅れる永井正流作の『本朝浜千鳥』三の一に、江州八幡の蚊帳商人が毎年商用で金屋を宿とする。ある朝帰郷しようとして悪夢にうなされ起きると亭主は他出し、内儀は殺されていた。商人が口説いたが従わぬので殺したと訴えられ、犯人が知れぬので処刑される。金屋の願いで首なしの死体を下渡され葬る。その時三歳であった商人の子は十六歳になり商いに行き墓参。老百姓が犯人は勘左衛門、金屋内儀と結婚出来なかった恨みで殺すと告げ、狐の姿になって消える。奉行に訴え真犯人処刑。奉行は父商人にあわせる。先に下渡した死体は他の罪人のものであったとあるのは、『諸国因果』の模倣であろう。翌五年三月刊の月尋堂作『鎌倉比事』六の七は、鎌倉本町の定都という旅籠屋に毎年泊る常陸商人が泊った夜女房が殺され、商人は犯人として処刑された。三年後弟が兄を弔う為鎌倉に行く途中、定都は盲人なので女房を口説いたが従わぬので殺した。商人と二人殺したわけで未来不安と男の話すのを聞き、家を確めて訴える。最明寺（時頼）は商人を出し面会させ、真犯人を捕え成敗。三年前には死罪に当る者に商人の小袖を着せて処刑したのであったというのも、『諸国因果』によるのであって、歓迎された趣向であった事がわかろう。

前述の『懐硯』を受けた作も出ており、宝永元年十二月序刊、森本東烏の『忠孝永代記』二の三、盗みで捕えられた貞平は博奕仲間をいわず一人服罪する。主人は感じ死罪をのばし牢に入れる。番の折助は相番を酔わせ、予め用意した餓死した乞食の死体に貞平の着物を着せ井戸に投じ、貞平に自分の着物を与え逃がす。引揚げた死体の衣服から貞平自殺となって済むというがそれである。『懐硯』が首を切るのは容貌の不一致から謀計のばれるのを避ける為の必然策という事を忘れた感のあるのを、これは水に漬って顔容の崩れるのを計算した行動にして解決したのである。これも結局首にこだわった話といえよう。

この首にこだわった趣向は、これら浮世草子と前後して演劇の方にもいくつか例が見られる。元禄十三年二の替、京都の都万太夫座で座本坂田藤十郎上演の歌舞伎「けいせいぐせいの舟」は近松門左衛門が関係した狂言といわれるが[20]、その第一に、筑前博多の主はこざき左門（藤十郎）が廓へ行く間、家来のきくち平蔵に自分の着物を着せ自分の寝所に寝させておいたところ、はかたげきの丞・うきす六太夫が忍び込み、平蔵を左門と思い首を切り、それをさげて塀を越えて逃げる。その時塀の下にいたはかた勘介の編笠に血がかかる。この為勘介が犯人と疑われる事がある。これは「従事凾首」の他人の首を切って死体に当人の衣服を着せ、当人が殺されたと思わせる事を、他人が身替りに当人の衣服を着ていたのを犯人が当人と誤認する事にしており、血がかかって疑われるというのも「従事凾首」付載の前掲の話と関連があろう（なお血を踏んで疑われる事は『棠陰比事』下の「崇亀認刀」にもある）。『諸国因果』に先んじて「従事凾首」を利用してまことに巧みである。

同じ首なし死体の趣向としては、享保十一年四月豊竹座上演の、西沢一風・並木宗助等作の浄瑠璃「北条時頼記」

三段目がある。決断所に首なしの死体が持込まれ、衣服・紋所から原田六郎と判断され、血の付いた帯刀が弓削大助のものであったので彼が討手と決まる。ところが実は大助が逆臣の一味に恩をからませて引入れられた事を悔い、義妹の聟の六郎に納得ずくで討たれ、六郎は大助と称し逆臣方に入込んだのであった。これも「従事函首」によるといえよう。血刀によって他人を下手人と思わせる事は『棠陰比事』中の「蔣常覘嫗」による。

異趣を出しているのは近松作の浄瑠璃、享保六年二月竹本座上演の「津国女夫池」第二で、鳥羽畷に女の死体。面の皮を剥いであるが立派な身なりで、懐胎の事と産の守から失踪した足利義輝の御台と思われたとある。衣服を盗まず面皮を剥いだのは殺人と検分されるが、検使の一人はその手足の不束さに不審を抱く。実は逆臣の謀計で乞食の孕女を殺して御台と見せたのであった。面皮を剥ぐのは『忠孝永代記』系の趣向といえようか。そして小間物屋彦兵衛の話は面皮を剥いでの獄門であった事を改めて想起されたい。

同八年七月上演の紀海音の浄瑠璃「傾城無間鐘」第三は、今川俊秀邸に榑井の兵藤が俊秀を討ったと面皮を剥いだ首を持来て俊秀妻の浅香に示す。俊秀が斬首される時死顔を見られるを恥じるといったので面皮を剥いだという。浅香は耳鼻に土の付くのを見てにせ首と覚る。これは戦闘で切ったのであるから首の方が問題になるので、偽りを覆う為に面皮を剥いだのである。

次に代りの者を処刑し問題の人物を秘匿する趣向も、正徳二年五月刊の浮世草子『頼朝三代鎌倉記』四の一・二に、源頼家の寵を受ける若狭の局は素性の知れるのを恐れ兄弥忠太にあわない。弥忠太は畠山重忠にかくまわれている。若狭の局を頼家にすすめた比企の判官能員は弥忠太を誘い出し殺そうとする。畠山の家老本田の次郎は比企の憎む者を捨ておけずと、罪人を弥忠太と称し比企の家来の前で斬首するとある。またこの作を浄瑠璃に仕立てた海音の「鎌倉三代記」（享保三年正月上演）三段目にも、若狭の前の兄花垣伊織の介が由比浜で処刑され、後に本田によりにせ首であったと実が明かされる事がある。

以上浮世草子『諸国因果物語』に小間物屋彦兵衛の話の核心部の殆どが備わっている事、首なし死体のトリック、衣服による誤認、他の罪人を処刑して当該焦点の人物を秘匿するという趣向が喜ばれ、浮世草子や演劇に繰返され、さまざまのバリエーションを生んだ中に面皮を剥ぐ趣向も見られた事を述べた。小間物屋彦兵衛の話はそういう江戸人の好尚が生んだともいえるであろう(21)。

なお小間物屋彦兵衛の話には、誣告者の償いという事が加わっている。誣告——冤罪——無実の証——誣告者の償いという型の話は、元禄末以来、浮世草子・随筆・講談などに繰返されている事については他の機会に述べた(22)。

西鶴没後、元禄末にはじまる宝永・正徳の浮世草子は新しい動きを示す。素材源の開拓・拡張、処理方法への関心、即ち話の構成要素と構成法——趣向に対する自覚と配慮が目立つ。一方読者に対しては常識の線を逸脱する事はない。作者としてのプロの意識が育って来た時期といえるであろう。

この時期、演劇界では世話狂言・世話物浄瑠璃が行われ、西沢一風などは逸早くそれに反応した。一方中国の雑史・軍記の翻訳である通俗軍談、わが国の正統の史書の間隙を埋める雑史の類、『太平記』『曾我物語』などの軍記類に解釈・批判を加える事を標榜する何々抄・何々評判と題する書、戦国期より近世初にわたる戦記といった書物が同時期に行われていた。浮世草子作者が意欲的であり、構成力をも伸張して来た時、現実に起った事件の小説化に向かうのは自然の流れであったといえよう。実録の方においても、雑史類などの右のような動きを受けて記録体の無味乾燥を脱しようとする時、同じ事件を取上げている浮世草子は大いに参照されるべき存在であったであろう。両者の交渉、刺激し影響しあう関係はそのようにして生まれたのである。

宝永・正徳の浮世草子は今日の評価は西鶴に比べて低いが、当時は其磧などは西鶴に匹敵あるいはそれ以上との評もあり、西鶴とは力点のずれたものではあるけれども、この時期は浮世草子の流れの一つのピーク、一つの達成点とすべきであろう。これらの作は高踏性や描写・構成の細緻では結局江戸後期の作に席を譲る事になるけれども、浮世草子は天明初まで命脈を保ち、その間江戸にも進出し、その後江戸の小説が栄える時期を迎えても貸本屋などにより地方読者の需要に答えていた。京伝も馬琴も一九・三馬も目を通し利用もしている。浮世草子はそういう形で後年まで小説界に自らの位置を主張していたのであるが、その際前述のような宝永・正徳期の作者の姿勢は、その中でも彼等の作を目立たせたに相違ない。

実録についていえば、明和八年十二月二十九日、大坂竹本座で上演の近松半二等作の浄瑠璃「桜御殿五十三駅」は柳沢騒動を書込んだ作という[23]。するとその翌九年三月、浮世草子で柳沢騒動の実録成立に影響を与えたと本稿初に述べた『頼朝三代鎌倉記』を、右の浄瑠璃に合せて改竄改題した『桜御殿邯鄲の枕』[24]が出される。またこれも亀山の敵討の実録に影響を与えたと書いた『東海道敵討』は、安永二年正月『昔敵討実録』と実録を標榜する題に改められて、京・江戸・大坂三都の書店名で出される。

根岸鎮衛の随筆『耳嚢』の巻之五から七にかけ、寛政後半文化前半期頃執筆と思われる記事の中に、宝永期の浮世草子と関連があるかと思われる詐欺談・犯罪談[25]が収められている。それらの話の前後に出没するのが、小日向住で近隣の旗本に出入して軍書講談を聞かせ、相学の心得もあるという老人栗原幸十郎である。ところが宝永期の詐欺談を集めた浮世草子の一つ、月尋堂の『儻偶用心記』も前記と同時期、安永二年正月に『世間用心記』と改題、京・江戸の書店名で出されている。浮世草子にはこの頃もそういう需要があって、右の栗原のような講釈をやる人物の種本にもなっていた。江戸後期における、実録・講釈との結びつきを示す一例であろう。

実録は『内侍所』にしても、後年の長篇化したものにしても、因果の関係に多少の配慮をすれば、時間的に継起する事件は加除増減が可能という構造を持つ。講釈になれば他者に異を出して新話柄・新挿話を投入して聴者の喝采を得ようとする。しっかりとした出来で、新奇さもあり、常識からの逸脱もないという浮世草子は好適の素材源であった。

注

（1）山本卓氏「元禄曾我物語攷」（国文学六八号）。
（2）中村幸彦氏「柳沢騒動実録の転化」（中村幸彦著述集第十巻）、長谷川『浮世草子の研究』「改題本今川当世状考」（浮世草子新考）、倉員正江氏『浮世草子時事小説集』解題。
（3）野間光辰氏「都の錦獄中獄外」（近世作家伝攷）。
（4）架蔵本。野間氏のあげられる本は四月二十日。
（5）酒田市立光丘文庫蔵『赤穂精義内侍所』末に「浪花講師正木侍内、正木残光」とある。
（6）拙稿「仮名手本忠臣蔵考」（本書所収）に少し触れた。
（7）この件を欠く本や巻を異にするものあり。
（8）桃川燕林事芦野万吉『赤穂義士四十七士伝』（十冊、明治三十年発行の四十二年印本）巻八による。以後も明治についてはこの本による。
（9）大石の子と大石、乱暴者とすり、鼻紙袋、師直方の判断材料とされるという点が両者に通じる。
（10）『本居宣長全集』第二十巻所収。
（11）「快男児喜剣」（青蛙房版『赤穂義士』による）。
（12）前掲『四十七士伝』巻三。

(13) 同巻二。
(14) 凶兆『浅吉一乱記』『内侍所』『赤穂義士伝』『赤水郷談』『一夕話』、『伝受紙子』『太平記大全』。乳母・母自害『赤穂鍾秀記』『江赤見聞記』『忠誠後鑑録』『内侍所』『赤穂義士伝』『一夕話』、『播磨椙原』『伝受紙子』『略太平記』『太平記大全』。吉良に自害をすすめる『一乱記』『鍾秀記』『見聞記』『精義内侍所』、『略太平記』『高名太平記』。
(15) 『四十七士伝』巻一。
(16) 同巻九。
(17) 拙稿「浮世草子と鸚鵡籠中記」(浮世草子新考)。
(18) 拙稿「宝永の浮世草子」(三十八年十月刊『近世小説』所収、『浮世草子新考』に増訂)に簡単に触れたが、題名で見当がつかぬせいか、五十九年刊の辻達也氏『大岡政談』にも言及がない。
(19) なお「道譲詐囚」「崇亀認刀」等も考えられる。
(20) 『絵入狂言本集』上(近世文芸叢刊5)。
(21) 三田村鳶魚氏「権三と助十」(青蛙房版『史実と芝居と』による)に『享保世説』によるとする説があり、辻達也氏『大岡政談』2(東洋文庫)もそれを承けるが、『享保世説』自体が『諸国因果』に出るものであろう。
(22) 拙編『元禄世間咄風聞集』(岩波文庫)解説。
(23) 内山美樹子氏「明和八年の近松半二」(浄瑠璃史の十八世紀)。
(24) 『八文字屋本全集』第三巻所収『頼朝三代鎌倉記』解題。
(25) 拙編『耳嚢』(岩波文庫)注・解説参照。

追補

本稿後半に取上げた小間物屋彦兵衛の話と同型の例を、気付いただけ追補する。遺漏は殊に演劇関係には多かろうと思う。この追補では八文字屋本の例が多くなったが、繰返し使われている事は喜ばれる趣向であったのであろう。好評の期待出来る特異な趣向として、近世の著作史上に記憶されるべきものであろう。

○『棠陰比事』下の「従事函首」の話は、『訓蒙故事要言』（元禄七年三月刊）六ノ三〇「埋レ首偽レ体」に出典を『玉堂閑話』として掲げる。これより後出のものには、『故事要言』利用の場合があろう。

○面皮を剝ぎ身許を隠そうとしたが、着物により身許判明（懐硯―貞享四年三月刊―五ノ三）

○Aが乞食Bを刺殺し、着物を替えてA自殺を装う（風流曲三味線―宝永三年七月刊―一ノ三、但し懐硯五ノ二による趣向）

○Aの着物を着ていた為に家来Bが誤殺され、首を切られるが、着物からAと誤認される（開分二女桜―享保十三年正月刊―三ノ一、「けいせいぐせいの舟」一による趣向）

○Aが非人を殺し着物を然るべき物に替え、同僚Bの井戸に投じる。AはCがBの謀計に加担し、Bが発覚を恐れてCを抹殺したと讒言（其磧置土産―元文三年正月刊―三ノ一）

○首を切り面皮を剝ぎ獄門首に替え、誤認を狙う（武遊双級巴―元文四年正月刊―五ノ三）

○AがBと着物を替え、無理にBに自害させ、人相がわからぬ程に顔に疵を付け、書置を残し、Aが自害をしたように装う（丹波与作無間鐘―元文四年正月刊―五ノ一）

○Aが若衆と誤認して男装の女Bを切り首を取る。Bと契っていた男Cは、当分死人の身許がわからぬように首を切ったと思い、Bに執心の男Dを犯人と思って討とうとして逆に討たれる（其磧諸国物語―寛保四年正月刊―三ノ二）

○身替りの首を火鉢の火で焼いて、人相がわからぬようにする（弓張月曙桜―寛保四年正月刊―四ノ一）

○AがBを殺し首を切る。Aは実はCを殺しBの衣裳を着せ首を切り、Bをかくまっていた（粟島譜嫁入雛形―寛延二年四月竹本座上演―四段目、韓京子氏「浄瑠璃における富士浅間物の展開」第二十七回国際日本文学研究集会会議録）

○殺した男に老女の着物を着せ、逆さまに井戸に投じる。検分の者女と見誤る（勧進能舞台桜―延享三年正月刊―二ノ二）

○首を切り衣服大小により誤認を狙う。実は他に処刑の者の死体を使い、敵の心をさぐろうとしたもの（自笑楽日記―延享四年正月刊―五ノ一、二）

○打首、着物を替え身替りにする（物部守屋錦輦―延享四年正月刊―四ノ三）

○宝剣を奪われ自害と見せて、他人の面皮を剥いだ死体と書置を残す（陽炎日高川―宝暦八年正月刊―一ノ一）
○妻を殺す事を金の為に承知し、他の女と笈摺を替え、その女を殺させる（風流庭訓往来―宝暦十三年正月刊―四ノ一）
○右の剽窃（敵討禅衣物語―明和四年刊―中之巻）
○又五郎薬屋を殺し面皮を剝ぎ、着物を死体と着替え、死体の懐に手紙を入れて去る（伊賀越乗掛合羽―安永五年十二月、大坂中の芝居二の替―八ツ目）
○医者を殺し面皮を剝ぎ、自分の着物を着せ行方を晦ます―市川市蔵の沢井股五郎―（伊賀越乗掛合羽―文化十一年八月市村座―四幕目、岩沙慎一氏『三代目尾上菊五郎』）

八文字屋本『風流庭訓往来』と黒本『敵討禅衣物語』

東京学芸大学の近世文学研究叢の会から毎年一回発行される「叢」は、平成十九年二月で二十八号となり、多年の集積は草双紙の研究に有用な存在となっているが、その中の作で時々八文字屋本の影響が指摘されることがあり、有難いことである。

ここに取上げるのは同誌二十四号に掲載された黒本『敵討禅衣《おいづる》物語』である。細谷敦仁氏の解説によれば富川房信画で明和四年の刊と考えられるという。この作品は実は房信の創作ではなく、八文字屋本の『風流庭訓往来』のダイジェストというべきものである。

『風流庭訓往来』五巻五冊は宝暦十三年正月の刊、作者は三代目八文字自笑、序に「校合白露」とあり、兄の白露の助力があったのであろう。序に「庭訓往来の連綿の趣向を。風流にとりなし。……春色《しばゐ》堂発て已来。今に絶ぬ難陳《せりふ》。比老《たちやく》。燕脂郎《おんながた》。孌童《わかしゆがた》のつめひらきを。五冊に組立」という。例えば一之巻一の本文冒頭に、「谷のうぐひす軒の花を忘れ。園の小蝶の日かげに遊ぶに似たり。頗本意を背《そむい》たつとめかた」とあるのは、『庭訓往来』正月五日の条によるとか、『庭訓往来』の文章を切りはめることをやっており、作中人物名の大半は、大江大夫将監は五月日の状の「大夫将監大江」、左衛門尉知貞は正月五日の状の「左衛門尉藤原」、中原石見は正月六日の状の「石見守中原」によるなど、『庭訓往来』によった命名（但し善悪の性格付けは『庭訓往来』にはない）であり、「家に伝はる宝には。笠懸の的小串《こぐし》の的。草鹿《くさじゝ》円物《まるもの》犬追物」（一ノ一）が正月五日の状によるなど事物の名にも及び、『庭訓往来』により、またかすめた作意が作者の技の見せ所であることを示した題名を付けているのであり、目録の初めに「東西〱」とあり、目録各章題上に「序開」「序ノ中」「序ノ切」などと冠し、芝居がかりの作になっている。『禅衣物語』はこの『庭訓往来』への顧慮は全くない。人名の多くは『風流庭訓往来』を踏襲しているが、この場合は、『庭訓往来』に由来するものとはいえぬであろう。以下『風流庭訓往来』は『八文字屋本全集』第二十二巻、『禅衣物語』は「叢」翻刻によって比較してみる。

（風流庭訓往来）

（一之巻）播磨の国主大江大夫将監の子左衛門尉知貞は禁廷の八的の興行の役目を終え、太鼓持富士の口車に乗せられ、島原二文字屋で桔梗屋の花鳥に溺れて遊興。家老阿蘇左馬之進が太鼓持浅間と称して座に通り、富士を捕え、知貞の継母の兄三好弾正が中原石見と結託、知貞を追放し、弾正か継母の里の子玄蕃を立てようと画策、富士は弾正らの意を受けし浪人長谷部藤蔵と諫言。知貞は後悔し藤蔵の首をはねる。花鳥を身請し帰国しようとする時、奴駒平が蔵人の血書の文を届ける。弾正・中原は大殿を捕え国を横領。

（禅衣物語）

（上巻）播磨の国主大江太夫将監の後室《（ママ）》の弟松永弾正は中原石見と謀って、若殿左衛門の尉ともさだを放埒に仕立て国を横領しようとする。松永の意を受けた浪人関九郎蔵は、若殿を島原の二文字屋に通わせ、若殿は桔梗屋の花鳥に溺れる。

家老阿蘇左馬之進は松井蔵人に留主を托し、島原に来る。松永はその留主に乗じ、大殿を捕え家の宝も奪い、国を横領する。

松井は深手を負い、流血で手紙を書き奴とも平に托する。阿蘇の諫言最中に手紙が届き、若殿は改心し、関の首を蔵人戦い負傷、流血で手紙を書く時家宝の笠懸の的奪われしとの報ありしと。阿蘇は知貞・花鳥を駒平に托し、今は浪人して尼崎に住む後藤兵部之丞を頼らせる。

(二之巻) 近江甲賀郡深川の手習師匠原隼人は姉娘お筆妹娘お墨を持ち、姉は拾い子。お墨に勘解由という聟を取る。これは武田家に功ありし山形三郎兵衛の孫で侍形気。お筆は思い付き通じる。お筆は母が順礼の時、伏見辺で野宿し、浪人者に十八年以前の四月八日に斬殺され、その切口より生まれた女子で、隼人が拾って育てたもの。仇を討ちたいと勘解由に心を寄せたのであった。勘解由は太刀を教えるが、隼人は二人を勘当。勘解由は家名を起す為に鎌倉へ、お筆は母の形見の笈摺に後藤兵部の丞妻とあるので後藤を尋ねる。

山形は土山辺で三好が通ると聞く。疝癪に苦しむ乞食に薬を与え、返礼として一事を頼む。三好の行列に乞食が斬りかかるのを山形が取押える。

三好は賞し百両と百石の墨付を与える。山形は計略成就の礼と百両を与えようとすると乞食はまた苦しむ。


斬る。

中原は泉州堺の刀鍛冶磯部越前に、萩の露に百日浸した千年の鉄で二尺三寸に三筋樋の刀を打たせ、千両を与える。

(中巻) 磯部は百年の鉄を千年と偽り調伏にも手を貸したと金も家も取上げられ、妻娘と西国巡礼に出たが、妻娘とはぐれる。

浪人後藤兵部は懐胎の妻と巡礼、路銀が尽き、行きあった中原に合力を乞う。中原は後藤の妻の命の代りに金を与える。後藤は辻堂で娘と共に寝ていた身重の巡礼の禅衣を妻の禅衣と着替えさせ、妻と偽って殺させる。この巡礼は磯部の妻であった。

中原はその血を刀の三筋の樋に入れる。疵口から女の子が生まれる。

甲賀郡深川住の原隼人が通りかかり女の子を拾い育てる。お筆と名付けられ十六歳となり、武田の家に功のあった山形三郎兵衛の孫の浪人山形勘解由を聟に取る。お筆は「津の国尼崎後藤兵部妻」とある禅衣を証に実父にあい、これは磯部越前という泉州堺の刀鍛冶で、楠正成十三代の孫という侍が、堺城に千年経し鉄あり、それを盗み萩の露に百日浸し、二尺三寸に三筋の樋を入れ打つべし、四月八日酉の時に懐胎の女を斬り、胸膈の血を樋に注ぎ、肌身離さねば人を伏すという注文を受け、百年の鉄を千年物と偽り打つが、悪評が立ち、得た千両も家も取上げられ、妻と三歳の娘と西国巡礼となると語り死ぬ。山形は気がかりで証拠の品を求め、丸に同の字の紋の付いた飯椀を得る。様子を立聞きしていた侍に墨付を奪われる。

（三之巻）後藤は才治と改名、知貞・花鳥を弟丹治、お花、駒平を薬箱持としてかくまう。ある朝軒下に西国巡礼の女寝る。笈摺に後藤兵部の丞妻とあり、驚く。妻見ていやがる。

町の役人来。知貞に国を譲る、届けし者には褒美五百石、以前後藤兵部といいし由なれば尋ねるという。巡礼我が父かと涙を流す。

阿蘇尋ね来。顔に痣をこしらえ三好に奉公せんも手が

母の敵を討ちたいと語り、山形に剣術を習う。

お筆は巡礼となり母の敵を尋ね、山形も主を求め、松永に奉公しようとする。磯部は非人になっていたが山形に計略を頼まれ、松永が通る時その乗物に斬りかかる。山形がひっ伏せる。松永は百両と百石の墨付を与える。

山形は礼として百両を与えるが、磯部は急に痂癪を起し、磯部越前と名乗り、侍に頼まれ刀を打ったこと、その為流浪し妻子にはぐれたことを語って死ぬ。阿蘇が墨付を奪って行方をくらます。

（下巻）後藤はもと大江家に仕えていたが、浪人し尼崎で医者。

女房が巡礼をしていた時に生んだ子はすぐ死に、かつて辻堂で寝ていた女巡礼の子をお墨と名付けて育て、はや二十歳。

若殿は花鳥を連れて頼って来る。

お筆は後藤にめぐりあう。後藤は実を明かせず苦悩。

阿蘇は顔に痣をこしらえ松永を討つ為奉公しようと後藤

かりなし。浪人より墨付を奪い手がかりを得と。山形は播磨への途中お筆のことも尋ねんと寄り、立聞して入り阿蘇に詰寄る。

お筆山形にあう。山形阿蘇にむかい名乗り、後藤にお筆は娘かと問う。後藤笈摺と汁椀を出す。山形は笈摺に名のある磯部がお筆の父といい、磯部の持っていた椀を示す。紋も古さも同じ。花鳥も同じ紋の四つ目の弁《かさ》を出し、その時は三歳、お筆の姉なりという。阿蘇は同じ紋の三つ目の弁を出し、二十三年前北山小原の雑魚寝の時に契った女巡礼の形見といい、笈摺が後藤の家にあったわけを問う。後藤切腹、敵は我なりと。

（四之巻）後藤は山形の問いに答え、十八年前貧窮、女房は臨月、伏見辺で浪人に合力を乞う、浪人望み事あり、懐胎の女房をくれよと五十両出す、懐胎の巡礼が三歳ばかりの子を抱き眠りいるのと女房の笈摺を替え女子も連れ、浪人に四月八日酉の時に殺させる、その時胎内より出生の子がお筆と。女房後を継ぎ、女房の生みし子は死に、連れ帰りし子は七歳の時誘拐され、

を尋ね来る。

山形は墨付を求め、阿蘇が事情を語るのを聞き踏込む。

後藤は実を明かし切腹。お筆は実の姉お墨にあう。

島原に勤めいしと語る。

知貞、中原が三筋樋の刀を持つ、駒平奉公し見届けよ、山形は弾正に奉公し裏切れ、阿蘇も弾正に取入り将監を奪えと命ず。

お筆後藤の自害を止めし時怪我、その血と阿蘇の血を合せ、父子とわかる。

先の役人入る。駒平切る。代官入る。後藤が役人を斬り自害と繕う。

神崎の廓。弾正大夫墨の江に心奪わる。これはお墨が人買の為に売られしもの。山形にあい恨む。

（五之巻）駒平は中原を挑発し刀を抜かせ確める。阿蘇・山形は中原を捕える。

玄蕃現れ、家来取巻く。遂には謀叛する者と思い中原は捕えさせしもの、従わねば飛道具といわれ、二人連判、家中三百余血判あり。

弾正現れ玄蕃を褒める。玄蕃、国と家宝笠懸の的と墨の江を望む。弾正、墨の江以外は承知し隠居。隠居屋敷へ送ると乗物に乗せ網を掛ける。

阿蘇は山形と心を合せ松永を討ち、若殿は父を奪い返す。

中原は三筋樋の刀に懐妊の女の血を四月八日に注ぎ、大望成就と一国を奪う計画であったが、お墨お筆姉妹に討たれる。

玄蕃、知貞を世に出し、せめて叔父の命を乞わんと計るという。玄蕃一間に入り、夢を見し、今一寝入という。二人意を察し、入って的を取る。
知貞入国。花鳥姉妹は中原を討つ。継母後悔自害。弾正も舌を食切り死との報。玄蕃は髪を切り出家といい去る。駒平は釆女《（ママ）》の跡を立て清原中務と称し、お筆と結婚。

両者の関係は明かで、『禅衣物語』は『風流庭訓往来』に拠る作である。その両者の差は、本稿初めに触れたような『庭訓往来』との関係を、人名の殆どを踏襲する以外は『禅衣物語』は捨てており、知貞の遊興の所に出る太鼓持の名を『風流庭訓』は富士・浅間とし、富士が浅間に討たれるという謡曲「富士太鼓」以来の富士浅間物をかすめ、両者を太鼓持とするのもこの謡曲名によるなど、衒学的でひねった、しかし主筋とは無用と思える趣向を捨てていること。第二は『風流庭訓』は御家騒動物である。中原石見は楠正成より十三代の末孫というなど由井正雪を思わせ、宝暦九年九月竹本座上演の「太平記菊水之巻」より思い付く人物かと思われる[1]。これに対して『禅衣物語』は禅衣を着替えさせて他人を殺させる事から起る人物の縺れという奇談の方に力点が置かれている。第三に『禅衣物語』は人物関係の複雑を避けている。『風流庭訓』では継母の里の子玄蕃があり、悪に加担の人物と思えば最後はドンデン返し、知貞を世に出すのであるが、『禅衣物語』はこの人物を除き、従ってドンデン返しもなく、計画通りの順調な結末になっている。『風流庭訓』では、花鳥を阿蘇と磯部の妻の小原の雑魚寝の時の娘とし、磯部の妻が殺された時に出生の子をお筆とし、原に拾われ育てられ、原の実子お墨に山形を聟に取るが、お筆は実母の敵討を志し、山形に通

じて剣術を習うとする。山形とお筆を通じさせて、原に勘当を受け家を離れる端緒とするのであろうが、妹聟と通じるという趣向は如何かと思われるが、『禅衣物語』では磯部の妻の殺された時に生まれたお筆は原に拾われるが、山形を聟とし、お墨は殺された時連れていた子（『風流庭訓』の花鳥に当る）で後藤に拾われたと素直に筋を通している。ただこの為に原の家にはお墨は姉、お筆は妹と逆の関係になる。阿蘇と花鳥、磯部・お筆の四人の関係が丸に同の字の椀などで判明するという趣向も従って捨てられる。(2) 次にいくつかの事件が謎を孕んだままに進行し、ある一点でそれまでの事情が暴露されて新しい展開につながる、『風流庭訓』の後藤の告白がそれまでの人物間の錯雑した関係を解きほぐす鍵になるのが代表例であるが、磯部の山形への話が、磯部の絶命により中断のまま謎を残すとか、山形の墨付を奪った人物が次の巻まで伏せられているとか、スリルでつないで行くという方法も『禅衣物語』では採られず、時間の経過に従って継起する事件をケレン味もなく叙述する。この後藤の告白による謎解き、真相の明白化、何者とも知れぬ者による墨付の強奪、更には証拠の品による父子・縁者の再会、駒平がわざと中原の相手とする遊女をくどいて挑発して、中原に刀を抜かせて刀身を確めること、玄蕃の最後に本心をあらわしてのドンデン返しといったものは、『風流庭訓』の歌舞伎的要素と見られるものであるが、『禅衣物語』はそのような演劇臭をも顧慮していないのである。

八文字屋本は当時江戸に進出していた。同じ八文字屋本の『契情蓬莱山』（八文字李秀〈白露〉・自笑作、宝暦九年正月刊）は黒本『僧正遍昭物語』に簡略化して利用され、(3)『柿本人麿誕生記』（八文字自笑・白露作、同十二年正月刊）も黒本の『歌徳明石潟朗天草紙《ほのぐ》』に仕立てられている。(4) 私も黒本と浮世草子の関係について書いた事があるが、(5) それらは遡った時期の作を利用した場合であったのに対して、『遍昭物語』・『禅衣物語』や『朗天草紙』は刊行間もなくの作を取上げているのである。八文字屋本の江戸の地への浸透をうかがう例といえよう。そして『風流庭訓』がひねった、複雑な趣向を構え、読者としては多少の知的素養があって楽しめる作であるのに対し、『禅衣物語』は素直に筋を通した絵解になっている。黒本は婦女童幼向けの本といわれるが、この三作が原拠作とほぼ同じ頃に江戸で読まれていることは、そういう二層の読者がいた事を示していよう。その場合『遍昭物語』『朗天草紙』『禅衣物語』が共に富川房信の作であるのは、注意しておいてよかろう。素朴ながら上方の文学を移入し、江戸人の文学に対する感性を養う一端を担った人物という面からの調査も必要となろうか。(6)

なお細谷氏は『禅衣物語』中の山形勘解由の山形は山県大弐を意識したものとされ、「反社会的な題材」とされているが、この名は既に『風流庭訓』に出ているので、房信の意識を問題にするようなものではなかろう。それなら『風流庭訓』においては如何かというと、私は『契情蓬莱山』が宝暦事件との関連が問題になって修訂された事情を考えた。(7)そのような時事的な関心を自笑・白露が持っていたとは考えられるが、この時点で大弐がそれほど注目される人物であったかは問題があろう。『庭訓往来』の勘解由に何故山形と冠したかは、『風流庭訓』が修訂を命じられていない事と考えあわせて、大弐とは別に考えるべきであろう。

注

（1）由井正雪一件を扱う浄瑠璃である。なお、姉妹の敵討が享保八年に仙台であった父の敵を討つ事件に思いつくものであったら、それと正雪めいた人物が出る事や、山形がお筆に剣術を教える事などが、後年の安永九年正月江戸外記座上演の「碁太平記白石噺」との関係も考えられるのであるが、未検討。

（2）丸に同の字の紋は、佐野川万菊や、佐野川を称する役者の紋であるが、それらの出演の歌舞伎をも調査すべきか。

（3）勝亦あき子氏「黒本僧正遍昭物語について」（叢十八号）。なお『遍昭物語』の利用した『蓬莱山』は修訂本のようである（八文字屋本全集二十二巻解題）。

(4) 三好修一郎氏「歌徳明石潟朗天草紙について(1)(2)」(叢八・九号)。

(5) 「草双紙と浮世草子——黒本出雲お国芝居始・思案閣女今川について——」(浮世草子新考)。

(6) なお房信については『猿影岸変化退治』が読本『古今奇談繁野話』第三巻五による事が指摘されている(『草双紙集』新日本古典文学大系83、木村八重子氏)。小説の渉猟は彼の一特徴か。また八文字屋本との関係では画作者未詳のもの、他作者のものについて「叢」数号に論及がある。

(7) 『八文字屋本全集』第二十二巻『契情蓬莱山』解題。

作られた笑い

十返舎一九作の天保四年刊『金草鞋』第二十四編（注）は、長崎より博多を経て下関への道中より成る。その塚崎温泉（今日の武雄温泉）の箇所は見開一丁にわたるが、嬉野よりの道筋と、温泉に入込の湯と留湯・侍湯の別のあることと効能をしるし、ともしげ伊兵衛方に泊ったとして狂歌一首を付して半丁の三分の二を費やし、あとの半丁以上を旅人の経験談として、

ある屋敷の後室、三十前後の美人が男妾を抱えるとて、四十以上の色黒く、頑丈で目尻に少しあざのある男をとの注文で、その家老が湯治に来て捜すと聞く。自分と同じ宿に泊っている男が大体条件にあうがあざだけがない。美人を手に入れるのだから火傷であざを作ってはということになり、自分が煙管を焼いてあてて火傷をさせてやったら、あとがあざになった。そこで家老に申し上げると、注文のとおりの男、召抱えんという口の下から、この者に縄をかけよと縛らせ、宝蔵へ忍び入った盗賊詮義のため、わざと後室の男妾を求めると偽ったといい、言い訳も聞かず国へ連れて行ったが、今はどうなったやら。

と語ったことにしてある。この旅人の話の内容は、塚崎温泉の沿革や土地の特色などと何の結びつきもない。序に「勝地風色の図精く予が目下見しまゝを著したれば」とあるが、実の見聞としては、いくら方便としても主人の醜名をひろめる結果になる策をとるのは不自然で、疑問のあるところである。

八文字屋本を一九が利用している事については既に諸先学の指摘があるが、本書も利用作の一と考えられる。宝永七年八月刊、江島其磧の作と考えられる『野白内証鑑』は、野郎と白人の素姓や現況を述べ、その故に呼べばすぐ来るとか来ぬとかと結んで、銭占いの結果に応じるように趣向した作であるが、その三之巻十六番「案外卦」は左のような話になっている。

西国方の侍が女の絵図に合せ妾を抱える由を人置のいわが嘷が触れ、今熊屋に妾・白人が多く集まる。留守居らしい六十四五の侍が、一人ずつ座敷で絵図に引合せ、肌を脱がせ見るが決まらぬ。いわが嘷が絵図の条件を、「面躰丸ク、上唇反て額際うすく、天柱本に瘊子五つあつて、亀の尾のあたりにさしわたし一寸ばかり瘤ある女」と聞き出し、お花が条件にあうと肌を脱がして見るに、ちりけもとにほくろは確かに五つあるが、亀の尾のあざがない。そこで大名の御前様になるためにはと説得して、焼煙管を当てて連れて出る。ところが城下の金持の家に上方から物縫奉公に下った女が盗人の手引きをし、財物を奪った上に家人に傷を負わせて立ち退いたので、その犯人捜索のために女を尋ねる。汝の仕業なら真直に白状せよといわれ、驚いて言訳をし、あざは今こしらえたという一札を書き、嘷が加判した。

これは大名家の妾召抱と称して人を求めること、それにふさわしからぬ人相や身体的特徴、殊にあざという点で一致し、それをこしらえるために焼煙管を当てること、全く当てがはずれて重罪人探索の手段であったことなど、一九がこの『内証鑑』によったことは明かであろう。

ところでこの『内証鑑』は、大名の妾の人選に老人が絵図を持参し、人置が周旋するという点、其磧の作に西鶴の影響の大きいことを考えあわせると、『好色一代女』一ノ二「国王の艶妾」の章を下敷きにしていると思われる。『一代女』のこの章の前半は、大名の妾選びとそれに応ずる京都の風俗の一般を描写したものと考えられるが、そこに人選のための絵図が出るのはあるいは一般の風とはいえず、特殊な場合または西鶴の虚構であり、その採用条件の形で西鶴は当代の美人の規準を述べたのであろう。そして一代女の主人公はそのきびしい条件に適合し、大名家に連れて行かれて寵を受ける。話はそこで終ればめでたいのであるが、寵愛が過ぎて大名が衰弱、女主人公は追返されるのが以後の流転の始めになるという逆転の結末が用意されている。この結末によって小説の一章たり得ている章といえるであろう。

『内証鑑』は同じ妾人選の手続きで話を進めながら『一代女』に異を出す。まず絵図の条件が醜女と思われる上に、ほくろだのあざだのという異常な条件が付いている。『一代女』の条件の反対を立てているのである。ほくろやあざも『一代女』に「身に瘊子《ほくろ》ひとつもなきをのぞみ」というのを裏返しているのである。この異常な条件でまず読者の関心を惹く。ところが五つのほくろまで条件に合う女がいたが、残念なことに亀の尾に径一寸ばかりのあざという条件を欠く。『一代女』の人置は順当に候補が決まるのであるから、通常の人置以上の働きをさせる必要はないが、『内証鑑』ではそれが欲深く十分一（仲介料）を稼ごうとする噂になる。たったあざ一つという条件のみを欠くならあざを作ればよい。目を付けられた方の女も慾がある。醜女が大名の御前様になれようという、恐らく自他共に思いもしなかった幸運が訪れようとしているのである。慾と慾がからんで、尻をまくったり焼煙管を当てたりと低級な興味におもねるといえばいえようどたばた劇が展開する。ここにおいて『一代女』の妾選びの風俗は一場の喜劇と化し、更にその後に逆転が用意されている。その絵図は実は重大事件の犯人の人相書であり、妾選びは女を集める口実であった。さてこそ絵図の実物は噂に見せられず、条件が醜女であった謎も解けたのである。

一九が『内証鑑』を利用していることは疑いないと思うが、一九の場合は大名の妾選びではなく、大名の後室の男妾選びになっている。それだけ『内証鑑』よりどぎついというか猟奇的というか、さような色彩が加わっているのであるが、これも一九独自の趣向ではない。其碩の『魂胆色遊懐男』は西鶴の『浮世栄花一代男』にヒントを得ながら、『栄花一代男』が閨房の窃視であるのを魂を入れかえての実行にし、異なった趣向に興味を求めている作であるが、その後編『女男色遊』(正徳四年刊か)一ノ二「相撲取なみの御奉公裸百貫道具」一ノ三「役めは鵜つかひ同前の身喰ぬ殺生」と二章にわたる話は次のごとくである。

浅草の下屋敷に知行所より絵図に合せて百姓男数十人を集め、七十余の奥横目の老人が一人宛絵図に合せて検分する。「鼻すぢいかつて油ぎりたる」などの条件にあわせて顔を見、それから一物の検分に及ぶ。数人検分の後「一きわ鼻ひきく痩宍の小男」へそむらの瘤の又助が出る。絵図に違い鼻が低いので不合格のところ、又助は鼻高きを召抱えるや露転を第一とするやと反問、一物の検分により採用される。歳四十ばかりの後室はすごいほどの美人で、その相手をする果報を思うが、流石下賤の身、気後れして実戦には役立たぬを豆右衛門が入れかわり相手をするのであるが、絶頂に至ろうとすると行為を中絶させられる。賤しい胤をはらまぬ用心である。豆右衛門はあきれて立ち退くが、あと又助は苦しみ悩み三十日も勤めず暇を賜り、帰郷後二年半も病むという。

この話は前掲の『内証鑑』の焼き直しであろう。大名の妾選びを大名家の後室の男妾選びに転じているのは、作品の性質が猟奇的なもので、ベッドシーンの興味を狙う作であることによるのであろう。さような男妾選びが一般に行われたのではないらしいことは、後半章の初めに「御大名さま夜遊の御伽とて、絵図にあはせて都より艶なる美妾を金にあかせてめしか丶へらる丶も此お屋形の御ゐんきよの後室さまの夜のおたのしみに、お好の男か丶へられておなぐさみなさる丶も、御大名の御身の上にてはあるまじき事にあらず」と言いわけらしいことを書いていることによって察せられる。しかし、あえて奇を求めてさような変改をしたのであろう。絵図での検分があり、容貌も美男を求めるのではない。選に当たった男の名瘤の又助の瘤の字に振り仮名がないが、『内証鑑』ではあざと読ませている字で、ここにも『内証鑑』との小関連が見られるようである。そしてこの方は美人の相手をするというめでたい場に至るのであるが、やはり逆転の結末が用意されているのである。

一九はこれをも読んで『内証鑑』の大名の妾選びを後室の男妾選びに変えたのであろう。両者の関連は、後室の年齢四十歳ほどが一九の方では四十以上の男とするところなどにもみられよう。その変改は勿論男妾選びの異常の方を一九が採ったということである。

ところで『内証鑑』『色遊』よりすぐに『金草鞋』へと線が引けるかというと、一九には『金草鞋』以前に既に利用をした作がある。文化十二年正月刊『通俗巫山夢』巻之四第十一章・巻之五第十二章と連続する話がそれである。主人公の陽太郎らが大坂新町のよし田屋で騒ぐ。その隣座敷には歳四十に近い美人が腰元を多くしたがえ、老武士を連れてしめやかに酒。陽太郎一行の中の甚次郎兵衛が仲居にたずねると、西国方歴歴の後家で、目にとまった男があると寝間の伽に召抱えられ、隠居屋敷を下されて一年千両の給金、男は道楽肌の者を好むと。末社どもはうかれ出しお目見えを願う。老武士石部金太夫の案内で目見え、気に入られず。瓶八、注文を聞き、さような男を撰み出し連来るべしと願い、金太夫絵姿を貸す。「面体恰好そのごとく、天柱もとに黒痣五ツあつて、亀の尾のあたりに、腎満の瘤とて、さしわたし一寸ばかりの瘤あるおとこ」と。鷹右衛門姿絵に似る。大勢覆いかさなり天柱もとを見るにほくろ四つあり。一つは墨を付けてごまかすこととしたが、亀の尾のあざなし。煙管の火皿を焼いて作れというを鷹右衛門は拒む。女郎は指さえ切るにと説得、焼煙管を当て隣座敷へ連れ行く。金太夫点検し究竟の侍に縛らす。大坂者という召使った男が仲間の盗賊の手引をし、宝蔵へ忍び入り足軽に手を負わせ行方知れず、その詮義のためと。言いわけも聞かれず、庭前の柱に縛り付けられる。泣き面で仲間を恨んでいると甚次郎兵衛が出、先に自分を坊主にした発頭人はこなたと聞き、意趣返しを皆と計ってやったという。

右の『巫山夢』は、好みがわかれば人を探しやすいと称し好みの絵図を借る辺、皆が容貌の似た男のほくろを検しあざを焼煙管で作るあたり、絵図で探索の男の容疑の内容など『内証鑑』の語句と一致しまた類似して、『内証鑑』の求める方と求められる方の男女を逆転して書いた作であることが明かである。そして後家を四十歳近いとし、人間ではあるまいと思うほどの美人とし、『色遊』をも参看している（『色遊』には「此世の人とはおもはれず天人国の美女を七度やきかへして」云々という）ことは明かで、大名より後室への転換は『色遊』によると考えられる。

このうち坊主にしたことの意趣返しとは、その前巻之四第九章に、坊主落ちの甚次郎兵衛が操路太夫の欠落の手引きをしたと、抱え主の後見伝内が抗議に来て争う、鷹右衛門らが仲に入り、知らぬという言訳に坊主になれば金をゆすろうという相手の裏をかき妙策とすすめる、甚次郎兵衛はそれを聞き陽太郎らのたくらみと知る、鷹右ら残念がる、甚次郎兵衛は髪結床へ行き待合せるうち、互いに誰は出家に似合う顔などといい合い、一人の男を甚次郎兵衛が出家顔というと、その男は頭を剃らせ、甚次郎兵衛にも出家顔ゆえ剃れという、これは男伊達の胆の多七という男と聞き、甚次郎兵衛は恐れて剃る、これも鷹右衛門らの謀計であったというのを受けているのである。

戯れから他人を坊主にすることと、その復讐ということは、現今落語で行われる「大山詣」を連想させる。この話の源をなすものは能狂言の「六人僧」であるといわれるが、根岸鎮衛の『耳嚢』にも同様の話が巻之一の「悪しき戯れいたす間敷事并悪事に頓智の事」の章にあり、また一九の作の文化二年序刊『滑稽しつこなし』前編に、「六人僧」に拠ったと思われる構成の話が見えることは既に指摘されているところである。『耳嚢』には安永末頃のこととしているが実事か否かは疑問があろう。ただこの頃にさような噂でもあったのであろうか。一九は『巫山夢』を書く時に、『内証鑑』『色遊』に加えて戯れに坊主にされた意趣返しを『滑稽しつこなし』とはひねった形で取込んで話を複雑にし、変化を出したのであろう。『金草鞋』は道中の旅人の噂の形をとっており、意趣返しの方は、そのもとになる意趣までをも書込むスペースがないことをも考えて、「六人僧」に系を引く趣向を捨てたのであろう。

前掲『一代女』の話を、その構成要素から(1)大名の妾選び、(2)条件の絵図、(3)選ばれる側の対応と選抜の情況、(4)被選抜者のその後とわけてみよう。『内証鑑』はこれを受けて、まず(1)の妾選びの話にしている。(2)の条件の絵図も受けついでいるが、それを妾といえば美女を選ぶはずなのに、美女の条件にふさわしからぬ、しかもほくろとか人に隠すべき辺のあざとか変な条件が付いている。『一代女』に異を出し、読者に不審を起させ、後文への興味をつなぐのである。そしてその変な絵図は妾選びでは力になるはずの人置の嚊にも現物が示されない。口頭で条件が伝えられるだけである。この点には読者は必ずしも疑問は抱かぬであろうが、実はそれが犯人探索のための人相書であるが故に、それを示してしまうと多くの女を集めることができぬであろうから、妾選びという名目を貫くために現物が示されぬのである。(3)は『内証鑑』では、すっかり大名の妾選びと信じている人置の嚊が、前の変な条件を満たすためにいろいろ細工をする。期待が大きいだけにどたばたと大騒ぎで、尻をまくっての点検などのエロ味も加えられている。『一代女』は平静に風俗を描くのであるが、『内証鑑』はここに話の中心があるのであって、大いに盛り上げるほど(4)の結末が生きてくる。(4)は『一代女』でも、選抜された主人公は大名の寵を受けるという幸運に恵まれるのであるが、寵が過ぎての大名の衰弱から主人公の境遇は逆転するということになっている。『内証鑑』もそれを受けて意外な、しかし変な条件を考えるとそれに相応した結末が付けられる。『一代女』に前掲の趣向の単位とでもいうべきものを区切ってみると、『内証鑑』ではそれを誇張したり、反対・異常を描いたりして変貌を遂げさせているのである。

『女男色遊』では、(1)を後室の男妾選びとするところに前二者と反対の趣向を出し、(2)の絵図は男性の条件が美男ではなく性的能力を示す外貌になっている。(3)はさような外貌では能力のあるはずの者に欠点があり、全く外貌からは欠格のはずの男、鼻の低い醜貌の男に実力のある者を見出す経緯となる。(4)に後室の相手に選ばれた男は馬並みの一物の所持者として馬並みの給与と保護を受け、実戦に臨むが結果は前述のように期待外れに終る。領内の百姓を集めての後室の性のためだけの男選びは現実にはあり得ぬことであろう。『内証鑑』の男女を反対にして別趣向を立てたのである。⑵の絵図は性的能力が問題で、その能力の指標となるはずの外貌となり、⑶は絵図にあわぬ者が選抜されるという点に異を出すのである。そしてこの作の性質上、馬並みの保護とか、実戦時の中絶に豆右衛門の魂の入替がからみ、ふざけた、性的な描写・叙述に滑稽味を出そうとしている。『一代女』→『内証鑑』→『女男色遊』としだいにどぎつくなり、誇張・歪曲を加え、笑いも不自然な作られた笑いになっていくといえるであろう。

一九の『巫山夢』は『内証鑑』『色遊』によりながら、⑴後室の男妾選び即ちどぎつい趣向の方を採り、⑵⑶のどたばたは同じながら、⑷結果の犯人探索の手段というところは同じようで、この場合は後室の方が似せであると一ひねりした上で、それは実は前に坊主にされたしっぺ返しであったと更にひねって複雑にする。話としてはしつこいし、このしっぺ返しも後味が悪い。

ところで先の『一代女』の大名の妾に選ばれた女の境遇の逆転という趣向については、其磧は『世間娘気質』にも利用している。同書三之巻の三「不器量に身を麩抹香屋の娘」がそれである。隣どうしで娘を持ち、一方は美人、一方は醜女。美人の方は大名の妾に抱えられ、親も貧乏を免れるが、娘はすぐに戻され、美人なのでまたしても他の大名に抱えられまた戻るの繰返しで、終にみじめな結婚に終り、親ももと以上の貧に陥る。一方の醜女の方は按摩を習い繁昌し、親を安楽に養う。この美人の娘は自分でも注意しながら、つい酒宴淫楽に対し仏説を引いて戒め妨げ興をさましては大名の怒りに触れて追返されるのであるが、それはこの娘は養子で実母が大黒であったが故としている。

其磧の作に西鶴の影響が大きいとは既に言い古されたことであるが、前述のように西鶴の一篇を幾つかの小趣向にわけ、それを誇張しまた逆にして異趣を出す。またその組合せをちがえて別趣の作を形成するということをやっている。『娘気質』の場合は娘の気質がテーマであるから、娘の方に原因があるように変えたのである。そしてこれを娘の美醜による美人の盛→衰、醜女の衰→盛と意外な結末を対蹠的に描くのに、両親の盛衰をもからませるという複雑な構成の中にはめ込んでいる。其磧の諸作には全篇の枠を変えて、構成要素の小趣向を組替えまた変改を加えて構成し直すという事情のもとに成ったと考えられるものが多い。三都と鄙・湊の地域分けによる『けいせい色三味線』にはじまり、男色を含めた諸色道の大全を企てて計画倒れで別趣の作となった『風流曲三味線』、白人と野郎という男女二道を等分に扱う『野白内証鑑』を経て、男女二道の色道大全をうたい宗論・談義の体にまとめた『傾城禁短気』で好色物の頂点に至ると、『商人軍配団』など町人物に転じ、更に好色物と町人物を合せたごとき気質物をと転ずるのは、右のような方法のある意味では必然の結果であったといえよう。

　それならこのような方法は其磧が創めたかというとそうではない。彼の先達と仰ぐ西鶴が既に先鞭を付けていたといえるであろう。野間光辰氏が「西鶴五つの方法」（『西鶴新新攷』）にいわれる改構とは先行の他作者の作に対する西鶴の処理法であり、西鶴に対する其磧のそれに通うものがあるのであるが、なお前述のような一度自作として発表のものを組替えて再用するということも西鶴が先鞭を付けている。『二十不孝』二ノ四「親子五人仍書置如レ件」に家の外聞保持のため遺産二千両を八千両と書置して遺子の間のトラブルを招き一家破滅に至る話は、『懐硯』五ノ二「明て悔しき養子が銀筥」に財産もないのに石瓦を銀箱に詰めて聟を取り、聟は世間の信用で繁昌するが危急に際し開いた銀箱に養父の言訳の書置を見て驚くということになり、『万の文反古』三ノ二「明て驚く書置箱」には書置の遺産分配は実は大名貸の証文で、遺子は当座の用にも窮するというように、異常な書置の趣向が三用されている。『武道伝来記』六ノ一「女の作れる男文字」の章は、『男色大鑑』二ノ二「傘持てぬるゝ身」の若衆が殿の寵愛を受けながら兄分を持ち、目付の訴えで殿に惨殺され、兄分が目付を討つという話を、女性を実の姉妹のこととし、讒構により惨殺された姉の仇として妹がその主を討つというように、男を女に、惨殺される原因を男色の意地から女の嫉妬による譏構に、討つ相手を、主人の身分を変えたので家来の目付から当の主人にというように変えて構成されたといえるであろう（拙著『井原西鶴』図説日本の古典15）。西鶴においても、好色物より雑話物・武家物・町人物への転換はかかる理由から生じた一面があろう。

其磧は西鶴の作をよく読みこなし、趣向の分析も行い、その研究によってこのような西鶴の方法をも会得したものであろう。転じて後期の戯作には或る意味で八文字屋本の影響は西鶴以上のものがある。右のような先行作の改構、または同趣向をいろいろの組合せで再用・三用するという方法も、有効な手段として受けつがれたのである。一九の前掲例はその一例にすぎぬのである。

このような成立事情にある作は、その自作・他作に拘らず先行作に異を出そうとする。そこに誇張・歪曲・不自然さを生ずることがあり、再用・三用されるに従いその度を増す。そこに見られる笑いも歪められ、作られた不自然なものになっていくことは避けられない。このような作品の場、先行作への考慮が払われず、当面の作の分析のみで立論したとき、論の正当さ・信頼性に不安が残るのではなかろうか。

一方そのような誇張や不自然は作者によって自覚されていなかったかというと、自覚はされていたといえよう。できるだけ抵抗のないように筋を通す配慮をしているのがその証であろう。しかしこれらの作の読者は人生の真実を描く文学などを求めているのではない。誇張・歪曲・不自然さより生ずる面白さであってよいのである。これをもって江戸文学の笑いは歪められた笑いだというようなことをいっても、彼らの作を理解し評価したことにはならない。問題はここから始まるのであって、そのようなことを考慮した上での笑いの分析は、江戸の戯作の本質に迫る有効な方法の一つになるであろうことを予感として持ち得るということに、異論のある向きはなかろうと思う。

注

刊年・編数は『日本古典文学大辞典』によった。使用本は題簽に「諸国道中金の草鞋」とある明治後印本（国文学研究資料館蔵）の第二十四冊（題簽に廿四）、但し本文初には「この二十五へんは」とあり。

小室家蔵『集古帖』『古絵本』
――『百合若大臣』など――

標出の二書は、埼玉県比企郡都幾川村の小室開弘氏の御所蔵にかかり、現在多くの文書・典籍とともに埼玉県立文書館に寄託されている。ともに数点の書物を合綴し別に表紙を付けたもので、汚損・欠落丁のある端本を裏打を施し古書愛好の気持からまとめられたものと思われる。二冊とも「小室元長蔵書」の印があり、同家御先祖で幕末・明治期の方、元長に初・二代二人おられ、二代目の明治十八年になくなられた方の蒐書という事である。まとめられた時期は『古絵本』のほうが古いようであるが、便宜『集古帖』より紹介してみたい。

『集古帖』（埼玉県立文書館保管小室家文書二三四〇）は一冊、縦二十二・一糎、横十五・二糎、藍色で雲か唐草かと思われる型押のある表紙を付け、左肩に、単辺を印刷し、「集古帖」と墨書した題簽を貼る。後述の『百合若大臣』初に、『和漢三才図会』巻八十、筑前の「玄海島」の項の「百合若麿」の記事を写し、「明治十三年七月五日　工村埜史抄録」とした一紙が貼られ、本書はそれ以前に一書に集められた事がわかる。

最初に綴じられている書は、ほぼ縦十九・六糎、横十四・〇糎、本文無辺、挿画単辺縦十七・三糎、横十二・七糎、のどに一―二十一と丁付が墨書されている。二十一の丁は表のみで計二十丁半存する。巻頭内題部分にかけて大きい破れがあり、全体に汚れ・破れ・落書があり、挿絵に後人による彩色がある。内題欠落ながら本文から遊女評判記の『美夜古物語』と判定される。前述の墨書丁付は綴じ誤ったままで付けられており、稀書複製会叢書所録のものと比

（第一図）

べてみると、第一丁・第五丁・三丁・四丁・二丁・六―十一丁・十三丁―十七丁・十九―廿四終丁・奥付が残っており、初めに錯丁、第十二・十八丁欠落、そして稀書複製会本に欠く奥付を有しているわけである。奥付（第一図）には「明暦丙申歳／仲秋吉日／政開板」とある。『美夜古物語』は本文の記載により明暦二年刊とされているのであるが、この奥付によって明暦二年八月の刊年月と開板者が判明する。なお「武州榛沢」（埼玉県岡部町）「上州新田領太田町」（群馬県太田市）の墨書は本書の伝来を示そう。

次に綴じられているのは絵入狂言本『一張弓勢三韓退治百合若大臣』である。上部に裁断があり、単辺内縦十六・九糎、横十一・八糎、原表紙はなく、汚れや落書があるが欠落丁はない。この元禄十年江戸の中村座上演の狂言の絵入狂言本は国会図書館に所蔵され、鳥越文蔵氏「蜀山人の手に触れた芝居本」（大田南畝全集十七巻月報）に紹介されているが、南畝の賛、「青山居士千巻文庫」印のある美本である。しかし惜しい事に第一丁の扉・役人替名を欠き、第四丁（丁付は「上ノ五」、裏面に見開挿絵の右部分）の表裏下部四分の一弱の破れがある。この本による翻刻が国立劇場芸能調査室より未翻刻戯曲集・2（昭和四十三年九月）として出ているが、当然右の欠落部分を欠いている。

本稿初出時には、国会図書館蔵本の欠落丁即ち扉・役人替名と、本文の破れのある丁の表（本文）と裏（挿絵）だけを掲出したのであるが、利用の便を考えて、今回全文を翻刻した。しかし原本に破れ・汚れがあるので、本文は国会本により補い、挿絵も精良を期して国会本を用いた。丁付も破れがあるので国会本で補った。また句読を切った。
国会本の欠落を補う丁―上ノ二オ・同ウ・上ノ五オ・同ウ
底本の挿絵に汚れがあるので国会本を用いた丁―上ノ三初ウ同四オ・上ノ六オ・〔上ノ八〕ウ同九オ・下ノ十三ウ
同十四オ

一張弓勢《いつてうのゆみのいきおい》
三韓退治《さんかんたいぢ》
百《ゆ》合《り》若《わか》大《だい》臣《じん》
四はんつゝき仕候

第一　酒《さけ》　二人《ふたり》ならべて
梅《むめ》さくら

第二　涙《なみだ》　子ともならへて
にしひかし

第三　嶌《しま》　あわれならへて
雉子《きじ》と鷹《たか》

第四　悦《よろこび》　おとりならへて
だてと風流《ふうりう》（上ノ二オ）

一ゆりわか大しん　市河団十郎
一妹ありすひめ　ふし本門之丞
一同なてしこ　おの川おりへ

（第二図）

一みたいさころものまへ　袖岡政之介
一こし本とこなつ　上むら万三郎
一同はやさき　袖岡みやこ
一同す丶風　今むら八十郎
一同のわき　中山たつや
一はつ雪　藤山花之丞
一こ丶のへ　岡田小才次
一松よい　外山くも井
一別部大せん　大くま宇太衛門
一　太郎　山むら平八
一　二郎　村山源次郎
一　三郎　中嶋かん左衛門
一　四郎　岡田九郎左衛門
一月岡平次左衛門　村山四郎次
一女方すみのへ　荻野沢之丞
一浅香山大高の介　中村伝九郎
一弟一かく　市河団之丞
一こし元も丶よ　玉川千十郎（上ノ二ウ上段）

一大臣娘あさつゆ　中むらかんの介
一弟清若丸　さるわか山三郎
一岩尾翁　中むらかん三郎
一原田はやと　中むら清五郎
一弟うこん　中山初之丞
一三笠うねめ　袖崎村之介
一松浦たくみ　あらしもん三郎
一大崎びぢよの介　三つせかもん
一関口弥太夫　田むら小三郎
一つやのせう　西こく兵介
一別部五郎　生嶋大吉
一瀬山大介　山川彦五郎
一かほり丸　中川半三郎
一ゐんしゆ丸　山下三九郎
一さゝなみあま人　袖岡半之介
一入江外記　山中平九郎
一妹まさき　桐山政之介
一弟幸二郎　袖崎田むら

一供杉衛門　山本源左衛門
一小さくらいつき　きり山辰三郎
一外山内記　松本三弥
一岩はし源内　滝井源衛門（上ノ二ウ下段）

百合若大臣　四番続

一張弓勢《いつてうのゆみのいきおい》
三韓退治《さんかんたいぢ》

一　爰にけんとうし将軍ゆりわか大じんは、三かんをほろほし給い、しはらくげんかいが嶋のすさきにふねよせて、ゆふきやうあるこそめてたけれ、さて船中には、別ふ大ぜん、惣領太郎、二郎、三郎、四郎、原田はやと、弟さこん、其外のわかさふらいおの〱きやうをそもよほしける、はやと申やう、扨此みふねには、大じんは御みへなされ候はずか、いづかたへ御入と申ける、大せんきいて、今日はとうしましほひの明神へ、御さんけいと申ける、いよ〱めてたしとて、ばんぜいらくをうたいけり、時に大せん申様、まことにしま山のなかめはゑもいへず、せいこのけいこそおもはるれ、いかにわれらほういつのみなりとも、〽一首をつらねみやこへのみやげにいたしたし、〽一首つらねんと申けり、しよ大みやうきいて、尤然るへし、とく〱とありけれは、大せんいふやう、君は水臣は船なり、片男なみと申ける、別部兄弟、おもしろからんと申ける、三郎申やう、それがし付句いたし申さんとて、おつくりかへして捨ておくへいと申、四郎、それかしもつけ申さんとて、かはかぬそてにつゝむうなはらと申、みな〱おもしろしと申ける、中にも大せん申やう、はるかばつざにひかへし原田はやと、なにとて付申さぬ、はやときいて、それかしも付申さんとて、先わるからうといふ、みな〱きいて、先わるからうとはなにことぞ、これか五もしじや、はてい

（挿絵第一図・上ノ三初ウ）

（挿絵第二図・上ノ四オ）

やな五もし、はていやな五もしな、してとうた、はやと是にとり付、いろ〳〵かんげん申ける、大ぜんはら立、みな〳〵大みやういちみだ、そち一人かさへきつてもかなはぬ、はやときいて、諸大みやう一みからは、それかしもいちみといふ、弟さこん（上ノ三初オ）

挿絵第一図（上ノ三初ウ）

挿絵第二図（上ノ四オ）

き、いろ〳〵かんけんいふ、はやと、ちりやくなるはとだまし、いちみじやといふ、別ふめはやきおのこにて、なか〳〵まことの一みではなし、それいましめよといましめけり、別部、いよ〳〵大臣は明神へさんけい有は、打とらんとて、しほひのやしろへいそきける、されはにや、さゝなみのあま人は、やしろのほとりに、塩風のさむきをいといつりをたれ、うきをかこちていたりけり、かゝる所へ、別部五郎、小せうつやの丞、弥太夫、大介来り、〳〵此内つやの丞大臣様のことをいふていろ〳〵とうけありしかるところへ大しん、男のはらはそうに立、出は有、とさふし上るり有、団十郎仕候大臣仰けるやうは、とうしやへさんけいいたしたは、もとうしやのしんたいは、かんしゆ、まんしゆのしきよく、是とうしやのしんたい、じんくこうぐう、しんら、はくさいをほろほし給ふとき、たつのみやこより是をみつきにあくる、則とう嶋にうつし給ふ、よく〳〵拝こうなすべし、しかしこの所の嶋物かたりをもきゝたい、弥太夫申様、是へみればあま人が参候、御尋ましますべし、みれはやことなきあま人なり、人ゝうつくしきとて、物いへ共いはす、別部五郎物とへはいふ、いよ〳〵おもしろい、扨とう嶋においてつりすること、ふびんさよとのたまへは、されは私は人をもつりまする、人ゝ是はおもしろい、此中に人といふては、たれをつる、いやしやうそくをなされ候人を、つり申候、つやのぜう、すれは大じん様にあまがほれました、それ〳〵よびて、酒あいてになされ候へと申ける、大臣、是へと申さるゝ、五郎りんきする、大しん、はてみちのちがふたことぢやによつて、だいしない、よべとてよび給ふて、所は嶋山のきくの酒、なを〳〵きやうをなしたまふ、所へあさか山一かく来り、大しん、一かくはよぶな、なか〳〵かたいやつぢや、なかちんのつかれをはらそふといへは、いや〳〵はやく都へきらくといふて、なか〳〵かたい、弥太夫聞て、いやさやうてはごさりませぬ、大さかづきをぢさんいたし、なか〳〵御あいてにもなりまするふぜいとみへました、（上ノ四ウ）所へ一かく、おさへた〳〵、此さかづきを大しんへさゝんとおもふ、あらようがましや、ものに心へたるつやの丞殿に、そとげんざん申さふ、てうしをもつて参て候たが、お立にて候、あいと仰候程に、ずいぶん物にこゝろへ、御しやくに立て候、まづつやの丞どのは、もとのさしきへ御なおり候へ、いや〳〵おなおりのふてはのみ候まし、たゞ一さし御のみ候へ、こなたこそ、扨も〳〵一かく殿、大しん公も御きげんじや、こなたへとてよぶ、又五郎りんきす、はてくるしからぬことぢやとてよぶ、大臣、皆は一かく、なぜみがまへにこぬ、はて御きに入の五郎とのがござるによつて、私はまいりませぬ、大臣、そうではない、五郎よりわがかはゆい、そんならうれしうごさります、又五郎はら立、かへらんといふ、五郎せき、いろ〳〵大臣をうらみける、大しん、さて〳〵五郎めは、きがちかふたとて、みな〳〵取付ひまに、大しんまた一かくにだきつき給ふ、み

（挿絵第三図・上ノ五ウ）

（挿絵第四図・上ノ六オ）

なく〳〵わらい、かならす〳〵両方ながらはらたつな、一かく、めてたふござります、おさかなをいたしませう、あまをまいませうとて、そらはひとつにくものなみ、けふりのなみをへだてつゝ、一かく、いやそれではかとうごさります、そこらは一つの酒のみにて、そもちうしんないさしらず、とりゑんことはふでうなり、そのほかあく人、五郎、あく人とは、いや五郎、わがことさ、五郎、あく人といふはがてんゆかず、されは我おや大ぜんがあくをたくむを、しらぬことは有まいとて、さま〳〵かんげん申ける、五郎、一かくにかき置をのこし、はらきらんといふ、かき置をみれは、まつたくわたくしいちみではなく、かね〳〵御ぜんにてはらきらんとそんし、かくのこし申候、大しん、まんそくな、一かくこれでうたがいをはらせ、一かくがことはにしたがい、近くにしゆつせん、しかしこれにしほひ明しんがある、なにとぞとう嶋は人のかよいない、此度みがさんかん（上ノ五オ）

挿絵第三図（上ノ五ウ）

挿絵第四図（上ノ六オ）

をほろほしたへんれいに、かみいさめ申べし、あま人申様、とうみやには、みやつこもごさりませぬ、私がまいをつとめませう、しからは大しんはたいこのやく、つやのせうはふへ、小つゝみは一かく、大つゝみは五郎、はていつせいそはしまりけり、此内しよさ、半之介仕候　其時ふしきや、なみま〳〵じやぎやうとなる、つやのぜうおとろきけり、あま人大じやのすがたなり、大臣取ておさへ、なにもの也とさいごなるとのたまへは、私はたつのみやこ第三の姫玉よりにて、こさゝかんしゆ、まんじゆはりうくうのおさへ、此度大しんはつこうゆへ、とびらひらき候ゆへ、うばひとりにまいり候、扨はさやうか、ころさんとおもへとも、命をたすくる、はやくりうくうにかへるべし、あま人、有かたし〳〵、重て御おんほうぜんとて、形はなみに入にけり、人〳〵ふしぎに思ひつゝ、なを嶋山に入給ふ所に、大しんもゑいふし給ふ、一かく申やう、わたくしもゑひました、そのしやうそくを私ちやくし申さんと、きみのせうそくちやくしけり、所へ別部一そく来り、大しんと思ひ一かくを打けり、五郎爰をはれとたゝかへ共、かたきは大せい、ついに五郎をいけとり、しよせんめんどう也とて、五郎がくび打おとす、一かくもさん〳〵ておをひ、もし大しんさまと、よへともいらへなく、そのひまに大ぜんな、なみまはるかにいてしほの、ふねはみやこへいそぎけり、大じんふしたまふ所を、みとり丸といふたか、大しんをけたりけり、大じんめをさまし一かくをみつけ、さて〳〵いかやうなことゝいへは、一かく右のしだいを申ける、五郎も、私もずいぶんはたらき候へども、たせいぶせいに候へは、かくてをい申候とて、ついにむなしくなりにけり、大じんはらたち、さて〳〵ふだいのらうとうに、かくまてはすてられしかとて、みとり丸をてにすへて、こゆびをくいきり、みやこへつけて、がんさつの（上ノ六ウ）あとをあらはしくれよ（ママ）あれは、しやうあるたかにて、ことはにしたがい、くも井はるかにあかりけり、きぢんをあさむくゆり若も、なみたにむせび、口おしやと、又なみふかくわけ入て、よべとも〳〵ふねはみへず、口おしや、はらたちやと、あたりのかんせきねぢふせて、大木、小木を引さき、はんくはい、かうういきおいにて、あたりをにらんて立給ふ、むねんなりともかいそ

なき、大じんの心の内、あはれ也けり《(ママ)》したい也

第二

▲　爰に大じんのみだいさころも姫は、清若、浅露、入江外記、弟幸次郎、其外さふらい少〻にて、君きてうのためにとて、清水もふてなされける、おまへを過ておくの千じゆにさんけい有、ところへ大しんの妹ありす姫、妹なてしこ、こし元つれて、〽清水迄道行有、門之丞、おりへ仕候おまへになれは、つほね申様、おまへの内へ御入なされませいといふ、ありす、いや〱まくの内へはゆくまい、きつうおれもきがわるいによつて、くはんおん様てもまいつて、ごしやうなりともねがおふとおもふ、なでしこ、なぜにそのやうにあしきのふおもはしやります、扨はこなた様はこいかへといふ、ありす、なるほと、こいじやとて、幸三郎にほれたやうすをはなし給ふ、さてはさやうかといふ所へ、幸三郎みゆる、やれ幸三郎がくるとていふ所へ、幸三郎ではなく、外記が弟幸三郎があねまさきなり、ともいつき、やつこすき右衛門つれ、〽ではあり、桐山政之介仕候おまへになれは、なんとわかしゆにたかの、やつこ、にました、おれがこのやう、くはんおん様へまいる事は、あさか山一かくとのゆへじや、それゆへきふ《(ママ)》はみたい様のとも丶せす、人はみれはあしいに(上ノ七オ)よつて、若衆のていになつてきた、やう若衆ににたか、おれがことは、一かくとのとはいひなづけにある、はやうかへらしやるやうにとおもひ、くはんおん様をたのむ、〽此内いろ〱わか衆のしなんあり所へありす来りたまい、のふ幸三郎、そなたにはほれてどふもならぬ、あまりといへはつれない、かなへてたもれ、まさき、もしありす様、私は外記がいもとまさきでござります、ありすきもをつぶし、どうしてまあ、わかしゆになつてきたぞ、一かくの殿の、はやうきこくのため、みだい様のめをしのびてまいり候、そうか、おれもこいじや、そなた弟幸三郎にほれて、どうもならぬ、しからはたがいに取もちましやう、しかしあの外記はなか〱かたいによつて、どふもなりませぬ、

しからはそなたとふたりして、外記をころそふといふ所へ、外記きたり、ふたりながらめいわくがる、さん〳〵しかる、みたいさころもきたり給い、さりとはどうりぢや〳〵、おれがとも〳〵とりもちてやらうと、一かくともふうふにしやう、幸三郎、まつありすとのとはふうふにせねはならぬとて、よろこびある所へ、あさかやま一かく、きてうといふ、みな〳〵きもをつぶす所へ、一かく、大じんのかんむり、ひたゝれをもちきたり、やれ一かくかゑつたり、みな〳〵とりつき、そのなかにも、まさ木はとりわけてよろこびけり、外記、扨たゝいまはなにしにまいつた、大しん公のふねはふしみへついたが（ママ）、たゝしひやうこについたか、一かくなみだながらに、大じん公三かんほろほし給い、しはらくげんかいがしまにやすませたまふおりから、別部おやこがあくしんゆへ、ついに大しん公をすてまいり申候、たれあつて此ことをきみへしら（上ノ七ウ）せ申すものなくとそんし、まかりかゑつて候と、なみだながらにかたる、みたい大きにはらたち給ひ、馬をだせとて、そのげんかいが嶋へゆかん、外記、御意ではこざりまするが、その嶋へは人のかよいごさりませぬ、なむさんぼう、一かくよくも大しん公をすてゝ、命をながらへまいつたな、それしばれとあれは、ぜひなく外記しばる、さくらの小ほくにいましめけり、みだい、只今打てすてんとおもへとも、おもへはふびんな、よふけて打てすてんとて、おくに入給ふ、外記のこり、幸二郎もろとも、いろ〳〵とむらふ、よく〳〵くはんねんせよといふ、一かく、なるほとわたくしはうかみました、外記、うかんだとはがてんがゆかぬ、一かく、まことにわたくしはうちしにいたしました、みきのしだいをしらせましやうとそんし、これまでまいりましたとて、かたちはがいこつのていとなる、げきいよ〳〵きもをつぶすところへ、まさき、せめてこゝろはかりのいとまこいせんとてきたり、げきにむかひ、わたくしもかくこふいたしました、あはせてくだされといふ、なにがさて、かくこふいたしたらはあはせんとて、あはすればかいこつなり、まさきはゆめのこゝろにて、なくよりほかのことそなし、〳〵此内いろ〳〵なけきありところへみだい、うつてすてんとてきたりたまい、このていをみてきもをけし、さては一かく打し

（挿絵第五図・［上ノ八］ウ）

（挿絵第六図・上ノ九オ）

にをしたかとて、わびたまふ、一かく、大しんはけんごまします、まもりのかみとなり、おつつけあはせまいらせんと、かたちはのこりうせにけり、たましいはくうにかへるやみちのほと、みな〳〵なみだにむせまたふ、なんによのいんらく、すへてたゝこのがいこつをいたくとは、とふはがいひしもおもわれて、みな〳〵やかたに（［上ノ八］オ）

挿絵第五図（［上ノ八］ウ）

挿絵第六図（上ノ九オ）

かへらるゝ、されはにや別部大せん、太郎、二郎、四郎、さふらい大ぜい、大しんのあとめさふいなくうけとり、たかのにこそは出にけり、しよこくの大みやう、たか一もと、われさきにとすへにけり、所へ四郎か妹すみのへは、こしもともゝよに、からすをすへさせ来り、もしとゝ様、あに様たち、けふはたかのところさりますゆへ、私もたかすへさせ参りました、私おつと月岡平次左衛門も参ましやうなれ共、きぶんゆへ参ませぬ、是たかを御らんなされとて出す、みれはからす也、人〳〵ふしぎに思か（ママ）、やいたはけめ、是はからすぢや、其からすをなぜたかと云、すみのへ、されはへつふが大しんに成からは、からすがたかに成まいものではないとて、いろ〳〵かんげんする、中〳〵にくいやつの、己がおやがたくむことやぶるのみならず、あまつさへかんげんはむやくな、それ引出せ、打てすてんといふ所へ、平次左衛門はせ来り、何ゆへか様に、女子わらんべをらうせきめさるぞ、へつふ、みが此度大じんのくらいを給はつた、かくきんりより給はるくはんゐを、女のみとしていらさるかんげんを云、平次左衛門、はてこれは女方がどうりさ、大臣がべつふとの、其ゆへからすをたかと申も、べつ部が大じんに成ゆへさ、こつかはこつかのこつてない、みなばんみんのこつか、しかし己女め、忝き大しん公に向い、只今のぶれいは何とじや、いふてもみがためには大ぜんとのはしうと、すれはおや、おやの一こんにしたがはぬからは、あく人じや、己はさる、己をさつておいて、私は別部大しん殿へ一みと云、大しんよろこび、然はみがからうしよくといひつけん、いまより別部のせうじと云、平次左衛門、忝とてたびをぬき、別部がかふりに打つくる、別部はら立、なぜくつをなげた、あたらしきとてかむりにあげず、平次左衛門、はてよはきよき（ママ）におよんだ、さかしまなよの中じやによつて、くつかふりなるましい物てないとてちかつき、別部一けを打ちらし、口おしやむねんな、今しゆくんのかたきを打もらしたるとて、はかみをなす、すみのへいてゝ、なに平次左衛門との、さいせんはさつたとあるによつて、はらかたつたが、いまのはたらきをみて、がをおりましたといふ、平次左衛門、かならすそなたのおつとにしてもふそくはない、ぶゆふのほどをみたが（ママ）、こうしていては、みだいや若君の行ゑが心もとない、こなたへ〳〵すみのへとて、ふうふてにてを取かはし、なを忠信の月岡が、ほまれのほとこそゆゝしけれ（上ノ九ウ）

百合若大臣　下巻第三

一張弓勢《いってうのゆみのいきおい》
三韓退治《さんかんたいじ》

一　爰にあはれをとゝめしは、大しんのみだい、同清若、浅露ひめおや子三人の、なさけもしらぬたきつなみ、のゝ山かとう次、同岩はし源内両人に承り、ちうはついたせと、大せんがおゝせによつテ、人ゝをかはらおもてに引にけり、扨源内が申様、たゝ今がごさいこでござります、浅露のめのとまつよい、きよ若のおちはやさき、なこりの袖をそおしみけり、みだいもかねてかくごのことなれと、ふたりの子共に別をかなしみ、なげかせ給ふぞどうりなり、所《ママ》別ふ三郎来り、いまだみだいをころさぬか、しさいみだいのいのちをたすくるそとてなはをとく、みな〱よろこびたまいける、三郎中様、さためて道ならぬおほしめし候半、しかし私ことは兄弟の中にもわかまゝものと申て、しかの郡においこめられおります、あまりいたはしう存、大せんにさま〱申、こなたの命は私したいてござります、大しん様にあはせ申さん、みたいよろこび、大しん様とは、三郎、おれだ、別部のゆりわか今大臣じや、おや大せんをふみころし、私があるしと成、いまゝて女方もなし、ふうふにならんといふ、みたいはら立、さて〱おのれはあく人じやとて、はやくころせとのたまいける、三郎いよ〱はら立、はやくびを打おとせといふ所へ、かねのこへ聞へける、みたい、きけはしゆぎやうじやがみへる、もはや夕くれ、ことにはさいごじやほとに、しめしにもあづかりたい、源内たのむとのたまへは、源内、三郎にかくと（下ノ十オ）

挿絵第七図（下ノ十ウ）

挿絵第八図（下ノ十一オ）

いふ、三郎、いやといふ、さやうでござりませぬ、すこしもほとがのびましたらは、またおまへのこゝろ次第、しだいにおなりなされまいものでないといふ所へ、平次左衛門、すみのへは、きんせきの形となり、とりべの山のいふけふり、よはみなゆめのうきよの中、なむあみだぶつと、となへける、こしもと松よい、しめしくたされと申ける、しゆぎやうじやきいて、きんせきのくとき有、四郎次、沢之丞　三郎、もはやじこくうつりたり、はやくうてとある、みな〱やういの内に、

（挿絵第七図・下ノ十ウ）

（挿絵第八図・下ノ十一オ）

かね打ならし入にけり、みたい顔をみて、平次左衛門かとのたまへは、ほうす、なに平次左衛門といふなかあるものか、なむあみた、またみたいすみのへをみて、是はすみのへかといふ、すみのへ、あまひく人のなに、すみのへといふかあるものか、なむあみた、なにりん月との、いつくをしめし申へし、なにとそしゆびをみやはしてかたきをうたふ、いつそくびおもうちおとそふ、そふしやう、なむあみだぶつ、三郎きいて、これはすみのへ、むこ平次左衛門が《(ママ)》、なるほといもとすみのへ、月岡平次左衛門じやとて、さふらいともにわたりあい、さん〳〵にうちちらし、さて三郎をうつてすて、みたいの御とも申つゝ、さあしすましたり、こなたへ〳〵とて、かね打ならし、なむあみたふつこなたへとて、まづかたはらにしのびけり、されはにやあさかやま大こうのすけよしくには、清若丸の御ともにて、なきさのふねにびんせんをこひ、つくしかたとこゝろさし、やう〳〵ふなぢをはなれ、とあるすさきにつきにけり、そのときいわをのおきな申やう、人〳〵はよしありけにみへ候が、みやこかたの人か、いつかたへ御とうりそ、よし（下ノ十一ウ）くに申やう、それかしみやこ方のものにて御さ候、むしやしゆきやうとこゝろさし、つくしかたへおもむき候、おきなきいて、いや〳〵しゆぎやうと候に、かくあとない若君をつれめさりやうはづはない、やうすをかたりたまへといふ、よしくに、かゝる御ほうしにあつかり申候からは、なにをつゝみ申べし、わたくしはもとしゆくんの行衛をたつね申候、おきな、扨〻しゆくんの行衛をたつねとは、さりとは〳〵、まことはしてしうはなに人ぞ、いまはなにをかつゝみませう、きゝおよはれたきもこさりませう、ゆりわか大しんと申がごさる、めいしやうとうけたまはつた、されはすぎしころ、さんかんをほろほしにはつかうなされてごさるが、よしなきものゝむほんにより、しまにすてられさつしやいてごさる、それゆへ行衛をたつねますようにごさる、さてはさやうか、しかしいづれの嶋てごさるぞ、よしくに、かたしけない御たつねにあづかりましてごさる、さふらいのぶてうほうながら、嶋をしつねんいたしましてごさる、おきな、いたはしいことかな、もしあその嶋か、はかた嶋か、いや〳〵さやうな嶋てもごさらぬ、おきな、みも只今はとしよつて、ものおほへかごさらぬ、これにて嶋〳〵をはなし申さす、とく〳〵とき、たまへ、おきなしま物語しよさあり、太夫仕候よしくに、たゝいまおゝせられてごさる、げんかいが嶋てごさる、おきなよろこび、其げんかいが嶋は、これより一里計行、すさきはるかにみへしこそ、げんかいかしまじや、あれ〳〵あれじやほとに、はやう行てたづね給へとて、くるひのいとなみせんために、おきなはいゐぢにかへりけり、それよりもよしくには、（下ノ十二オ）清若丸のてをとり、此内清若丸つれ道行有、伝九郎仕候よしくにながのたびまくら、心をなやましむねくるしみ、いまをかぎりとみへにけり、若君いろ〳〵かいしやく有つれとも、ついにむなしくなりにけり、此内清若丸なけきのせつきやうありかゝる所に山鳥一はとび来り、よしくにか顔に水をかくる、はにひたしてはかけけれは、よしくにそせいしたりけり、よしくには、中若君様、今の水はおまへのおかけなされましたか、いや〳〵おれはかけはせぬ、其鳥かかけた、扨はこの鳥かかけましたか、鳥をみれば、よしくにがそはに有けり（ママ）ふみはこをさらい、かしこをさしてとび行けり、よしくにおどろき、やれそれはみたい様より大臣公へあつかりしふみはこ也、大しん様へわたさねはならぬとて、猶行さきも山とりの、あとをしたふていそきけり、されはゆりわか大しんは、いつしか嶋のすもりとなり、みるめにあはれとりそへて、しらなみの音さはかしく、はやしのゝきのあらされは、つまきひらふたよりなく、とやまのかすみはるかにて、うしほはいわのはさまをうつめ、とむろふ物はなみの花、ねかふべきほとけもなく、せみ丸のおきな、あふさか山のむかしをおもひ、りとうかきくのいつてきも、くかのたよりのあるそかし、いま大しんはねさめにも、ともをもとめんたよりなく、いわをのこけにおのつから、といにふしてはおきまろび、とこをもとめんよすかもあらす、あらめ、さからめ、かい、かうな、みさこはいそにこゑすこく、かはりはてたるよのならい、きふ《ママ》もあのすさて、あらめをひらふてまいらう、又此けしきはなかめられぬ、入ふねてるふね、打なみ引なみをみてから、はてさて〳〵おもしろい、こゝになにやらおちて有、ふみはこじや、あゝこのふみばこさへわすれたよ、なかをみませう、なんじや、みがおくがたよりの（下ノ十二ウ）ふみ、これはうれしや〳〵、あねがふみじや、これはどうしてこゝにはある、かてんがゆかぬ、おくがふみ、うれしや〳〵、このふみをたいてねませう、みたいをみるとおもふてくらさふ、うれしや〳〵、はてかてんのゆかぬ、いまのは山とりのほろゝじや、やまとりのほろ〳〵なくをきいては、ちゝやこいしき、はゝやこいしき、きみそこいしき、きみそこいしき、はてたれじや、もしこれ山とりがものをいふ、わたくしは別部五郎でござります、あさましや、きみにちうきをつくしますとはいへとも、一けのしやあくみをせめて、きうそくのはしとてかくてうるいのくわをうけましてござる、しかしたとへしやうはかゑたりとも、きみにつれそいたてまつり、おんしやうのかこをほうぜんため、たゝいま此しまへ大こうの介よしくにがまいります、しかしよしくに、さいごのふぜいみへましたによつて、きうしをすくいました、其ふみはこもひろい、これまでまいりました、へんしもつきそいましたふござりますか、あき〳〵しゆらのたいこのしぎやうごさります、あさましやきやくいのはし、ことにてうるいのくわをうけしおそれあ

（挿絵第九図・下ノ十三ウ）

（挿絵第十図・下ノ十四オ）

れは、おまへのそばへよりますることはかないませぬ、此内鳥のしよさ有、大吉仕候しやばにては別部五郎、いまあさましやうらめしや、かゑつてきしのかたちとなり、やすきひまなきみのくるしみ、たすけさせたまへやと、形はなみにきへにけり、所によしくに来り、こけ丸をみて、なに様おのれはかいへんにすむ、きごくのたくひとおほへたり、のかさぬと云、やれりやうぢをするな、みはゆり若大しんぢや、なに大しんがさやうなあさましい形におなりなされうか、（下ノ十三オ）

挿絵第九図（下ノ十三ウ）

挿絵第十図（下ノ十四オ）

大臣と云せうこが有か、さいしよ別部が形をかへて、このふみをひらふてまいつた、其方は大こうの介が（ママ）、則あさか山となのるは、一たひ大内においてあさぬまと云だいを下され、其句をひらき則あさか山となのる、よしくに、扨はさやうか、是が清若丸様とて、共に泪はせきあへす、大じん、どうしたびんをもとめて、とうしまへわたつた、さればかやうなる翁の情により、まいりました、みたいはまめか、姉はせいしんいたしつらんと、かたるにふかき泪也、よしくに、とく〳〵都へかへらしやりませい、大しん、いや〳〵か様のすかたて、都へはかへられぬ、みはしまのすもりとならん、よしくに、さやうなされては、私が侍かたちませぬとて、すゝめ申せと、わたるへき舟もなし、所へいわおのおきな来り給い、さいせんのたひ人、大しん公におあいなされたか、大しんふしきに思ひ、何様らう人な、人間とはそんせす、おきなこたへて、まことは我は八大りう王、過し比、たまよりひめをたすけ給ふ、そのおんのほうせんため、いまこの所に顕れたり、わこうどうじんはけちゑんのはしめ、八さうぜうどうはりもつのおはり、まことはふんじんのかたちみよと、青なみをけたて〳〵、やす〳〵と都へきこくなされけり

第四

▲　爰に大しんのみたい、すみのへもろ共、いつしかあさましきはい〳〵にましはり、かしよくなからもぬのはりに、しはらく月日をおくらるゝ、月岡平次左衛門来り、もしみたい様、すみのへも悦、けふはねしやかをつくるとて、こし元をねかして、色〳〵ぬれけり、所へ女房来りりんきをして、さん〳〵に平次左衛門をたゝく、おりふし大かうの介は道心のみと也、仏をいたくはつをこふ、平次左衛門めんとうなとて、さん〳〵にたゝく、みな〳〵みてきもをつふし、とうしん又こなたはなぜきた、みはたくはつにきたと云、平次左衛門、なるほとたくはつを入ませう、みれはこなたは仏をあんち被成た、どうぞおがみたい、みも仏者じや、道心きいて、いや〳〵是はひぶつじやによつて、おがますことはならぬ、それてもおがみとふごさる、然はおがませう、しゆさん《(ママ)》のしやかじや、ひらけは大臣也、みな〳〵ありがたしとて悦とき、大臣はなしの内に酒をのみたまふ、みな〳〵腹立、こゝなぬす人ほうすとて、さん〳〵しかる、よしくに、口おしや、たれしやと思ふ、みは大臣（下ノ十四ウ）のこうけん大こうの介じや、平次左衛門、

扨はそうか、みは平次左衛門、これ成は大しん公とて、みな〳〵めくりあい給ふ、扨べつふ大せんをいか〻して打取へし、されはいわし水において、やぶさめのけしきをいたす、此人数にまきれて打とらん、尤とて、みな〳〵かしこに急ける、されはにやべつ部大せん、やぶさめのぎしきに出けり、所へ二郎けい馬のやくにてつとめけり、所に太郎弓つかいゐんとす、大臣つつと出わらふ、太郎、みがやふさめやくをわらふは、どうした心入じや、大臣、私はやとりの役人てごさる、いつれもはやぶさめは御存か、忝もちうあい天王より初たり、出それかしつとめ申へしとて、弓引給へは、みな〳〵、弓おる〻、何様すさましい弓せいしや、それ過し比、とうしやへゆり若大臣おさめ給ふて、その弓あり、大せいかつき出るを引しおり給ふ所へ、からうみな〳〵出あい、へつ部一けをほろぼし給ふ、すへはめてたし、それ〳〵八まんをいさめとて、はや大おとり初けり

参会大おとり　　四はんめの切

▼ざうり取方、袖岡政之介、団之丞、半三郎、三九郎、田むら大吉出る、かく内、角介、おいてしや〳〵、旦那のお出じや、なごや方、四郎次、源衛門、九郎左衛門、彦五郎、伴左衛門方、団十郎、かん三郎、かん左衛門、清五郎、梅津方、伝九郎、兵介、源左衛門、源二郎、こ〻に分ある三大臣、なこやはたでに、色は梅津のわけしりと、かよいくるにはさんさらめいてごされ、二丁立、三丁立、おせへせしつ〳〵、しのひあみかさ、はおりかついて行かふ、そてはひらしやらり、よね衆こされとひつつれ立てこざんせ、おれみたか、とう中、かつらき方、沢之丞、半之介、雲井門之丞、桐政之介いて〻、此内なこや山三おとりありせりふあさきむらさきなはそらいろに、そめてきせたや、ねさせとこさる、たれさ、ふはにさ、伴左てたちののんやほのんやほ、ひのでのかいて〻こさる〳〵、はんさつかんたつかみさし、のんやほ〳〵と、あはせうつたるはかみの丁下の丁、とつとほめてとうした、茶やてよね衆かこでまねきさ〳〵、ゆるさ

ぬきかぬ三尺三寸、ずんとあやうき所にあつかつた〳〵、ひやくらいおれがあつかつた、いつれもかので分しりと、ちらとみた〳〵、あみ笠とつてみてあれは、なこやか、ふわか、梅津か、これは〳〵と計也、此内かつらきか心を引みるせりふそれよりばんさあけやへ行て、たか間心を引てみれと、いや〳〵なびくけしきなし、かつらきはらにすへかねて、ばんさわきさしうはい取、おつかけ行所へ、みな〳〵おりあへは、はん左衛門めんほく（下ノ十五終オ）なく、なこやはらにすへかねて、きつてすてふ、しはらく〳〵、きかみしかいと、はいたるぞうりて打にけり、女方此よしみるよりも、じかいしてこそし〻にけり、ばん左衛門はひざ立なをし、なこや〳〵、ざうりてぶつたぞ、これ迄なりと立あかり、れいの大たちすはとぬき、さかてにもつておしはたぬき、ゆんてのあはらへかはと立、めてのあはらへくはら〳〵くはら、ついにむなしくなりにけり、されとも一念と〻まつて、いけて思ひをさせねはならぬ、もはやこのよにすまいはならぬ、うらめしや〳〵、此間うらみのしよさありか〻る所に伴左衛門、すかたをかへて云様は、まことはあくまごうふくの、せうきのせいれい是みよや、四天八天十二天、ひかりはてんにころ〳〵ころ、ひかり〳〵ひか〳〵〳〵、いきおいか〻る有様は、あつはれしやうきすさまじや、おにともいまはたまりかね〳〵、あいてかわるい、くひおとしやるな、よりあいたんかうひやうてうて、とらのかはのこしまきを、くる〳〵まいてかたにかけ、よたかのみぶりてしのひけり、所をしやうきおつふせて、とたんやつころりとけたおして、ありや〳〵〳〵こりや〳〵〳〵、又かいつかみとつておさへ、かしこへかつはとけたおして、きつとしかんたしやうきのいきおい、すさましや、千秋万せいめてたし〳〵、みよはてんと〳〵長久あんせい

右此本は中むらかん三郎座、明石清三郎、子共、立役、はやし方、不残役人の申事、銘〻の方より請取、上るり、せつ経、せりふことは、つめ合、あいのしよ迄《（ママ）》、一字一点相違なく写、致吟味令板行者也

作者　中村明石清三郎
　　　市河団十郎
さかい町東横町
かいふ屋板刊　（下ノ十五終ウ）

元禄十年丁丑三月吉日

最後に綴じられているのは六段本の『義経記』三之巻である。単辺内縦十六・三糎、横十二・二糎、十七行。前後に破損部はあるが欠落丁はない。冒頭「義経記　三之巻　初段」とあり、末尾「右此本は太夫直伝之正本を以／令板行者也　うろこかたや新板」の刊語も具えている。鳥居フミ子氏土佐浄瑠璃正本集第二に収められた赤木文庫本に欠くという挿絵をも有し、同書解題に指摘の初印本に当るものであろう。

『古絵本』（埼玉県立文書館保管小室家文書二三三八）一冊、淡黄色布目、縦十八・五糎、横十四・〇糎の表紙、左肩に双辺を印刷し「古絵本」と墨書の題僉を貼る。『集古帖』より早くまとめられた感がある。

最初の七丁は逸題の六段本。単辺内縦十六・八糎、横十二・四糎、十七行。二段目の途中より残存し、末尾欠か。板心に「大千」とあり、二三浄瑠璃専攻の方におたずねしたが従来未知の本という事であるので、翻刻して広く御教示を願う。なお翻刻末の括弧で括った部分（原本三行分）は改刻修訂部分で、初印本を縮約したものと思われ、この本は未知の初印本の修訂再印本であろう。翻刻は読点を補い、虫損・破損部は□、印字のにじみ・かすれ部分を⬚で示す。

か様かと、王子ましまさぬ事を内心に悦、我十せんにそなはらんと⬚くまるゝ、きぞくたるによつて、まをつかい、家のしんかにおのか原のまとら丸、ゆふたちのあられ坊とて、我におとらぬあくしんか、つねにまねき、世をうははんとたくみける、心の内こそおそろしけれ、天に向ひ、十ぜんの玉たいむなしくして、王子をたへてまをまねき、よのさか様をいのりけり、有時の事也しに、とま道夕部に及、たそかれ行くれを待、火もとぼさすしん〳〵と心すまし引へける、折ふし鬼神二疋こつぜんととま道か前にひさま付、扨も我ゝはたけじさい天のま王かんまく天につかへ奉るしんぞつき、あんぞくきとて二疋の外道にて御さ候、然に御身諸天に向ひ、つね〳〵のくわん念天につうじ、けんまくゑいもんあさからす、二人の鬼共まちかくにたつ、此上はけんまく天にくみて給はば、日ほんをうはいてのち、御身を国王にそなゆへし、うたかふ所なきせうこには、此かゝみにてさつし給へとさし出す、とま道きいの思ひをなし、かのかゝみを取てみてあれは、心ながらすさましく、つのきは上下にくいちかひ、色しゆはんしやうにことならす、口みゝきは迄切れて一丈計のきぢんのすかたとみへにける、とま道悦ひ、二人のかしんさしのそきみてあれは、かれらも同し牛鬼の人のすかたはなかりけり、其時二疋□立のほんげのむかしは外道也、日本をくつかへさんと今人と生れ、此度めくり来候そや、此かゝ□をまねき給ふへし、時しもじせつとはからいて重てま見へ申へしいとま申て帰、くも村立、きりにひらりとあの□たして上り□とま道是を見るゟも、さたなしそ者共と、しせつを待、れいのかゝみおしかくし、さらぬていにてひかへける、心の内こそふてきなれ、是は扨置、きんりには王子たん生の御いのりとして、十二人の后をたてき僧高僧あつまりて諸天のいのらせ給いける、こまのけふり御てんにみち、れいしやうの其をとは天もひゝかす計也、かゝる折から天たいざすのこまのたんゟしやりんのことくの□り物七つ八つまひ出てうしとら指てそとひさ（―オ）りける、公卿大臣是をみて、王子たん生うたがいなし、諸天に叶はせ給ふとて、悦さゝめきわたりける、是は又天ちく竹じさい天に住けんまく天は、八万八千のけんそくをまねき、車さしきにはら〳〵とうとなをりける、大将けんまく申様、あしはら国につかはしたる外道共のおそき事、いかゝしたる事やらん、おほつかなしと、待わひたるふせいにて□くひをそしたりける、かゝる所にしんそつき、あんそつき、けんまく天か前に畏、たゝ今罷帰候、さてあしはら国□ゆひこと□取つくろい、大あなへのとま道をよつく引入罷帰候、然しながらさいぜんまちよく有し日本のませう、大方みかたにまねき候所に、君にもかねて御存候、しゆみの四天王をまなひたるこんひら王か生れかはり、公平と云くせ者、あたこ山にまふでしませうをこと〳〵くなやまし、つゐに日本の身かたとなし候也、此き少心にかゝり覚へ候と物語申ける、けんまく天是を聞、何日ほんのませう共ぼんふに組したるとや、しやいかめしき次第、我〳〵かつう力にいかて及ん、すこふるせんに及なは、かたはしゟ鳥のかいごをつふすことく、かうべをびしや〳〵となしつぶし、手なみの程をみせん物をと、はかみをなして申ける、かゝる所に大千せかいを一じにめくる天ば天、けんまく天にとひ来り、たゝ今あしはらこくのていをうかゝい候に、王子なき事をうれい、天ていにいのり候、此ねかいにのつ取手たてもや候はん、御しあん給へう候、とうつたへける、いんまく天是を聞、よくこそ申来たり、それぞ望所也、ねがいのはらに子とやとり、たん生して日ほん王か玉たいに近付、ひつさらい取らん者はたれならん、ざ中をきつとねめまはせは、しきくきやうてんのまけんしゆらすゝみ出て、某仰蒙らんと申ける、けんまく天是を聞、いしくも望者かな、早〳〵と申ける、まいんしゆら悦、是にまします外道立、わつか十月の立内は夢そうつゝの月まくれ、かの十ぜんていを引さけて、やかて帰申さんと云かと思へは、けふりの浪村たつくもにとひうつり、あしはらこくへととひ行は、すさましかりける次第也、是は扨置、だいりにはあまたの后あつまりて、王子くわいたいあれかしと、望をかけてみしめなわ、神にい（―ウ）のりをかけまくも、諸天をいのらせ給いける、其中に御かと一の御てうあい花そめの御后は、有夕くれの事也しに、えんじやうに出給い、空のけしきもすみわたり、秋のすへ虫のなくねも色たへて、のきばにすたくこうろきもつゝれさすかとこへかれて、物哀にしん〳〵と心をすましおはします、折ふし秋かせ□すゝきが元をふきはらい、御身にそつとしみぬれは、しきりにすいめんまし〳〵ける、まけんしゆら望所とあらはれ出、忽みちんのことくけふりと也、后のたいないにとひ入て、御さんのやうをそもよほしける、ふしきや后くわいたい有、上から下に至迄、うらやみさゝめきわたりける、かの花そめの御心、うれしき共中〳〵申計はなかりけり

三　たんめ

其後花そめの御后くわいたい有て年をこへ、月はやゝにかさなれ共、御さんの心ちはなかりけり、けいしやううんかくふしぎの思ひをなし、せんき取〻待〳〵たり、かゝるためしも有やらんと、其比都にかくれなき、あへのせいめいやす成さんだいして、御うらかたをかんかへける、せい明しはらくかんか見て、よこ手をてうと打□も大事の御うらかた、正しく后の御たい内にやとりしは、御かとをなやまし申さん悪れいたり、いつれもき僧高僧に仰て御いのり然へし、天下のなけきもく前たりと、見とをすことくうらないける、大あなへのとま道此由を聞、□成うらかたかな、それ天ちくにもためし有、しやかしやくそんはまやのたい内に三ねん三月宿りつゝ、仏法さいとの善人たり、それのみにかきらす、ろうしは母のたい内に、年をふる事やゝ久しく、白はつと成て生れつゝ、らうしとは申つたへりとや、たい内になかくやとるかまわうならは、かゝるためしもあしからめ、大事の王子やとらせ給ふを、ま王と見るめは心はせこそ悪ま也、もつたいなしと申たる、清明承り、げに尤には候へ共、今たにあらはれさる事なれは、後日の大事は其時に、やす成かうらかたを思ひ合給ふへし、其印には三日過日りん西にあらはれて、月は東に出ぬべし、きやくいの（六オ）ほしは明らかにもく前たるへし、是にはつるゝ物ならは、清めいか命を召れ候へ、扨もせひなきしたいやと、御てんをすご〳〵立出る、にか〳〵しきうき世の中、清明か申にたかはす、此比はふしきのくせ者、花そめの御つほねにあらはれしを、我も見たり、人も見しと云ふれて、后の御てんに行ものなし、くけ大臣せんぎ有、かくては如何叶まし、ふ将よりよしに仰て、きんりのはけ物たいち然へしと、せんぎ一すに極て、より吉公さんたい

有、内ゟのせんしには、初終をか様〻とちよくてう有、より吉公畏候と、后の御てんゑ四天王、かくはんに竹つな、公平相ばんにて、御てんをしゆごしてひかへける、二人のぶし、こよひはとのいと、ゑほしひたゝれちやくしつゝ、よひゟ御てんにつめにける、公平竹つなに向、いかにわたなへ殿、我〻はいか成むくいの生れそや、一時らんせいやすからす、やう〳〵に国にはびこるてうてきをほろほし、あいもなく又きんりのはけ物のばんと定り、よるひるわかたす、一時やすきひまもなし、扨后の御はらには、いか成ものゝ宿りしそや、ゑゝ我御かとにて有ならは、后のはらをかき切て、事の様を見ん物を、くげふけとも、いかになまぬるき物也と、ひとりつふやきかたりける、竹つな聞て、おと高し、公平隣のでんも程ちかし、そこつをはんへる坂田殿、おとたかしとそゝやきける、公平聞て、誠にそこつを申たり、きん中をはつたとわすれ、我宿のよはなしと計覚へしに、かゝるそこつは又あらし、天じやうにひゞくこわねにて、高〳〵と笑ける、竹つなはつと思ひ、其笑声こそ猶たかけれ、おと高し〳〵と、そゝやきせいしとゝめける、公平聞て、たわけたる詞かな、大里のさほうはいかなれは、いきをもはなをも付せすして、□なしめころしの定めかや、今思ひ合て見ぬれは、くけ共か色のあほきそ断也、き□ろうをわつらはぬこそふしき也とたはふれける、竹つな聞て、秋こよいのさみしきに、かゝるさしきへ酒肴、公平に参らせはさそなぐさみ成へきに、世の中は思ふ付てもまゝならぬ、いかに公平と申ける、坂た聞て、物ノねかいかや国の四五かこく共の給はて、かなはぬ物ゆへにさけさかなと、公平か好もつを思出て、よき程の御（六ウ）ことの、一つたへたる心ちにてこそ候へと、二人そゝやき笑ける、かゝる所に、あいのせうしをさら〳〵とおしあくるをみれは、二八計の上郎の、くれないのひのはかま、すそをながくふみしだき、もみちのかはらけ、ながへのてうし取持て出れは、二人やんことなきくもの上人見るに、心もとけ〳〵と雪のかほばせうつくしく、こうはいの色小袖、たがふり袖のかほりかや、時もえならぬにほひけたかく出立て、坂たか前にそなへける、公平も少くすみてはつかしけに、竹つなか身を一め見て、物をもいわすうれしげに、さしうつむいてたゝみのへりをぞむしりける、其時に女せう、是は后ゟこよいとのの御たいきさよと、時しも秋はよなかにして、いとゝさへ物思わる、折ふしに、夢もむすはぬ御つとめ、思ひやられ候也、いざさらは参れやと、てうしをさかなに此かはらけ、あれ成御かたへ御そなへ然るへしと申ける、竹つなみて、いや〱それゟ然へしと、二人しきたいやゝ也ける、女せう笑、とてもじんぎの正しくして、いつれかおしもおされもましまさぬ弓取立の事なれば、一重のかはらけを女性取て初つゝ、思ひざしにさしぬへし、参らせ給へと引かくる、竹つなも公平もけうさめて、□めとめを見合て、さしうつぶきてひかへける、女性かはらけ取上、ざらりとほし、是にまします弓取の、かほあかくひけ空様にはへ上り、めの内ひかりかど立、すさましかりけるかほはせの、いとおしらしやしほらしく、りきませ給ふゆふ力さよ、思ひさしにと、公平にすんとさす、公平見てこは思ひよらざる御盃、然し給はる心さし、女性に心はくれね共、酒にはまよふ此おのこ、一つつけや、二つ三つ七つ八つ、つゝけのみしてほしにける、おさへをひかへし女方、やかてさかなまいらせんと、しな〱をはさみける、公平見て、盃を下に置、酒をのむさへ忝なきに、おさかなとはこりやあんたる□ちそうと、おしいたゝきぶくし、又盃を指出す、竹つな見て、いかに公平、大事のとのいに大酒はむやく、ひかへ給へ、いかに上ろう、上へよき様に申上、御礼頼申也、はや〱御つもり候へと、ゐんきんにあいのふる、公平聞て、とても上ゟ給る御酒、ほさてはかへりてぶ礼也、ことに情の君たち、おしやく取には、くもの上人のめささせさわ□□れもの、夢のうきよに上郎（七オ）

挿絵（七ウ）

挿絵（八オ）

立、大里にはやるぬれふしを、一つ所望と申ける、竹つなけうさめ、せいするにとゝまらす、あきれはて次のでんにそ□にける、公平みて、あらきつまり也こぶん者、あれはわたなへむさしとて、かのいはらきと云鬼のうでも切た

（挿絵・七ウ）

（挿絵・八オ）

りし、源五つなが一ばん子竹つなと云やほ也、かく云は山うはの孫に平と云とほり者、かゝるひいら木さしあい也、こなたへゟて御なくさみ候へと、女性のひさを枕として、ひとりの女性の手を取て、□はいくつうつくしや、しん八まんそ、せいもんそ、其□はくを承はらんとたはふれける、二人の女性はいと、しく、そゝろにみたるゝいとすゝき恋風吹かいなびきよげにみへにける、公平はよひの酒にすはいをまし、とろり〳〵とねふりける、公平はつときんり也と思ひ、めをさましみれは、ひさへ枕せし女性、むくろは女、首は鬼、今一人はかしらは女、どうは鬼、阪たを取らんとなしかゝる、公平みてかつはとをき、ぬき打にはつしと切、其太刀に首すんと切て、ころりとなぐる、残る鬼神あまさしと引組を、公平ゑたりとむつと組、ゑいや〳〵とねぢおふた、竹つなやかてとんて出、あふいたされたりや公平、御身ならすは手を取らん、それをは我にゑさせ給へ、二人の高名に致ん、公平聞て尤と、かしこにけたをす、をき上らんとする所を、竹つなやかて首打おとし、二人太刀をおしぬぐい、きんりのへんげ打とめたり、先め

てたしと悦て、あくるよはを待にける、かの公平か酒ゑんのてい、あつはれ当風のおのこやと、ほめぬ者こそなかりけれ

四　たんめ

▲其後すてに其夜も明ぬれは、きちんの首急ききんりにさし上る、くけ大臣御らんし、前代みもんの次第かな、后天子たん生をも、此やつはらがさまたけたるゆへならん、此上は御さんたいらか成へしと、又をの〳〵悦さゝめきける、しはらく有て、御さんの心ちとて、二ゐのあまつけぬれは、御かとを初奉り、御悦はかきりなく、御さん所に入給い、やす〳〵とたん生有、王子取上見奉れは、人間にてはあらすして、てつの玉をうみ給ふ、后を初め二ゐのあま、こはそもいか成事と、さん所を急きにけ出給いける、御かとゟのせんしには、王子たん生有けるかと、くしのはを引ことくのちよくし、かくてつゝむへき（八ウ）にあらすと、此由かくとそうもんなす、御かとふしきに思召、かの玉をゑいもんあらんとちよくでう有、大あなへのとま道、ゑいもんにそなへんと、にしきの衣に引つゝみ出んとするを、より吉公、今しはらく待給へけれ、御かとの御ふきつ、ゑいもんに叶まし、とゝまり給へと仰ける、とま道聞て、私にあらす、是はりんげん也、大内のせんれいに、□せんしをもとく事はなし、ぜひゑいもんにそなへんと、更にみゝにも聞入す、より吉立腹有てこはふかく也、とま道、それす□ふきつの玉とゝむるに、とゝまらぬ物ならは、わとのも正しくてうてき也、きんりとはいわすまし、打てすてんとの給い、太刀のつかに手をかけ給ふ、大あなへも聞ゆる大かうの悪くげにて、かの玉をかしこにすて、此とま道に向ひ太刀のつかに手をかくる者、およそふてんの下に覚へなし、つかみころしてすてぬへしと、うでおしまくりとんでかゝる、けいしやううんかく、すはや事の出来りと、左右に取すがりおしとむる、とま道は大力近付くけをけはらへは、さんをみたせることく也、既により吉

公、あやうく見へさせ給ふ所に、公平ゐぼしかなくりすて、大わらはに成てかけ出る、ばんのくけ共、きんり也、おきてを背事あらじと、左右に取すがるをかいつかんで、かしこになけ、やあはつ共すつ共時による、主君の大事にひかゆる事やあらん、そこのけと、ふみちらし、大あなか前ににわう立につつ立、ひけかきなてゝ、あふめつらか成ぎせいかな、あしくへんしねち首に也給ふなと、うでおしさすり、空うそふいて立ぬれは、さしもにたけきあなへも、公平かいせゐを見て、しばらくひるみて見へにける、其ひまに竹つなは、かの玉をうはい取、さらぬていにて引へける、内〻のせんしには、両方しつまるへし、りひ重てたゝさるへし、はや〱と有ければ、大あなへもせんしに任、両ほうしゝのいかりをとめ、しはらくそうとうやみにける、かくてかの玉ゐいもんをとゝむるてう、いかゝしたる事やらん、そうもん仕れとせんじ有、より吉公承り、それ天ちくにも其ためし有、ほうきせんのもうりやう、玉をもとめてうあいなし、此玉かいわりて大しやと也、もうをうみて、かんしやうばくやに仰て剣をうつ、此けんをみけんじやく（九オ）ぬすみてがいせられ、此首かのけんのうらをふくみて、そわうの首をふきちぎつてほんくわいをとくる、又此御時にかゝるませいはいくわいを、とま道さとらすゐいもんにそなへ、玉たいにあやまちあらは、こうくわひする共かいあらじ、さ有によつてとゝめ奉る事、ふ将あやまりにや候はんとつつしんでそうもん有、御かとゐいもん有て、ないこくのきろくさそあらん、其玉より吉に預る也とせんし有、より吉畏て候と、公平、竹つな、うすい、うらへ、ひとりむしや、あつはれ大事の御玉と、ぎよくとうにそなへつゝ、きんりにこめ、よな〱しゆこしいたりける、有よの事也しに、此玉二つにわれ、中〻きじんとんで出、くもいをさしてとひ上る、公平見て、すはやゆたんをなして、打もらすこそ口をしけれ、たひ〱某ふみつぶしみんと申せしを、竹つなせいし給ふ故、打もらすこそむねん也、しかしなから此玉に、御かとを取られさるこそ仕合也と、此由をそうもん有、御かとを初めみな〱ふるへ〱、天下の大事とひしめきける、折ふし有よの事成に、日りん西に出、ぎやくにまはり、月東に出て、ちんせい空にかすおゝし、御かと清明を召れ、うらかたをゑいもん有、やす也承り、あつはれ天かの大事、ませい玉たいにちかく、世をみたさんとす、ことにきやくいの月日、是誠の日月にあらす、弓取に仰、せいひやう引め然へしとうらないける、内〳〵のせんしには、それ〳〵公平にゆんぜい然へしと極りける、公平承り、やかてゑん上に立上て、くろかねの大弓、大矢引たもつてどうといる、此矢こくうにさわなつて、日りんの内にいるかと見れは、二丈計のきちんまつさか様におつる、月りんこくうにとんでめくるを、大てんぐ、小てんくこくうにひ行し、かのきちんをまつさか様にけをとす、公平やかて首打おとし、先天下大平目出たしと、さゝめきわたり悦ひける、かの公平がゆんぜいを、かんせぬ者こそなかりけり

五　たんめ

其後大あなへのとま道は、より吉公とのきんりにてのいこんはれやらす、うき世のていもなまなかにめんとう成こ（九ウ）となれは、大日ほんを打やふつて、天下をやみになさはやと思ひ立こそ悪ま也、郎等のあら仏坊を近付、我さへするむね有、一七日か其内は、人前かたへきんぜいと、一間所に立入て、四めん四だんのしめをはり、大まほうを取おこなふ、三日過て、四日と申明ぼのには、れいのま道けんまく天、しんぞつき、あんそつき、八万四千のあくま共、いるひ、いぎやうのすかたにて、大将けんまく天を上こしに打のせて、とま道かやかたの上にあま下り、大あなへにたいめんする、とま道悦ひ、扨は心に叶たり、此上は日本をくつかへさん、いづれも其やういとて、都をひそかに忍ひ出、やまとのくに、かくれなき、きんぶせんによぢのぼり、いわのとひらに石の門、いつしか鬼の住かとなし、あな道はびやうきに事よせ、近国の大名小名まねきよせ、れいのまつうのかゝみにて、諸ぜいの眼をおどろかし、したかふを以身かたとなし、背を以打ひしき、大あく日〻に重りて、すてにむほんと聞へける、是はさて置、近国の

（挿絵・十ウ）

（挿絵・十一オ）

とみん、はくせいおとろき、ざいほうを牛馬に取つけて、やまとは鬼の住かとて、みなちり〳〵にはいもふす、此事きんりにかくれなく、ふ将より吉公を召れつゝ、此ぎたいち仕れ、はやとく〳〵とせんし有、より吉公、畏候と急きたいりをたいしゆつ有、四天王を召れ評定なされける、竹つな是を承、すこぶる天下の大事、此事先公平にはおんみつ然へしと、ふかくつゝませ給いける、是は扨置、兵この守公平はとく此さたをつたへ聞、此き竹つなにしらせなは、又先ちんのさまたけ也と、我一人にてはせ向はんが、とやせんかくやあらましと、一世の分別爰也と、枕をかたむけくふうなす、かゝる所に過つる比云かはせし、あたこ山の大てんぐ、三郎坊、太郎坊、つちかぜをさきとして、阪たか前にあらはれ出、御へんは今だしろし召れすや、きんふせんあくりやうがたけには天ちくの大外道、けんまく天あま下り、我こく大あなへをかたらい、よをみたさんと仕る、是以大事たり、然に御身を大将と定め、我こくの大てんぐ、小天句、御身かたを仕らん、はや〳〵打立給へ、其すがたにて叶まし、先〳〵とひ（十オ）

挿絵（十ウ）

挿絵（十一オ）

行じ□いの左右のはね、とびのはのうちはそへ、阪たか前にそなへける、公平悦、たねん申かはすと□しくも是迄へんまんし給ふ事、是以まんそくせり、万事は頼申ぞと、阪たはやかてませうのすがたと□これもこしに打のせられ、山〻の大てんく、小天句前後さゆふに引くして、きんふせんにとひ行なす、金ふせんに□けんまく天、八万八千の外道を近付、人をさかなと名付つゝ、も、やかいなを引ぬきて、みな〳〵ぶくして酒ゑんをなし、さゝめきわたりてひかへける、本ゟしんつうきたいの大てんく、大風を吹立させ、きりにまじはりくもにのり、きぢんか上にれい〳〵とあらはれける、いんまく天けしきかはり、やあそれ成はいか成者、わか目前にはすいさん也、とく〳〵□さ仕れと、ほこおつ取のゝしりける、大てんく是を聞、何我〻にさがれとや、こゝはわこくの事なれは、我住山□んかもなし、とく〳〵汝立さるへし、いかに〳〵と申ける、けんまく天から〳〵と打笑、我誰しやとは心へす、□も此くに□天のま王外道のくにと定つゝ、せんぞゟつたはれり、然にあまてらす御神しはらく□地まし〳〵て、返心□さへ大六天を手□めしんしと定め、手かたをおさせ、神国とはいたつら事、仏も本はすてしよを、まわうひろいて住かとなす、さ有をわか国なとゝは心へす、さあらはたれにかはからん、せんなきかうげんむやく也、外道と組して住かを取れ、さなくは物みせんとそ申ける、こしにのりたる公平天句是を聞、はやこしをとび出ん〳〵とはかみをなしてみへにける、大てんく、小天く大将公平□に取すかり、しはらく大将かろ〳〵しき御はたらき、我〻に任給へと引とむる、□（きかぬと大将けんまく天をみるよりも、やかて車ゟとんでおり、かいつかんてなけふせ、たかてこてにいましめ、是ぞくるまに打のせて、都をさしていそきける、かの公平かはたらき、あつはれ武ゆふのつわ者やと、きせん上下おしなへて、皆かんせぬものこそなかりけり）（十一ウ）

次の八丁は初段の初めと六段目の末を欠く六段本である。単辺内縦十六・八糎、横十二・四糎、十七行。板心部破損。『一心二河白道』の一本と思われ、阪口弘之氏から、恐らく土佐少掾本で、土佐浄瑠璃正本集第三所収の『一心二河白道』と同系でそれに先行するものかとの御教示を得た。

次の逸題六丁は六段本『太閤記六ノ巻九州軍記』で、古浄瑠璃正本集第七所収本文と比べてみると、初段第一丁（本文半丁、見開挿絵右半）及び末尾三丁を欠く。同書五五〇頁下段より五五九頁上段（七ウ）までが挿絵共に残っており、正本集底本に欠字となっているという部分もある。今東京大学蔵の霞亭文庫本に比べてみると、挿絵の構図が全く同じで異筆である。正本集解題にいう近藤清春挿絵の山形屋勘右衛門板であろう。単辺内縦十六・四糎、横十二・〇糎、十六行。

最後の九丁は汚損・破損・落書があり、これのみ貸本屋印がある。単辺内縦十五・九糎、横十一・九糎、十七行。巻頭より五段目末まで残存（その末行に「六たんめ」とある）。内題を削った後印本であるが、板心「こあつもり」、即ち六段本『こあつもり』であるが、説経正本集第三所収本と比べ、見開三丁分の挿絵は構図は似ているが異筆、あるいは近藤清春画か。本文も正本集二五〇頁下段十一行「そも御山と申は」以下二五一頁上段九行目までに当る箇所が、僅かに「そも此御山と申は正和二年三月廿一日とらの一天に大師御入ちやうのせきしつにて」と短縮され、三段目末正本集二五三頁上段三行目より十一行目段末までを、「有時れんしやう此若をひさの上にいたき上扠もふしきや此若はいつそや某さいこくにて手にかけ申せしあつもりのおもかけに少もたかはせ給はすと常は泪をなかしあつもりの御事を思ひ出してはさめ／＼となき給ふかのれんしやうの心の内あわれ共中／＼申計はなかりけり」、その他少異がある。右解題や、古浄瑠璃正本集第一所収本、同正本集第一―三の解題中に見える本とも異なる本と思われる。

今回改めて御配慮をいただきました小室開弘氏、埼玉県立文書館、国立国会図書館に謝意を表します。

パリ訪書行

平成二年度の科学研究費補助金（国際学術研究）を受けて、二年九月二十四日成田発、三十日帰着の日程でパリ所在の文献資料の予備調査を行った。当館の小峯和明助教授と私が赴き、現地で欧米各地資料調査のため滞在の実践女子大学文学部の佐藤悟助教授の御協力を得た。現地時間の二十四日夕にド・ゴール空港に着いた時にはひどい俄雨に見舞われたが、その後は天候に恵まれ、現地の方々の多大の御配慮の下に順調に資料を閲覧、しかもその資料の殆んどは近世関係の珍本とあって、私には至福の日々であった。

パリ国立図書館では同館写本部の小杉恵子氏が親切に御世話下さった。写本部では、キリシタン版の『落葉集』『ぎやどぺかどる』の他、既に紹介されている『すゞりわり』他の奈良絵本が所蔵されており、先年当館に客員としておいでのピジョー教授にも久しぶりでお目にかかり、右の貴重な諸書および若干の版本に眼福を得た。

版画部では三日間御世話になった。同部の方に多大の御好意をいただき有難い事であった。所蔵書全体への大体の見通しを得たいがために、特に御配慮をいただき、また限られた時間内に許される限度一杯の閲覧請求をして出来るだけ多くの書物に接するように努め、御面倒をおかけした事である。

今回私たちの閲覧した書物は、デュレーとルポーディの旧コレクションである。前者には印刷単行の目録があり、また両者を通したカード目録も備えられている。前者のうち印刷目録初の七十五点については、古典文庫第四六八冊

『好色ひともと薄』末に吉田幸一氏が印刷目録の解説をもとに紹介しておられ、演劇資料については鳥越文蔵氏の「ヨーロッパの日本近世演劇資料」（演劇学六号）および『パリ国立図書館蔵古浄瑠璃集』（校倉書房）に書目・解題・翻刻がある。また絵本については松平進氏の『師宣祐信絵本書誌』（青裳堂書店）に触れられている。今回は江戸後期の絵本閲覧に及ぶ時間がなかったので後の機会にゆずり、吉田氏の御紹介をもとに若干の心覚えをしるし、また諸氏の触れておられないルポーディのコレクションのうちの幾らかの書物を紹介する事にする（番号は吉田氏のものとの対照の便のために付した）。

1『仏説十王経』は電覧の遺漏はあろうが天正十年刊の根拠を確認していない。3『伊勢物語』は覆刻本、5『百人一句』は京の谷口三余版、7『平治物語』二冊は、巻二・三の二冊、丹緑本、8『たかたち』以下13・14・15・16・17・18・19・20・31・49・52・56・57・58・59・60・61・62・63・65・66・67・68㈠—㈣・69・70・71・72・73および『野老役者』については鳥越氏前記論考を参照されたい。ただし、49『曾我』第一冊の内題は「ゆいせき諍」、70『近江国滋賀物語』の内題は「祝言記」であろう。また73『妹背山』は「おみわ吉田文五郎／もとめ吉田文蔵」とあり、丸小刊の浄瑠璃絵尽と思う。わが国に伝存の確められぬ絵入細字本が多く、専門の方には垂涎ものであろう。11『絵入女鏡躾方』は『女鏡秘伝書』、24『卜養狂歌集』は半紙本上下合一冊で末尾欠、25は『吉原恋の道引』であり、この書以下26・27・28・29・33・34・36・37・40・43・44は松平氏著書を参照されたい。39『伊勢物語』は『伊勢物語頭書抄』、41『若衆』は版心の「和歌集」を題名に採り「Waka-shou」としたもの、末に「文明十六年霜月中旬／宗祇在判」とあり、漆山氏『絵本年表』一に延宝七年の項に掲げる『自讃歌註』と思われるが、版元は漆山氏のいう須原屋でなく松会である。42『百人一首像讃抄』は「元禄五歳申初秋吉旦　明林軒開板」の刊記、46『和国百女』は松平氏のいわれる中・下巻序を除く後印本、47・48の『姿絵百人一首』はともに木下甚右衛門の刊本であるが、前者は住所が小伝馬三丁目、後者は大伝馬弐丁目になっており、後者の方が刷がよい。50『諸国安見回文の絵図』は小本一冊、末尾に欠丁がある。各丁下半が絵図になっているが、「宝永四亥六月」云々はない。51『系図伝記歌仙金玉抄』は「洛陽散人山雲子」の序、「七月日／松会開刊」の刊記。

ルポーディコレクションについては、殊に小説類など今までに紹介されていない。一部デュレー本をも含めて目についた書目をあげると、仮名草子では、犬つれぐ・大坂物語（刊記「慶安己丑下夏」）・同（刊記なし）・糺物語・曾呂利はなし・為愚癡物語・狂歌咄・狗張子・同（寛政版）など、西鶴本では、色里三所世帯が目下天下の孤本ではなかろうか。上中下四冊（下を二冊に分ける）、巻末に貞享五年六月の年記があって版元名はない。刷はよいが挿絵一部に後人の墨抹がある。名古屋の風月堂の貸本である。他に日本永代蔵（三都版）・同（西沢版）・好色五人女（森田版）・本朝桜陰比事（万屋・柏屋刊本）・西鶴置土産・俗つれぐ、以後の浮世草子では、古典文庫に入った宮戸川物語・好色ひともと薄・吉田氏の注目された下谷桂おとこの他、御前義経記・元禄曾我物語（東海道敵討）・傾城禁短気（文政十二年刊本）・近士武道三国志・商人職人懐日記・忠義太平記・本朝会稽山・勧進能舞台桜・倭織錦船幕・柿本人麿誕生記・商人軍配記・世間旦那気質など、他に君臣図像（整版本）・紙鳶・正月揃・傾国乱髪・役者職敵（三都揃）・草の種・諸鞚奥州黒・倭花小野五文字、それに役者せりふ集など。御前義経記・元禄曾我・正月揃など原装初印の美本である。乱髪は影印紹介があり、奥州黒も稀書複製会本があるが、珍本というべく、小野五文字も珍であろう。

吉田氏の目録七十五部はデュレー本の元禄期以前に限定したとお書きであるが、目録カードに付けられた整理番号は、現状が合綴して一冊であれば一番号、原態五冊現状五冊なら五連続番号が与えられている。従ってカードの番号から正確な部数を知ることは不可能ながらデュレー・ルポーディ合せて四千程の番号が付いている。

以上は時間の関係でカードのみによるものもあり、原本を閲覧し得たものも正に電覧、少時の目睹に過ぎず、今後の改めての精査を俟つものであるが、それぞれの専門の方には垂涎の資料が多い事と思う。

注

現在、小峰氏は立教大学教授、佐藤氏は実践女子大学教授。

『色里三所世帯』は本報告によって、一九九三年―平成五年―八月三十一日よりサントリー美術館で開催された「三百年祭記念西鶴展」に特別出品され、古典文庫六百十六の『元禄好色草子集Ⅲ』（平成十年三月）に収められた影印もこの本によるものである。なお本報告の翌年の平成四年十一月六日の読売新聞夕刊に、『三所世帯』下巻が発見され、天理図書館が購入したという記事がある。

「柳多留初篇輪講」続貂

本誌（川柳しなの）連載の「柳多留」輪講は、礎稿のしっかりしている事は従前の諸解釈を大きく抜き、確実な信頼すべきものとなっているのと、共述諸氏のそれぞれお人柄を反映した発言の交錯する面白さに魅せられて、愛読しているのであるが、その間少しく気付いた点があった。しかし断片的な事柄ばかりで、なお用例その他データーを揃えてからと思っているうちに、一冊として刊行されるという広告を見るようになった。すでに時期遅れの感はあるが、御参考までに二点報告しておきたい。

「りやう治場で聞ヶは此頃おれに化」（4ウ四）の療治場について諸説が出ているが、田中氏の提出された『医者気質』（正しくは「名医戯笑噺」又は「笑談医者質気」、安永三年正月刊）用例によって、この句はほぼ解決がついたといわねばなるまい。この用例から湯治場説は全く成立せぬのであるが、田中氏は右が上方の書である事に一抹の不安を残されたかに見える。この点については、同書は京都の林伊兵衛・武村嘉兵衛の刊であるが、『割印帳』を見ると江戸の前川六左衛門が売捌店になっており、この時期の上方の浮世草子は毎年江戸に移出され、江戸の売捌店で売られていたのであるから、全く江戸に通用せぬ語が用いられていたという事はなかろうと思う。しかし今一例、これより遡る洒落本の例を見出した。明和七年冬の序、弄世堂六市の私家版で、同八年正月に江戸の池の端仲町の和泉屋金七と、下谷竹町の花屋久治郎を売弘所として出た『遊婦多数寄』巻之三「傾城の物語」の章に（洒落本大成第五巻による）「療治場」の語が出る。前掲句は宝暦八年の万句合に出るのであるから川柳の方が先出であるが、『遊婦多数寄』の例によって江戸にも通用の語である事が明かになるであろう。

その話はある男がある女郎に馴染んでいたが、同じ店の他の女郎に心をひかれた。もとの女郎に通い絶えた後、ある医師を俳諧の交りで度度訪ね、親しくなって右の心をひかれた女郎に執心している話をしたところ、「亭坊則《すなわち》療治場《りやうじば》にて行《ゆき》たる節《せつ》君へかくと咄しぬれと」その場では女郎は返答せず、四五日して返事をよこしたという。この「療治場」は患家の意であろう。『医者質気』にはなお「療治先」「療治得意」ともいうが、これと右の場合の「療治場」は同意であろう。ところで田中氏の紹介された『医者質気』の用例によれば「療治場」は診療室と患家の意がある。この語は原義からすれば医者自家の診療室の方が先行なるべく、患家はそれより転じた意と思われるから、江戸でも診療室の意にも用いられていたと考えてよかろう。「りやう治場」の句の「療治場」はこの何れかである。

田中氏は『医者質気』の「療治場」が診療室の意で用いられている章に出る人物が、腹さすり専門の俄か医者になっている事からか、この「療治場」は「鍼・灸・按腹・接骨などの一調子格の低い、気安いものと見たい」としておられる。しかし、『医者質気』巻之三の患家の意の用例の場合は、この医者は本道で、乗物に乗り供を連れ、しかも仁恵の心あつい人物にしてある。『遊婦多数寄』の場合は、このように重重しいものではないがやはり内科医であろうか。「療治場」という語自体に田中氏のいわれるようなニュアンスはないように思う。従ってこれを柳雨説のように外科の診療室と特定する事はできぬであろう。要するに診療室であれ、患家であれ、「療治場」の語で浮ぶのは医者という事のみであって、外科など特定の科に限定する事はできぬと思う。従ってこの句から特定の科の特定の症状の患者を決めようとするのは無理ではなかろうか。この句は、「療治場」を司る者即ち医者＝おれなのであって、坊主が医者に化けての遊里行の噂を医者が聞くと解するのが、やはり素直な解釈なのではないかと思う。その場が医者自家の診療室か患家かは前句によって決る。何れ作られた句であるから往診先の方がゆっくりするというような事は考えずともよく、「こみ合ひにけり〳〵」の前句からは、薬取やら患家やらの待つ医者自家の事と解すべきと思う。

「す、掃の下知に田中の局が出」（13オ二）の「田中の局」について、遣手説・お針説があるが、私は遣手説が正しいと思う。又「田中の局」と呼ぶ所以についても臆説を記してみよう。

時雨庵主人作、安永八年春序刊の洒落本の『百安楚飛』（洒落本大成第八巻による）の中に、吉原に新五左侍が二人登楼するが、新五左相手では座敷がしまらず、茶屋の男も閉口して脱け出し、若い者も早く床をおさめようと座敷を片付ける、二人の侍は待つ間に、「宵《よい》より鬱《うつ》したる酒をのみたるゆへ二人ともにことの外酔《ほかよう》。されどもさすが山寺《やまでら》のとは諷《うたは》ず。おく座敷《ざしき》に太《た》夫来《きた》り儀太夫《ぎだゆふ》の三絃はるかに聞《きこゆ》れば。彼年《かのとし》ばゐなる客心《きやくこゝろ》え顔《かほ》にてあつはれたのもし田中のつぼねと。高調子《たかてふし》にかたるは山寺《やまでら》よりは罪《つみ》おもかるべし」とある。問題は「あつはれたのもし田中のつぼね」と語る事と、そう語る事が何故に罪が重いかという事である。先ず義太夫節の三味線が聞えてきたので、「あつはれたのもし田中の局」と語ったという。これが浄瑠璃（義太夫節）の中の文句である事が示されていると思う（但し三味線は「あつはれたのもし」云云の伴奏、即ち奥に来ている義太夫の太夫が語っているのが「あつはれたのもし」云云の文句を含む曲なので、新五左がつけて語ったというのではなかろう。三味線にさそわれてその曲とは関係なく知っている浄瑠璃を出したのであろう。そうでなくては奥の太夫がさわりのある文句を語った事になるからである）。それがどの曲に出るかをつきとめねば考証にならぬのであるが、つきとめかねている。『川柳浄瑠璃志』の御高著のある大村氏の御探索をお願いしたい。そしてそのように語るのが罪が重いというのは、「田中の局」が遣手を指すというように遊里の通言になっていたという事情があるのではないか。この侍は新五左であるからそれを知らない。しかし遣手に当てつけたようになるから罪が重いといったのではないか。この場合床がおさまろうという時刻の事でお針の出る場ではないから、「田中の局」がお針を指すという事はあり得ないと思う。即ち義太夫節に「あつはれたのもし田中の局」の文句のある、田中の局の登場する曲がある。遣手の多く住む田中の地に掛けて、この曲から遣手を「田中の局」と呼ぶ通言ができたと考えるのである。ただ「万句合」なら宝暦十年、『柳多留』初篇として明和二年と、『百安楚飛』の出た安永八年とは少しく隔りがある。従って宝暦十年当時通言であったものを「す、掃の」の句の作者が用いたと解するよりは、この句などが却ってそのような通言を作らしめたと考えるべきかもしれない。それなら浄瑠璃――万句合のこの句――吉原での通言という経過で、『百安楚飛』に至ったとすべきであろうか。何れにしてもそう考えるならば、山路氏が「田中の局」と洒落ても面白くないといわれるのも別の見方ができるようであるし、山澤氏のあげられた「御局と云へば田中が元祖なり」の句も、その作られた所以がわかるようである。ただ前掲の文句に「田中の局」を「あつはれたのもし」とする。原曲をしらねば何ともいえぬが、遣手のねじけた性格と異なった老女であったなら、問題があろうか。しかし頑固で若い女を取締る位置にある老女であったなら、遣手に通わす事もできるように思う。

注

「柳多留初篇輪講」は、しなの川柳社発行の雑誌「川柳しなの」に八年にわたり連載、昭和四十五年十二月号の九十回をもって終了した、礎稿大村沙華、共述富士野鞍馬・山路閑古・比企蟬人・濱田桐舎・杉本柳汀・山澤英雄・田中蘭子の諸氏による、全七五六句の評釈である。完結後一冊にまとめられて『柳多留輪講初篇』として、昭和四十七年十月に至文堂より刊行された。大村氏の礎稿が充実しており、『柳多留』の評釈としては第一に参照すべきもので、刊行される広告を見るようになったと本稿にいうのはこの本の事である。なお、『遊婦多数寄』は洒落本大系によっていたものを、洒落本大成によって点検しなおした。また前句「こみ合ひにけり」を根拠とする私の解は訂正を要する。次稿の注を参照のこと。

「田中の局」については、拙稿を受けて大村沙華氏が「川柳しなの」昭和四十八年七月号に「田中の局補正」を投じて、竹田出雲作の浄瑠璃「大内裏大友真鳥」（享保十年九月上演）の第三に出る事をお教え下さった。即ち高村雅道の鶴渡城に家老亀山蔵人の妻立波ら女達が籠城する、その一人が田中の局なのであり、「天晴頼もし田中の局」とある。年配相応に夜廻りの役目を勤める白髪の下げ髪の女性とされており、この句に当てれば正に遣手である事を指摘され、浄瑠璃では僅かに一箇所名前が出るだけの人物が何故このように取上げられたかという理由についても御説がある。ただ浄瑠璃の田中の局は性格のねじけた女性ではなく、遣手の多く住む田中の地に通う名というだけで、遣手の通言として用いられたのであろう。これでこの句は解決がついたのであるが、拙稿もなお参考になろうかと思い削らなかった。

語釈二題

療治場

川柳雑俳研究会の輪講シリーズは近時の古川柳研究の進歩を如実に示すもので、かつて私など興味を持っていた頃とは格段に水準を上げておられ、有難い事と思う。

今回配本の『川柳評勝句（宝暦八年）輪講上』を読んで、二〇三の「りやう治場て聞ハ此頃已レに化ケ」について気付いた事を書いて、諸氏の御理解を得たい。

この句については、緒方氏が田中蘭子氏の説を引いて従前の解に疑問を示され、もっともな事なのであるが、他の方は従来の説になお拘っておられるようである。

私は「川柳しなの」四十七年十一月号（通巻三五六号）に「柳多留初篇輪講続貂」を書いているが、そこで「療治場」「田中の局」の二語を取上げている。後者については浄瑠璃の文句によるのであろう事を述べ、田中辺より通う遣手であろうとした。これは幸い大村氏が浄瑠璃「大内裏大友真鳥」に登場の人物名を当てた作意である事を確めて下さったのであるが、前者についてはどなたの注意もひかなかったようである。多少訂正の必要もあるので再説してみたい。

田中氏は『柳多留輪講初篇』において、浮世草子の『笑談医者質気《かたぎ》』(安永三年刊) の巻之三・巻之四の二例をあげて、往診に行く先の患家と診療室の二意のある事を述べておられるが、なお用例が上方の浮世草子であるので多少保留される気味があったようである。これに対して私は洒落本の『遊婦多数寄』(明和八年刊) 巻之二の「傾城の物語」の章(洒落本大成第五巻一〇五頁) に、ある男が懇意の医師に執心の女郎の事を話したが、「亭坊則療治場にて行たる節君へかくと咄しぬれば」(その女郎は亭主の医者の診療先で、そこへ行った時女郎に男が執心の事を話した) とあるから、江戸でも通用の語である事を述べ、当該句のおれはその療治場を司る者でなければ療治場とする必然性がないから医者である。そして近時坊主がこの俺の姿—医者に化けて吉原に行く噂を聞いたと解するのが素直な解釈であると書いた。ただその場が診療室か往診先かという点については、前句が「こみ合にけり〱」であるから診療室であろうかとした。しかし今回の輪講を見ると前句は「めいわくな事〱」になっているのに驚いた。謄写版の万句合は、山澤英雄氏が三面子本より写されたものを三面子本と改めて照合して私が作製したのであるが、相印〇「こみ合にけり〱」になっている。これでは研究者をあやまった責任の一半は私にあるが、「めいわくな事〱」が正しいのなら、正に医者が往診先で坊主が自分に化けて吉原に通う話を聞いたとすべきであろう。混雑する診療室より往診先の方がその余裕があろうと思うし、俺が医者である事も確実になる。

なお諸氏が愛用される日本国語大辞典の療治場の項には、「温泉など、病気や怪我などの療治をする場所」として『柳多留初篇』の当該句と「四谷怪談」を用例としてあげるが、「東海道四谷怪談」四幕目、お袖が差している櫛を見せるのに、宅悦がそれは四谷町の民谷伊右衛門という浪人の女房お岩の差していた櫛であるという。「直助　コレ、そなたは、詳しい事を知つてゐるの。宅悦　知らないではサ、あの辺は療治場でござりましたテ」(日本名著全集歌舞伎脚本集八〇七頁）と前後を読んでみると、往診する患家のある地域のような意味で使っているのであって、日本国語大辞典は語釈が妥当でない上に用例も誤解して引いているのである。短く切られた用例には気を付けぬと、語釈にあわぬ用例がその語釈の証明になるという奇怪な事になるのである。また田中氏はこのようにいう人物を傷を負った人物とする他の方の解に引かれて、この医者は鍼・灸など一調子格が低い者とされる。「四谷怪談」の宅悦はそれに当るが、『遊婦多数寄』はそうではないから、田中氏の推量は当らない。なお湯治場という解が今回の輪講にも生きていたが、この解は『柳多留輪講初篇』に濱田氏が、「療治場は湯治場ではあるまいか、音が似ているし、湯治は療治が目的だから混用もあり得ると思う」といわれるのに由来するのであり、療治場の用例が右のように出て来たのになお湯治場だと主張する根拠は全くない。はっきりと否定されねばならない。

突　目

この機会に気にかかっている一事について大方の御教示を得たい。

事は旧聞に属するが、平成十年二月七日、朝日新聞の「折々のうた」欄に『武玉川』の「目へ乳をさす引越の中」（初2）という句が取上げられ、引越にあまり忙しく赤ん坊に乳を含ませるひまもなく、つい赤子の目におっぱいを飲ませてしまうという解説が付いていた。明かに誤りで、あきたらぬ思いがしたが、古川柳の研究者がまさかこれを見過すはずがなかろうと思った。反響が多かった由で、十四日の声欄には、六十年昔、灰を目に入れた弟に母が乳を絞り込み回復させたという老年の人の投書があり、十八日の夕刊には「折々のうた」選者大岡氏自身の弁が出た。その中に果して古川柳研究者の方の説が紹介されたが、それは目に入ったごみを洗い出したというもので、大岡氏は明快の説とし、眼科医の説を裏付けとしてあった。これを見て一層あきたらぬ思いを増した事であった。

これは日本国語大辞典の「突目（つきめ）」の項の②「角膜に異物がささり、そこに小さな傷ができて細菌が感染しておこる化膿性潰瘍　…　江戸時代、民間療法では乳を滴らせると治るとされた」、また角川古語大辞典の「突目」の項にも乳汁の効の事があるが、これで一点の疑いもなく明快に解釈できる句である。前者には「ほれてゐたつき目へ乳のはしり過」（柳多留拾遺・八・上）も用例にあげてある。私は乳と突目は古川柳の常識と思っていたのであるが、ごみ説に直面して改めて先学の説を見てみる事にした。

『誹風柳多留拾遺輪講』には、「ほれてゐたつき目へ乳のはしり過」（拾二9オ—古川柳研究界の出典表記、以下同じ）の句について、吉田精一氏は「目にゴミが入ったり、突いたりしたとき、女の乳をしぼりこむ療法がある」として、加能作次郎の『乳の匂ひ』の例をあげておられる。古川柳の解釈に博引旁証の大村沙華氏は元禄十五年の『誹諧替狂言』の「突目に入るから墨の乳」（無心をは亦も申に参たり）の例をあげておられるが、後はこの女が乳母か人妻かの論になってしまう。「目にたのむ乳から味に道かつき」（拾三5オ）の句については、濱田氏が「眼球に疵がついたりした時、乳を滴らすと効き目があると俗にいうが」と、突目と乳の効に触れられ、「突きもせぬ目に貰ひ乳の膝枕」（宝一一松2）と姦通の道が開けるといわれ、興味はそれに移って、

目へ乳をもらつた人と不儀が出来　（傍三35）
おとなに乳をふるまつて乳母不首尾　（二二10）
目へさした乳から味しに気が替り　（一六〇28）

の類句が比企氏に、まっとうな句、

乳もらいのから身で来るハ目をおさへ　（一二26）

松か岡眼へさす程はまたのこり　（宝一三義5）

などが大村氏によってあげられているが、最後に千葉（岡田甫）氏が「乳を即席の目薬の代用にするのは、主としてゴミなどが入った軽度の場合が多いようである」、山澤氏が「無菌的な乳を洗眼に使用するとは洵に賢い方法だ」といわれて、また突目は焦点からぼけてしまう。先学に異を唱えるまでもないかと一旦は無理に納得したものの、腹ふくるる思いは消えず、療治場の縁でここに書いてみる事にした。

　そこで初めの「目へ乳をさす引越の中」の句にかえる。引越の時であるから埃が立って目にごみのはいる事もあろう。それならこの句は引越ではなくて風の強い日に外出した場合でも、あるいは煤掃でも動く句であろうか。また引越で目にごみがはいったくらいの事で、他の者がせわしく働いているのに大の男（子供としてないし、引越の時働くのは大の男であろう）が乳をさしてもらうために戦列を離れる、あるいはそんな事をして他の働きの邪魔になる事を顧慮しないというような事は、まず仲間の物笑いではないか。それに目にごみがはいったくらいなら今でも目をパチパチとやればすむ。江戸人が我々より軟弱であったとは思えない。いや小さいのではなく大きいごみだと反論があろうか。そんな条件を付けねば出来ぬような解釈は正しい解釈ではない。この句が引越でなくてはならぬのは、短時間に忙しくいろいろの道具を運ぶ、道具には角のある物が多いという点にあるのであって、その角で目を突いたから痛みも激しいし、大事に至らぬように応急処置として乳をさしてもらうのである。

　乳汁を目にさす療法の資料として、『譚海』巻の十五に、「蠅の頭斗りを切て、木綿切へ押付れば血が付也。如レ此いくらも〳〵、はいのあたまの血を取て、木綿へ付たるを貯置、つきめせし時、其血を乳汁にときて、めに付れば直る事妙也」、「眼の疵一切によし。ち丶草　…　右の汁を取て婦人の乳を少しまぜ、夫へ耳かきにて、軽粉を一すくひ入て、能々かきまぜ、眼へさせば、一二日の内に治する事妙也」（日本庶民生活史料集成第八巻二四五頁）と、『寓意草』

下に、「つきめのくすり、雀甕をすりつぶし、乳にときている、またおこらず」（三十幅第三巻百十八頁）を見出した、前者には目についての多くの処方があるが、ごみの入ったなどは症状に入らぬか書いてない。後者の雀甕はじゃくおう、雀のたご、いらむしの巣。突目と乳汁の関係はこれで明かであろう。乳汁をさすのはこの簡略・応急の処置と思われる。

前掲の諸句は、「ほれてゐたつき目」「突目に入る」「突きもせぬ目」の句は問題なく突目、「目にたのむ」「目へ乳を」「おとなに乳を」「目へさした」「乳もらいの」も右の突目の句と類想であるから、突目を想定しての句、そして目に乳をさしてもらう者は成人男子、乳児を残して妻に死なれた男とか女に挑発される男とか若い男である。それなら「松が岡」の句、乳児を残して松が岡に駆込んだ女の乳が予想する目は、男に関係がつけられる突目の匂いがしよう。

前掲の投書によれば、昭和になっても目のごみを流す法として行われたというから、江戸時代にも行われていたかも知れない。しかし川柳作者の関心は突目と乳にあるのであって、彼等にはその時代の習俗すべてを網羅する意識も責任もないのである。古川柳解釈の定石の一つとして突目―乳汁の関係を改めて確認していただく事を研究家諸氏にお願いしたい。

注

『川柳評勝句（宝暦八年）輪講上』は、川柳雑俳研究会、二〇〇一年（平成十三年）刊。

「りやう治場」の句の前句については、清博美氏が岡田三面子透写本の誤写で、「▲めいわくな事」が正しい事を確め、岩波文庫や三省堂版の全集も訂正を要する事を、拙稿の後に記して下さり、句解は往診先に確定した。「柳多留初篇輪講」では、療治場についていろいろ意見が出ているが、濱田氏が湯治場かとされ、音が似ており、湯治は療治が目的だから混用もあろう。用例はないがといわれ、これには賛否両方の意見がある。その最後に田中氏が、「此お医者。其町内に今一軒《けん》ゆかる、療治場《ば》有し故。のり物にのらす歩行《あゆみ》て出らるれば」（三ノ二）「上京に玄関付《げんくわんつき》の家を借り。古道具《ぐ》屋の代《しろ》物で。療治場《ば》尤らしう取つくろゐ」（四ノ一）と『医者質気』中の二例（今回原本により表記を正した）をあげて、「医者が当座受持ちの患家」また診察室だとしておられる。ところが諸氏のこれに対する意見はなく、検討されないままになっている。濱田義一郎（桐舎）氏はその後昭和六十年三月に『誹風柳多留初篇』を出され、当然自説により湯治場としておられるのであるが、右の経緯からして湯治場説は輪講参加者の賛同を必ずしも得たものでない事をしるしておきたい。

なお付け加えれば、「おれ」という自称の代名詞をも問題にすべきであろう。濱田氏は通釈書の方に、「おれに化という口ぶりから察すると堅気ではなく、親分とかやくざとかいう型の人間」としておられる。しかしこの解釈は現代の語感によるもののように思われ、江戸後期の語としては、卑俗の感はあったとしても、相手が目下の者の場合に用い、男性は貴賤にかかわらず、女性も用いる事があるという。「おれ」という自称の代名詞だけで使用人物の身分・階層を限定出来ぬのである。それならこの句の場合、患者に対する医者上位を示す事にもなるようで、田中氏のいわれるような一調子格が低い医術者には当らぬという一証にもなろう。

日本国語大辞典は第二版が出たが、「りょうじば」の項にはなお「また温泉など」とあるのは削除されるべきである。角川古語大辞典は「医者の治療室」とだけ書いて、用例は本稿の問題とする『柳多留』初篇の句だけをあげる。記憶が定かでないのであるが、私が書いたか、編集の誰かが書いたとしても、この語釈には「川柳しなの」の、前句が「こみ合ひにけり」と誤認されていた時の拙解が反映しているのであって、『柳多留』の用例に対しては、往診先という解を加えて、診療室の用例としては前掲の『医者質気』四ノ一を掲げるのがよいであろう。

突目と乳汁については、『柳多留輪講初篇』の「貰ひ乳にかはるきぬたのちから過」の礎稿では、大村氏は貰い乳の例句をあげた中で、「突きもせぬ目に貰ひ乳のひさ枕（宝十一松2オ）」について、「突き目の療法の乳滴点下にかけた句」としておられる。

「武玉川初篇研究」（川柳雑俳研究会の江戸川柳・解釈と鑑賞・シリーズ17の『誹諧武玉川初篇輪講』による）を参照するのを忘れていたので補う。蛭子省二氏は「ゴミが目にはいった時、乳をさせば、直に除き得るといふ…（乳は目薬代用にされたものだ）」といい、引越や大掃除にはあり勝ちで、「なごやかさが窺える」とある。なごやかさを感じるとは理解出来ないが、森東魚氏は「乳母がある男にでもしてやる場合らしく」、「淡い色模様もある」かという。そして梅本秋農屋氏は「ほれて居た突目へ乳のはしり過ぎ」の類句としながら、色模様はなかろうとし、突目への言及はない。何れにしても漠然と目の手当の効は認めながら、突目と決める事なく、それよりもそれを行う男女の関係に講者の関心があるのである。

建部綾足の伊勢物語講釈

熊本大学法文学部国文研究室に、幾部かの『伊勢物語』注釈書の写本・板本を蔵する。従来未紹介と思われる古色を存するものもあるが、それらの紹介は私の任ではない。このうち私の関心をひいた『真《ま》名《なの》伊《い》勢《せ》物語《ものがたり》』について述べてみたい。

大本二巻二冊、表紙は改装であるが、原題簽子持枠中に「真字伊勢物語上（下）」を中央上によせて貼付する。刊記は「寛永廿癸未歳九月吉日二条通沢田庄左衛門板行」とある。「大橋蔵」「矢野蔵書」「熊本上通（ママ）丁目書舗川口屋又次郎」の印があり、他の伊勢関係書若干と同じく大分県下の愛書家という矢野氏蔵書が、当地上通の河島書店を経て入ったものである。この本自体は勿論珍しいものではないが、上部匡廓外及び本文行間に多くの書入があり、書入をした罫紙を十数箇所貼付する。この書入を問題にしてみたい。

先ず下巻裏表紙の見返部に書入の大部分と同筆で「寒葉斎講始于十月廿九日終于十一月七日夜明和戊子歳」と墨書する。明和戊子は五年に当る。当時寒葉斎と称する人物に建部綾足があるが、彼には翌明和六年刊の『旧本伊勢物語』の編がある。真名本をテキストにしている事と考えあわせて、この書入は綾足の講釈の聞書である可能性が強いであろう。

この点を確めてみよう。書入を類別すると、テキストの用字又は読みを改めたもの、歌の出典の注記、解釈・用例引用など注解の部分となる。第一のテキストの訂正は全巻にわたり朱書する。これを『旧本伊勢』と比較してみよう。同書は綾足が校訂し考異一巻を付して、明和六年七月に風月庄左衛門から刊行されたが、五年冬至の金龍道人の序があり、右の講釈と前後して成立したと考えられる。試みに冒頭第一段をみると（傍線を付した箇所を括弧内のように改めている）、

昔《むかし》男《お（ヲ）とこ》裏頭《うい（ヒ）かうふり》而《して》　平城京《ならのきやう（ミヤコ）》　雁《かり》（猟）《に》往遣《いにけり》　媚《なまめい》（生）有《たる》　壮士《お（ヲ）とこ》　信夫摺《しのふすり》（撮）　摺《すり》（撮）衣《ころも》　信《しの》（偲）
夫《ふ》次《つゐ（ヒ）て》　閑麗《みやひ》（宮風俗）

『旧本伊勢』にあっては

昔《ムカシ》。乎止古《ヲトコ》。宇比加宇布里為而《ウヒカウフリシテ》　寧楽乃美也古《ナラノミヤコ》　猟仁往計理《カリニイニケリ》　那麻風俗有《ナマメキタル》　男《ヲトコ》　信夫撮《シノブズリ》　撮衣《スリゴロモ》　偲《シノブ》　次《ツイデ》　宮風《ミヤ》
俗《ビ》

とほぼ一致する。「媚有」は「考異」に「異ニなまめいたる」とするから、読みを訂さなかったのであろう。「生」とするは「媚」字に抹消の朱点のない事（但し朱点抹消は厳密には行われていない）、注解に「〇ナマメキ　ナマハ生」とある事を考えて、なお他にも例のある朱筆が多少解釈に及ぶ場合と考える方がよかろうか。「次」は誤記であろう。この訂正書入には誤記が散見する。三段の「緉裳《ひしきも》」を『旧本伊勢』には「鹿尾菜《ヒジキモ》」とするが、これを「鹿尾采」とし、九段の「身乎衛府無物爾《みをえふなきものに》」の「衛府《えふ》」は『旧本伊勢』に「由《ヨウ》」とあるが、これを「曲《ヨウ》」と朱を入れるなどその例である。又一段の「寂《いと》」はそのまま五段ではこれを「痛」と朱訂する。『旧本伊勢』では「痛」に統一しており、脱漏もあるようである。しかし大部分の一致する事、「宮風俗」など特徴ある文字の一致は注目される。なおいくつかの例をあげてみよう。

段	真名本	朱訂部分	旧本
二	春魂《はるのもの》	春（鬼）	春乃鬼《ハルノモノ》
三	仮性《けしやう》	（気《け》添《(サフ)》）	気添《ケソフ》
四	西対《にしのたい》	左ニ（ムカヒトノ）ト加エル	西乃対《ニシノタイ》《ムカヒドノ》
	亭《あらは》	（アハラ）	安婆良《アバラ》
五	五条渡《ごてうわたり》	五条（辺）	五条辺《ゴデウワタリ》
	偸在《ひそかなる》	（ミ）そかなる	密有《ミソカナル》
	人乎居而《ひとをすへて》	す（エ）て	人乎須恵而《ヒトヲスエテ》
	縦而計利《ゆるしてけり》	ゆるして（げ）《ママ》り	許而解利《ユルシテゲリ》
六	鬼在所友不レ知《おにあるところともしらす》	（ヲ）に…しら（デ） 再出ノ「鬼」ハ「おに」ノママ	鬼在処止毛知良泥《オニアルトコロトモシラデ》
七	寂敷過往方之《いとしくすきゆくかたの》	過《すき》（往志）《(ニシ)》 寂敷ノ左ニ「痛ノ意」ト朱記	痛痛之久過往志方之《イトヾシクスギニシカタノ》
九	五文字《いつもし》	五《いつ》（言）《(コト)》	五言《イツコト》
	潤爾計利《ほとひにけり》	（太風俗）爾計利	太風俗爾来《ホトビニケリ》
	路者寂苦労《みちはいとくらう》	寂（暗宇）	道波痛暗宇《ミチハイトクラウ》
	修行者《すきやうしや》	（オコナヒビト）ト左ニ加エル	修行者《スギヤウジヤ》《オコナヒビト》
	如是路爾波如何御坐津流《かゝるみちにはいかゝいましつる》	「波《は》」抹消、い（カテヲ）《ママ》ましつる	此有道仁波以可泥御坐猿鶴《カヽルミチニハイカデオハシマシツル》
	躰為而鳴者四乎知之様《ほとしてなりはしをしりのやう》	（カタチ）して…（サマ）	形為《カタチシテ》。鳴波潮後乃様《ナリハシオジリノサマ》

なお三段の「二条后」云々など後注の補入とされる箇所を、『旧本伊勢』では本文より削って「考異」に注としてのみ残すが、書入は朱線で囲って区別する。以上『旧本伊勢』と関係の密なる事は明かであろう。

しかしなお全巻にわたり読みと用字及び僅かの傍注を施し、歌の出典を十七段まで注した朱筆と、墨書の注解部分とは筆蹟が異なる事について検討を加えねばならぬ。墨書は寒葉斎の講釈なる事を識した筆蹟と同じである。しかし朱筆が後日に『旧本伊勢』によって別人の手で記入されたという懸念があろう。この点については、第一に歌の出典記入が朱筆記入漏れの七段の歌、及び十八段以後末尾までの歌については、注解と同一手で墨書されている事により出典朱記は墨書より先になされた事が知れ、第二に一段の「平城京《ならのきやう》」、二段の「寧良花洛《ならのきやう》」「長安《にしのきやう》」などを皆「ミヤコ」と朱訂するが、注解に「フミナラス西ノ都ハ万代ノ宮トナリ長安花洛トアトニ書ハ京モミヤコトヨムヘシ」といい、三段の「仮性」を「気添」と朱訂した箇所には、「ヨソホヒスルモ同気ヲソユル」と墨書注があるなど、注解が朱訂に沿ってなされている事、前掲二段の「鹿尾采」の朱記を上欄に「鹿尾菜」と墨書訂正するような例のある事、後注補入とみられる箇所を朱線で囲ったうちの一つ五段末の上欄に「後人さま〱にいふを裏書にせし不案内の説也名を出すへき事なし」と墨書するなど、朱筆が先に加えられた事を示していると考えてよかろう。このように当時未刊であった『旧本伊勢』に密接な関係のある朱筆訂正を加えたテキストで講釈をした寒葉斎は、正に綾足以外ではないであろう。

本書書入を綾足の講釈の聞書と確める事によって問題となるのは、第一に綾足の年譜に一項を加え得る事、第二に『旧本伊勢』刊行前夜の事情をうかがい得る事、第三に古典注釈者としての綾足の力量、第四に先んじて刊行された『西山物語』との関係である。綾足は明和四年に京に上り、五年も三条堀川東へ入ル町に住し国学・片歌を講じた（前田利治氏「補訂建部綾足年譜」）。本書は先ずその講釈の月日・テキストを知り得る資料である。本書には美濃大の淡灰緑色刷片面十二行の罫紙を長短種種に切って注解を墨書したものを上巻に八片、下巻に五片、同大で罫面上下が狭く行の幅を広く灰青色に罫線を刷出した紙を短く切り、真名本に欠く百十五段・百二十段本文を写し、注を加えたものを下巻当該箇所に二片貼付する。前者は板心部に文字はないが、後者一片には魚尾と○の下に右半分を切取られているが「奚疑斎」と読まれる文字が刷込まれている。当時奚疑斎と号した人に沢田一斎がある。京の唐話通の一人である。彼自筆の小説雑記の抄録といわれる奚疑斎叢書（国会図書館蔵）に用いる罫紙が同一紙であるから、沢田一斎の用箋としてよい。石崎又造氏（近世日本に於ける支那俗語文学史）によれば一斎使用の罫紙には今一種板心に印記のないのがあるという。右記罫紙の前者がそれに当るか否かは不明である。筆蹟は直接両者を対照し得なかったが、叢書一部の筆蹟に似た感じのものがある。この書入が一斎の手になる（当時一斎は六十八歳―『慶長以来書賈集覧』）、即ち一斎が聴講者であるか否かは断定を控えたいが、少くとも一斎親近の者とはいえよう。ところで一斎はいうまでもなく京の書肆二条衣棚角（平安人物志）の風月庄左衛門であり、即ち『旧本伊勢』の板元である。かく考える時本書の存在は『旧本伊勢』刊行前夜の事情を伝えて微妙なものがある。前掲識語には綾足を寒葉斎と呼ぶ。一斎かその関係者は画人寒葉斎を知って国学者綾足を知らぬのであろうか。その未知数の綾足の『旧本伊勢』刊行に手を付けさせた、綾足からいえば売込んだのがこの講釈ではなかったろうか。

ところでこの講釈を前に前述のような朱筆訂正が行われている。『旧本伊勢』は翌年七月に刊行されたが、五年冬至の序のある事は前述の通りである。右の講釈時には既に一応稿本は出来していたと考えてよかろう。風月への売込みなら稿本をもとに講釈をすべきであったという事が考えられる。ここから真名本に朱訂を加えた本を用いている事は稿本未出来を示すという考えもあろうが、刊行までの時日からみて定稿とまでは行かずとも一応稿本があったと考えるべきであろう。この点は稿本を用いると却って『旧本伊勢』本文のすぐれたと綾足の考える箇所を一一指摘する煩雑を招く事になり、朱筆を入れる事はそれを一目瞭然たらしめる効があるという事も考えられよう。それでは朱筆は何にもとづいて誰が入れたのであろうか。

先ず稿本をもとにする場合、問題箇所の識別は他人ではなかなか困難であろう。真名本と比較して行っても、仮名部分は『旧本伊勢』には濁点があるが真名本にはない。この中から前掲五段の「許してけり」を「許してげり」と改めるような箇所を見出すのは困難であり、真名の部分に至っては『旧本伊勢』の方は全般に万葉仮名流の表記部分が多くなっているから、用字の差だけで問題箇所を知るという事は一層困難である。一応なりと出来した稿本によった場合、朱筆は綾足自身が加えた事が考えられる。ただ前述のように誤字が散見するのが不安である。次に稿本に転記の便を考えて問題の訂正箇所を示したものを写させる場合も考えられるが、この場合は前掲七段「寂敷」の左傍に「痛ノ意」と朱記するような事はあり得ぬであろう。『旧本伊勢』には「痛痛之久」とあるから、直接に「寂」を抹消して「痛痛」と書いている筈であろう。又抹消はその文字中央部に朱点を打つものが多いが、九段の「衛府無」の「衛府」、「五文字」の「文字」、「多毗惜社思」の「惜」、「寂苦労」の「苦労」など朱枠で囲むもの、十三段「上書《うはかき》」を抹消せず右傍に「題」と朱記し、上欄にも「題《ウハガキ》」と朱記する、二十四段「読《よみ》而《て》使《いだし》有《たり》計《け》流《る》」の「使」中央に朱の圏点を付け、上欄に「出」と朱訂する、六十五段「夫者《おとこは》同《をんな》志《し》不相《あはね》」の「同」を朱の二点で抹消し、上欄に「女」と朱書するなどいろんなやり方をしており、後注の補入とされる箇所の指示も、三・五・六段などは朱線で四囲を囲うが、六十五段では「」で上下をかぎるのみである。又前述のように注解にわたるような朱書が少しくまじる。何れも『旧本伊勢』の稿本に問題箇所を指示するという意図の下に行われたにしては統一を欠く。そういう用意の下に写させたものではなかろう。次に綾足が得たという『旧本伊勢』のもとになった古写本は、金龍道人の序によれば「有闕誤」、「考異」凡例によれば「まさしに写したがへ或はかい落したりなど見ゆる事いと多し」とある。綾足がこの写本、或いはそれを写し取った原稿に校訂の朱筆を入れたものがあったと考え、それを誰かが転写したという事も考えられるが、この場合は校訂された箇所は原写本の闕誤で転記の要がなく、転記訂正を要すべき箇所は原写本では訂正不要の正しい本文になっている筈であるから、真名本に訂正記入する事は不可能であろう。次に『旧本伊勢』校訂時、綾足は原写本の闕誤を「真名六条本といふ冊子を引あはせて。をちこちかうかへと」ったという。この言から真名本との対校本があった可能性が考えられる。それも校異が一覧できて、しかも何れを取るかの判断の示されたものがあった場合、他手を借りて写させる事は可能であろう。ただこの場合も抹消法の不統一、若干の傍注混入は見過せず、整備された対校本は存在しなかったのではないかという疑問を消す事はできない。綾足自筆の場合は、幾度かにわたり手を入れていた真名本を、急に講釈の要があってそのまま提供した（朱筆の歌の出典注記が途中で終っている事をこれに関係づけて考える事もできよう）、他筆の場合はそういう本を他手に写させた――真名本は風月蔵板であるから、手持の板本を使った――というような事情が朱筆書入には考えられるのではなかろうか。

『旧本伊勢』は右のようにその闕誤を真名本で訂して成ったという。今右に考えたような対校本が存しなかったと考え、かかる朱筆を入れた真名本の存在を知る時、綾足の言を裏返して、真名本の綾足が問題とする箇所を訂し、（また表記に万葉仮名的な部分を多くして）『旧本伊勢』が作り上げられたという疑いが起って来よう。『旧本伊勢』は『続近世畸人伝』第五巻に見える伴蒿蹊の言、本居宣長の『玉勝間』五の巻（『群書一覧』巻之三にも引用）と批判のあった書であるが、綾足が『旧本伊勢』を成した当時、『伊勢物語』本文に問題ありと認めた箇所はこの朱筆訂正に示されていると考えてよいから、この箇所を検討して綾足自身の見解によると認められるものが多ければ、『旧本伊勢』は蒿蹊の言のように綾足自身の「胸臆に取」った事が明かになるのではなかろうか。一例をあげる。一段の「いとはしたなくて」は真名本に「寂強而《いとはしたなくて》」とあるが、『旧本伊勢』には「痛半《イトハシタ》無《ナ》而《クテ》」とある。これを朱筆で訂正していぬのは脱漏か、読みがかわらぬ故の訂正し落しかわからぬが、注解と同じ墨書で下欄外に「半無而」と訂正がある。講釈時に訂したのであろう。古くは「無半」と書く本もあったようであるが（福井貞助氏『伊勢物語生成論』）、「半無」の字を当てるのは、綾足が真淵の『伊勢物語古意』と異なる自説を述べた『伊勢物語古意追考』の冒頭第一条に、『古意』の「端方の無てふ語を略」いたという説に異を立て、「半無といふ意にても又端無といふ意にてもよくきこゆ」というによれば、綾足自身の主張のようである。加えていえば『追考』には『旧本伊勢』の用字をもって傍証する事もしていない。この辺の検討に『旧本伊勢』に対する従来の疑問を解く鍵がありそうである。この点の検討は『伊勢物語』に詳しい方にお願いしたいが、この朱筆訂正本は『旧本伊勢』の種本の姿を示すのではないかという考えを捨てかねるのである。

次に注解の部分を見てみよう。注解は上欄外と本文行間及び下欄外に書入れたものと挿入別紙がある。上欄外及び別紙と他の箇所のものと一見やや感じが異なるようであるが、一般に行間及び下欄が細字である事によるので、筆癖より見て同筆と思う。ここに上欄と行間が同時に書かれたか否か疑問が生じよう。行間のものは本文と括孤で繋いで解を記入する形から、講釈の席での記入かと考える。それなら上欄・別紙は講釈後に整理記入したとでもいう事情であろうか。一段「裏頭《ういかうふり》」（振仮名「い」を「ヒ」と朱訂）について、「うひかうふりとかくへしうゐかふふりとかくへからす古今物名に貫之さうひをわれはけさうひにそ見つるとかゝれたる其証なり臆断」とあるは、契沖の『勢語臆断』を引くのである。又二段「其人《そのひと》従レ質《かたちよりは》心《こゝろ》何《なん》勝《まさり》有《たり》計《け》留《る》」に「スキ心ノマサリタルニアタル古意」とあるは、『伊勢物語古意』に「心のまさるとはたとへは空蟬の君の真言をとほす心にはあらてふちつほの后のすかた心たくひなきものからさすかに源氏の君の強ことには堪すしてなひくか如きをいふか」による解であろう。以下には一二以外その出所を記入する事はないが、『臆断』と『古意』によって解が加えられている事が多い。また語釈に用例を引くが、これを一段二段についてみると、「領《シルヨシ》万領縁也」「婀娜ナママメク遊仙」「視其私屏《カイマミ》日本紀」「みこは立もはした居もはした竹取」「はしたなき物人をよふに我かたて《(ママ)》出たるまして物くるゝ折云々枕冊子」「イヤ彦《(ママ)》オノレ神サビ青雲ノタナヒク日スラ小雨ソボフル万十六」、この他に春日を『新撰姓氏録』を引いて考証する一項があるが、この春日以外はすべて『臆断』に引くものである（但し「領《シルヨシ》」は誤りである。綾足は既に「西山物語」に「しる《領》」としており、彼が引用を誤ったのではなく、聴講者の書誤りであろう）。彼独自の見解と見るべきものに前述の『古意追考』があるが、二三比較すると、九段「身乎衛府（由と訂）無物爾」は『追考』に真淵の無益説を否定して「よしなきてふ詞を俗にうつしていふ詞也」というが、書入には「ようなきは無用ナリ　役ニ立ヌトスルト益ナキトスルト二義トナル」、十三段の歌の「愁師《うるさし》」は真淵の古えには「うるさし」の詞なしというに対し、『追考』に「うしといふ詞をのへていへる也ウルノ反ウサシノ反シ也」というが、書入に「ウルノ反ウサシノ反シウシゾ」とある。十六段「手乎《てを》折而《お(ヲ)りて》」の歌の「拾《とを》十《とを》五《いつ、》四《よつ》葉《は》歴《へ》爾《に》計《け》利《り》」は『追考』において「十といひつ、四つはへにけり」の読みを排し、「ととを五つと折て五十年斗也其内四十年はしかとそひとけし中なるを」と解するが、書入は「カヘシヅ、十ヲ四ツカサヌル」（行間）、「十ヲ十ヲ五ツニテ五十五十トアゲテ四十年余ハ歴タソ」（上欄外）とする。このように『追考』の説の既に見えるものと、なお十分に固まらずゆれが見えるものがある（この事は『追考』成立の時期を考える一つのめどになるのではないか）。前述の『臆断』『古意』との関係は、『旧本伊勢』の場合も「考異」に記す校異の多くは二書所拠本文によるのであり、真名本との校異を記す『臆断』はこの点便利であった。二書とも当時刊本がなかった事情もあって、二書の解の要を摘んで説いたのであろうか。そして或いは二書の解に沿い、或いは異を立て批判して講釈が進められたかと考える。『伊勢物語』研究者として二流の感はやはり免れぬが、綾足の『伊勢』学は『旧本伊勢』は主として読み・用字の面に関するが問題箇所を判別し難く、『追考』には独自の見があっても局限されていると全貌をうかがい難いのに対し、真名本書入は読み・用字面の綾足の問題とする箇所をほぼ一覧でき、解釈も『追考』まで固まらぬ箇所はあるが全巻を通じてうかがい得るのである。

『西山物語』は同じ年の二月に先んじて出た。江戸の須原屋市兵衛・三河屋判兵衛、京の銭屋七郎兵衛・文台屋太兵衛の刊である。同書には詞や和歌の出典として『伊勢』をあげるもの二十一（別に重複一）、古語とのみ注したり、他書を出典とするもので『伊勢』にも出るものは少くとも十五ある。これらは「とみかうみ《左見右見》」（中ノ三―『伊勢』二十一段）など真名本の用字まで移すもの、「わたらひ」（上ノ一―同二十三段）「ことだつ」（中ノ三―同八十五段）など付した注が書入同様のもの、「および《指》」（上ノ二―同二十四段）「刺鍋に湯わかせ」の歌（中ノ一―同十四段）など他書（『和名抄』・『万葉』）を出典と注するが書入にその引用のあるもの（この二例は『臆断』に既引）、「いやめく《儼》」（上ノ二）「ひをり《柵》」（上ノ三）など彼独自のものがある。「いやめく」は百三段、真名本に「まめ」と訓ずるを墨で「イヤ、カニ　イヤマヒヤカ」と書入があり、『旧本伊勢』に「儼《マメニ》《イヤ、カニ》」とあるもの、「ひをり」を柵とするは、九十九段「射礼《ひをり》」書入に「檜木折テ埒トスル　比乎里五月六日　檁ヲヒト云」とするに当る。綾足は明和二年十二月に『歌文要語』一巻を江戸の須原屋市兵衛・三河屋半兵衛から出している。これは片歌に用いるべき語を古典より摘出分類したものであるが、引用書中に『伊勢』もある。しかしその語は十八で全体の比率としては小で、「真名伊セ」と注するは一項のみである。これに比べ『西山物語』執筆時が『伊勢』研究専念期に当る事がわかるが、その用字や注を裏付け得るのがこの書入の効の一つといえよう。そして又『旧本伊勢』成立に力を注いだのは『西山物語』より本書入講釈前後の事であり、『旧本伊勢』『追考』と続く『伊勢』研究過程も裏付けられるであろう。その講釈が風月への売込であったとしたら、京の地で国学者として立とうとして『伊勢』にかけた彼の意気込もうかがえるようである。

注

熊本大学法文学部は、現在法学部・文学部に別れている。国文研究室の写本・板本は、その後国文学研究資料館の調査・収集が行われた。

刊記書肆連名考

刊本奥付にしるされた刊行書肆が単独の場合は勿論問題はないのであるが、二店以上の連名の場合、その何れが主として刊行に携った店であるかという事が問題になる。相板の場合、板株を分有する者が刊記に名を連ねるのであるが、この板株が必ずしも等分に分割されず、軽重多少差の付いている事がある。又板元と売捌店が名を並べている場合がある。この連名から、板株所有の多少、或いは板元と売捌店という関係から生じた主要刊行者を見出す事は次の二点よりして必要である。

第一に近世、殊に上方においては作者と出版者との結び付が強い事である。これは書物の性質により事情を異にする点はあるが、例えば浮世草子においては、作者の創作意欲よりは書店のリードにより執筆するという場合が多い。作者が書店に半ば或いは全く専属するという場合もある。対立する二店が夫夫作者を擁して競争し、勝利者側が小説界の趨向を支配するというような事態も起る。主要板元の決定という事は、当時の出版界の状勢を知る鍵になるし、それが小説界の趨勢にも沿うという事情があるのである。そういう研究面の要請が第一である。第二には書物の整理・登録の場合である。この場合、連名のすべてを記録する時間的余裕がない事があり、又連名の中に売捌店が含まれていると考えられる時は、すべてを記録する必要がないともいえる。ここに主要店の判別が必要になるのである。この第一の場合は同一ジャンルの作品を数多く見るし、研究の間に出版者間の関係を他面からも窺う事が出来るのであるが、第二の場合は必ずしも同一の、又は近接のジャンルの作品のみを扱うとは限らぬから、不案内の書物に出あう事も多い。この際に判別し得る規準が立てられていたなら便利である。しかし何れの場合にも万能共通の規準は立て難い。以下も留意すべき点のおおよそをしるすにとどまるし、浮世草子の場合を中心とするので偏りがあるかもしれぬが、同じ関心をお持ちの方の参考となり得たなら幸いである。

連名の書店中の代表店を見出す方法としてはいくつか考えられる。先ず当該書の刊記の記載方法の検討という事があげられる。これには連名の店名に大小の差が付けられている場合、一部の店名の下に押印のある場合、梓・板（版）・板行・開板などの文字が一部の店名の下にのみある場合、連名店の住所の記載に精粗の差のある場合、連名の順序に意味が認められる場合等が問題になろう。なお次の序跋の場合に含めるべきかもしれぬが、浄瑠璃本の奥付に太夫の正本である事を証し、刊行を認める文言を太夫・作者・興行主等の名を署して加えている中に、板元名に及ぶ場合をもあげる事が出来よう。次の跋文の場合と切離したのは、浄瑠璃本の場合、それらの文言に或る型があり、板元・刊行時期等によっていくつかの型に整理出来る程であり、一作品に限って加えられた跋文と性質が異なる点があろうかと考えるからである。次に刊記以外の箇所に記載された店名を目安にする事である。その箇所を具体的にあげれば、⑴序・跋　⑵題簽（副題簽）　⑶見返、又は扉　⑷見返、数巻で一部となる場合の各巻末、奥付等に見える予告・広告、又は刊記後に別添付載の蔵板目録　⑸刊本の版式・字体等の特徴が考えられる。⑴の場合、序又は跋に書林何某の求に応じて執筆したとか、書林何某に稿を与えたとか板元に言及する事があり、又板元名で序や跋を加える事がある。これが目安になる事があろう。⑵の場合は浮世草子では皆無といってよいが、絵入狂言本にあっては題簽に狂言外題をしるした下に一線を引いて板元の住所・店名をしるしている。又浄瑠璃本も題簽に店名をしるす事がある。絵入細字の古浄瑠璃板本がそうであるが、又丸本の近世中期以後板木が転転として、奥付に五六店の連名が並ぶ時期のものに例が多い。(3)に見返や扉の題名傍に板元名をしるすが、刊記が連名の場合の代表店をそこに求める事が出来る。ただ稀な例であるが、『日本永代蔵』の改題本『大福新長者鑑』が、刊記を森田・金屋名のままにして、見返に「文栄堂梓」とする。即ち刊行者は森田・金屋ではなく、文栄堂河内屋源七であるというような例は注意を要する。(4)に見返・各巻本文末に他書の広告や予告を掲げ、その末尾に掲出書の板元名をしるす事がある。これが連名の代表店であるとほぼ考えてよい。又奥付に予告・広告を掲出する場合は、その掲出書の板元を求めたなら当面問題とする書の代表店を知る事が出来よう。ただこれも稀な例であるが、正本屋九兵衛板の絵入狂言本『高野山女人堂万年草朝露』（宝永七年刊）見返に江島屋市郎左衛門名の予告があるというように、板元でない書店のものが掲げられる事がないではない。又本文・刊記の後に半丁乃至数丁の蔵板目録が添えられる事がある。多くは同時期に出刊の同板元の書にも付けられている。この蔵板目録に名を掲げている店と考えてよいのである。(5)の場合はなかなかうまく見当のつく例は少いのであるが、例えば八文字屋本初期（元禄末—宝永）の刊本の丸く平たい字体、八文字屋本は丁付が本文は三にはじまり、初期には廿ノ卅、以後は十ノ廿と各巻十丁宛の飛丁など目立つ特徴を有するなどがそれである。八文字屋刊の浮世草子の主要作者であった江島其磧は、宝永末正徳初より八文字屋に対抗して江島屋という本屋を開き自作を刊行するが、享保三年末には和解し四年正月より八年初まで八文字屋・江島屋相板の形で浮世草子が刊行される。この場合、和解の事情、両者の力関係からして、両者は対等の関係になかった事は明かであるが、これを右の版式の上から見ると、江島屋単独版の場合は右の十丁の飛丁を常に整然と行う事は見られず、八文字屋・江島屋相板の場合には十丁の飛丁がきれいに現れるのである。形の上では相板であるけれども八文字屋の優位はこの点からも明かであり、一店をもって代表させる場合は八文字屋をもってすべきであろう。

　次に当該書を一見して即時に判定をつける方法ではないが、右の予告・広告で見当を付ける方法は、又当該書自身には予告・広告等がなくても、他書に当該書を予告し或いは既刊を広告している場合、その板元を確認し代表店を知る事が出来るであろう。又当時の出版状況を窺う資料を利用する事も出来る。書籍目録の一部のものには板元名又は出版地をしるしている。当時の出版願書の控、『開板御願書扣』『割印帳』等における出願店名を代表店と――例外又誤りは多少あるようであるが――考えてよいであろうし、『割印帳』には特に板元と売捌店を区別して記載している。板元と売捌店とは経済的な提携であって、書店の実力面での上下関係を必ずしも示すものではないが、他面より連名店の力関係、上下関係のわかる例は存する。前掲の八文字屋・江島屋の場合がそうであるが、なお浄瑠璃本における京の正本屋山本九兵衛とその子の大坂の山本九右衛門、小説・俳諧書における京の西村市郎右衛門とその出店の江戸の西村源六、小説その他における大坂の吉文字屋市兵衛とその出店らしい江戸の吉文字屋次郎兵衛の如きがそれである。しかしこれらも山本九兵衛・九右衛門の場合は九右衛門が主に出版していた時期があるといわれており、吉文字屋の場合は後述のように次郎兵衛に重きをおかねばならぬ時期があるようである。出版時期・事情についてはこれらの場合も注意の要があるようである。又浄瑠璃本については板木移転の事情が明かにされているものがあり（祐田善雄氏「近松浄瑠璃七行本の研究」浄瑠璃史論考）、この場合は代表店をはっきり知る事が出来る。

以上述べたうち当該書を広告する他書の確認とか、出版状況を示す資料を利用するという事は、当該書を一見したのみでは出来ぬ事であり、反対に刊記以外の箇所に記載された店名を目安に出来る場合は、事事しくその処理法を説くに及ばぬ事である。問題はそういう目安のない場合の刊記の記載方法の検討という事であろう。連名の順序に何らかの方則性が認められるかどうか、店名の記載法に差のある場合、その差の付け方によって代表店の見当が付くのか、或いは当事者に差と意識されていないのかというような問題が考えられる。ここに何らかの方則性が認められたなら、代表店は機械的に見定める事が出来るのである。しかし実際の刊本についてみるとはっきりと定めるに足る方則を見出す事は出来ない。この事は或程度刊本を見た者には予想される結果ではあるが、代表店を取敢ず連名店の最後に取るという事は現に行われているところである。一応にせよそのようにして誤差が少いかどうか、このような事を再検討するのもあながち無駄ではあるまい。以下連名の場合のいくつかの記載方式を、刊記以外の箇所の記載や、他資料によって目安の付けられるものはそれを用いて検討し、他書の場合にも及し得るであろうおおよその傾向を探って行く事にする。

はじめに二店連名の種種の場合を考えてみたい。

先ず一番簡単な形としては『好色貝合』（貞享四年九月）の

書林　清兵衛　開
　　　三右衛門　板

『飛鳥川当流男』（元禄十五年春）の

上村平左衛門
　　　板行
岡田伝兵衛

の如きものがある。これに居住地名を最小限に入れると、『名女情比』（延宝九年正月）の

洛陽書林　瀬尾源兵衛　開
　　　　　本田次兵衛　板

の如きとなり、『世の是沙汰』（宝永二年三月）の

京極通書林　神原利兵衛
　　　　　　万木治兵衛　板

も京極通に両店ともあったと形式の上から見たい。更に住所を詳しくすると、『鬼一法眼虎の巻』（享保十八年正月）の

京寺町　玉水屋八兵衛　新
京寺町　菊屋七郎兵衛　板

『地獄楽日記』（宝暦五年正月）の

江都書肆　銀座鑓屋町　駿河屋五兵衛　新
　　　　　本石町通弐丁目　太田庄右衛門　板

となる。これらの場合は書林と上におく位置、板・板行・開板・新板の文字をおく位置も両者何れにも偏しないようにしるされており、店名の字の大いさも同一、上下に高低なく、住所記載の繁簡の度も同じである。この記載のみでは何れをもって代表させてよいかという判断は付きかねるのである。このうち『虎の巻』は見返があるが店名を欠き、『風流殺生石』の予告があるが未刊に終ったようである。強いていえば浮世草子出版を手がけた経験の深い菊屋であろうか。しかし同じような形式のものでも見当の付くものはある。『俗つれ〴〵』（元禄八年正月）に

書林　京洛寺町五条上ル町　田中庄兵衛
　　　浪花堺筋備後町　八尾甚左衛門

とするは『増益書籍目録大全』（元禄九年正月）によれば大坂板、即ち左の八尾を代表店とすべきである。『遊里様太鼓』（元

禄十五年九月）には

京寺町通
榎並甚兵衛
江戸中通川瀬石町
須藤権兵衛

『遊色控柱』（元禄十六年正月）には

京寺町南
榎並甚兵衛
書林
江戸川瀬石町
須藤権兵衛

とあるも同じ形式である。現在首巻の伝存を知らぬ『様太鞁』(注)はとにかくとして、零本ながら首巻を知り得る『控柱』には此君堂の序があり、即ち榎並の事である。『様太鞍』は『けいせい色三味線』を模倣剽窃した愚作であり、『控柱』は『好色十二人男』の改竄改題本である。これらはさような事をする便のあった榎並の主導で、江戸向けに仕立られた本のようである。『東海道敵討（元禄曾我物語）』（元禄十五年正月）には

京洛五条通
河勝五郎右衛門
書林
江戸日本橋南壱町目
升屋五郎右衛門

とある。都の錦の他の二作『御前於伽』（元禄十五年正月）には書林を書蔵とし、『風流源氏物語』（同十六年正月）には書林を書房とする他に京洛を洛陽、江戸を東武とし、両名の中間下に板の字をおくが、記載内容、順序は何れも同じである。この河勝は屋号を升屋と称し、江戸の升屋はその出店であるから、京の河勝を代表店と定めてよい。『傾城

洗髪』（元禄十六年六月）には

大坂平野町三町目
　本屋三郎兵衛
　　板　行
京錦之小路堀川東へ入
　山本六兵衛

とある。これも両者均衡をとって配置してある。しかし同じ二店連名の『風流好色十二段』（元禄十五年五月）では

大坂平野町
　本屋三郎兵衛
京錦小路
　山本六兵衛板

とある。この場合は均衡をやや崩して山本の方に板の字がある。板のある場合については後述するが、この板の字のある山本を重視する時、『洗髪』が内容的に見て京の島原と伏見の撞木町を扱う事から（それも『けいせい色三味線』の名寄登載の影響を受けながら、しかも右の二廓に限って詳細な名寄を掲げている事に注意したい）、京の山本を主とすると考えてよいかもしれぬ。『近士武道三国志』（正徳二年正月）には

江戸日本橋南四丁め
　出雲寺四郎兵衛　　開
京寺町松原上ル町
　ひし屋治兵衛　　板

とある。これも両者均衡型である。しかし『御伽百物語』（宝永三年正月）には

江戸　　　　　　和泉掾
　寺町通松原上ル町　　開板
京　　菱屋治兵衛

とある。この場合は均衡を失しており、菱屋に主導権のある事を思わせるが、『増益書籍目録大全』（宝永六年五月）には板元を「ひしや次」とする。菱屋が代表店である。続篇の『諸国因果物語』（宝永四年三月）の方は

書肆　江戸日本橋南一町目
　　　出雲寺四良兵衛　板
　　　京寺町松原上ル町
　　　菱　屋　治　兵　衛　行

と均衡型である。しかしこの場合も前書の続篇であるから菱屋を代表と考えてよかろう。『武道三国志』はなお数年下るのであるが、菱屋が代表店であった可能性が多いのではなかろうか。以上両者配置の均衡している場合、同一店の組合せでは排列順序が一定する傾向があり（但し例外は勿論ある、後述八文字屋・江島屋の場合参照）、代表店の位置は左右何れの場合もあるという事になる。従って二者均衡型の場合、代表店を定める目安を得られぬ時は、両者を平等に登録するのが誤りを避ける法であろう。

次に記載・配置の上で両者何らかの点で均衡を失していると思われる場合を考えてみよう。『伊勢物語集註』（重修本、承応二年三月）には

室町通鯉山町
　梓行　小嶋弥左衛門
　　　　小嶋市郎衛門

の例がある。文字の大小よりみて右住所は二名共通のものと考える。同族二店とすべきか二名協同経営店か明かではないが、『慶長以来書賈集覧』には二店として扱う（『改訂増補近世書林板元総覧』も同じ）。記載順序を住所記載位置との関係から考えると、弥左衛門の方を主なる者と考えるべきかと思うが明かでない。右と異なり連名の一店のみに住所をしるす事がある。『色道懺悔男』（宝永四年正月）に

五条通高倉西へ入町
福森兵左衛門
板行
成出権兵衛
西村市郎右衛門

又『宗祇諸国物語』（正徳三年正月）に

姉小路通堀川東江入ル町
丹波屋茂兵衛

とある。前者には「洛下書肆悦昌」の跋がある。これが福森であるか、成出が京以外の地の書店である事がわかれば福森が代表店である事がはっきりするのであるが不明である。しかし思うに板下書のような作業は代表店の監督の下に行われるのではなかろうか。少くともその可能性が多いとはいえよう。その場合自店の住所を欠いて協同店の住所を入れるという事が考えられようか。この意味で一方の住所を欠く場合は住所のある方を代表店と定めてよいと思うのである。後者は貞享二年正月刊本の再摺本（外題は、「諸国宗祇物語怪談袖鏡」）で、初摺本は江戸の西村半兵衛と京の西村市郎右衛門・坂上勝兵衛の連名がある。この場合西村の名を残しているのはなお板株をとどめている事を示すのかもしれぬが、その住所を除き、丹波屋の住所を詳細に示している事は、刊記が丹波屋の手に成る事、ひいては丹波屋の優位を思わせるのである。これに更に一方のみに堂号を加えた『こゝろ葉』（宝永三年正月）の

書林
本町壱丁目松寿堂
万屋彦太郎
本屋藤九郎
板

も万屋を代表店と認めるべきであろう。

次に二者とも住所を記し、配置も全く均衡を得ており、ただ住所のしるし方に若干の精粗のあるものがある。『男色大鑑』（貞享四年正月）に

大坂伏見呉服町淀屋橋筋
書林　深江屋太郎兵衛　板
京二条通
　　山崎屋市兵衛　行

とあるが、『増益書籍目録大全』に「ふかへや太」とあり深江屋を代表店と考えるべく、その関係が住所の精粗にあらわれていると思われる。更に一方の住所の一部を同の字で示すことがある。『狗張子』（元禄五年正月）の

京東洞院夷川上町
林　九兵衛
　　同梓
同堀河通高辻上町
伏見屋藤右衛門

のような場合で、本書は林義端（九兵衛）の序があり、『増益書籍目録大全』にも「林九兵へ」とあるから林を代表店と認めるべきで、同の字に従の関係が示されているかと思われる。しかし『其磧置土産』（元文三年正月）の場合は

大坂
安井嘉兵衛
書林
同
毛利田庄太郎

とあるが、『割印帳』には板元として二名を併出している。又『役者美野雀』（享保十年正月）の

京二条通寺町西へ入町南側
霍屋喜右衛門
同町北側
正本屋九兵衛
板

の場合は書店の格からして何れを主とするか定め難く、同の字は「京二条通寺町西へ入」の九字を略する能率を考えての表記とのみ考えるべきかもしれぬ。この点住所の同の字による簡略化は必ずしも代表店を定める目安にならぬ事を心得ねばならぬようである。しかし書店名となると又問題は別であろう。『古今武士鑑』（元禄九年三月）には

京御幸町二条上ル丁
浅野久兵衛
大坂高麗橋壱丁目
同　弥兵衛

とある。同族又は同系の店なるべく、それなら姓を略記した弥兵衛の方を従とみてよいのではなかろうか。両者住所記載の繁簡など同程度であるが、一方にのみ堂号を加えている場合がある。『草木軍談賤爪木』（宝永五年正月）には

江戸日本橋南一丁目
須原茂兵衛
大坂本町壱丁目　松寿堂
万屋彦太郎
板行

とあるが、松寿堂の序文があり、代表店と認めてよい。『本朝諸士百家記』（宝永六年五月）にも須原の住所の一丁目を壱丁目とする外配置も同一の刊記がある。『百家記』の作者錦文流の宝永期の作が『棠大門屋敷』（二年五月）『当世

乙女織』（三年正月）と万屋彦太郎板であり、『熊谷女編笠』（三年九月）は万屋彦太郎と江戸の須原屋茂兵衛・万屋清兵衛・山口権兵衛連名である。かく万屋彦太郎と関係の深い事と『賤爪木』刊記を考えあわせると『諸士百家記』も万屋彦太郎を代表店と認めてよいであろう。

次に板・板行・開板などの文字が両者等分におかれずに、一方に偏っておかれる場合がある。『好色かんたんの枕』（元禄四年正月）の

江戸神田新革屋町
　西村半兵衛店
京三条通油小路東江入
書林　西村市郎右衛門版行

『好色五人女』（貞享三年二月）の

武刕書林　青物町
　清兵衛店
摂刕書肆　北御堂前
　森田正太郎板

下って『風流酒吸石亀』（明和八年正月）の

江戸日本橋南三丁目
　前川六左衛門
書舗　四条通東洞院東へ入町
　百足屋治良兵衛板

等がそれである。このうち『五人女』は『増益書籍目録大全』に板元を森田とし、清兵衛（万屋）の名を削った後摺本もあるから森田を代表店と認めるべきである。そしてこの場合森田の下に板、清兵衛の下に店とおく事により前者が

板元、後者が売捌店なる事を示していると考えるなら、『かんたんの枕』も市郎右衛門の方を代表店と認める事が出来よう。『酒吸石亀』は『割印帳』に「板元京百足屋次郎兵衛／売出前川六左衛門」とある。更に八文字屋と江島屋が享保四年正月より八年初にかけて相板の形で出版しているが、江島屋名を左に出すは浮世草子では『楠三代壮士』『浮世親仁形気』『風流宇治頼政』『役者色仕組』『女曾我兄弟鑑』、役者評判記に『役者三蓋笠』『役者若咲酒』『役者噂風呂』『役者春空酒』大坂之巻、八文字屋名を左に出す浮世草子の『日本契情始』と評判記『春空酒』京之巻『役者𥶡振舞』等である。前に二者排列順序に必ずしも一定でないもののある事を述べた例とすべきであるが、これらは両者の名の下に相板とある場合と八文字屋の名の下に板とある場合（契情始・若咲酒・噂風呂・春空酒・𥶡振舞）があるが、江島屋名下に板とある例がない。前述のようにこの期八文字屋の優位は明かであるが、板の字の右のような用い方にも反映しているのではなかろうか。一店の下にのみ板・板行等の文字がおかれている場合は、やはり代表店を見定める一応の目安になると思われる。この場合やや問題を残すは板行等の文字が左傍に別行に出る例である。

『本朝桜陰比事』（元禄二年正月）に

江戸日本橋青物町
万屋清兵衛
大坂高麗橋真斎橋筋南入
鴈金屋庄左衛門
板行

とある。本書は『増益書籍目録大全』に「厂金や」とあり、鴈金屋板とすべきである。この場合鴈金屋名下に余裕が少かったので板行を別行にした。しかし鴈金屋の名の末尾の線にかけてしるした点に板行の字が鴈金屋の名に続く用意が示されているかと思う。しかし『好色伊勢物語』（貞享三年二月）の

洛下錦小路通
　永田長兵衛
江戸神田新革屋町
　西村半兵衛
　　　　彫梓

『新竹斎』（貞享四年正月）の

帝畿三条通油小路東江入
　西村市郎右衛門
　書林
　　坂上庄兵衛
　　　　彫刻

『御前独狂言』（宝永二年五月）の

江戸日本橋川瀬石町
　須藤権兵衛
京烏丸通六角下ル町
　西村市郎右衛門
　　　　彫刻

のように彫梓・彫刻の文字が下線より上り、左側の店名を受けると限れぬ場合がある。先ず『好色伊勢』は『増益書籍目録大全』に「永田調」とあり永田が代表店である。『新竹斎』は西村にのみ住所を詳記するから西村が代表店のようである。本書は改題して『竹斎行脚噺』（享保十二年正月）というが刊記は

京六角通烏丸西江入町
西村市郎右衛門
出店江戸本町三町目
西　村　源　六
彫刻

と改められている。即ち坂上の持分の板株が西村源六に譲られたのである。そして京の西村が従の板株所有者として名のみをとどめたのでない事は、その住所を移転先に書改めている事でわかろう。しかも源六には出店と明記する。京の西村は『新竹斎』より『行脚噺』まで代表店であったと見てよかろう。なお『新竹斎』の場合両名の下線が匡廓一杯であるので彫刻の文字を左傍に出したと考えられるが、両名の字数の差から坂上の下に彫刻の文字を繰込んで両者を同高同長にする余裕があるのに、それをやらぬのは前に返っていえば彫刻・開板などの文字を店名下に加える事は、その店の方に重きをおく事になるという考え方の存した一証になろうか。『独狂言』も下線がつまっているが、この場合は両者名の同高同長を崩さずに須藤の下に彫刻の文字を加える事が出来る。この意味で西村を代表店と考えてよいのではないかと思う。以上左傍に彫刻・開板等の文字を別行に出している場合、必ずしも左側の店を受けて、その店が代表店である事を保証するものではないと考える。思うに両者中間下におくべきを下に余地がないので左に移したという事情であろう。

次に以上の二三を兼ねる例をあげよう。『本朝列仙伝』（貞享三年十一月）は『増益書籍目録大全』に「池田や三郎」とあるが、

江戸青物町
万屋清兵衛
大坂呉服町心斎橋筋角　池田屋
書林　岡田三郎右衛門板行

と刊記連名にある。岡田の方が住所が詳細にしるされ、屋号と書林・板行の文字が加わり、しかも名前の下の線も岡田が下っている。岡田が板元である事がはっきり反映している例であろう。しかし岡田と万屋の連名は常にこうなのではない。『武道伝来記』（貞享四年四月）に

江戸日本橋青物町
万屋清兵衛
大坂呉服町真斎橋筋角
岡田三郎右衛門

『新可笑記』（元禄元年十一月）も住所表示法の少異、両名の下に横に板行とする以外は同じである。いつも岡田を左においてはいるが両者均衡型をとる。しかし『増益書籍目録大全』には両書とも「池田や」板とする。同じ店の組合せでも均衡型と不均衡型の両様が見られる事があり、不均衡型による判断を均衡型の場合にも及し得る例といえよう。又『列仙伝』で連名が同長に書かれず岡田の方が長く書かれている。この場合は必ずしも適当な例とはいえぬが、求板の場合に求板者の名を他に比べて大ぶりに入れる例は多い。『日本新永代蔵』の求板三摺本、大坂の瀬戸物屋村田庄右衛門刊のもの（日本名著全集『浮世艸子集』参看）などその例であるが、代表店名を大ぶりに際立たせるという事も行われているのである。

次に三店以上連名の場合を考えてみよう。先ず上来述べた諸条件をほぼ適用し得る事は予想されよう。不均衡型について二三確認をしてみよう。

江戸大伝馬町三町目
鱗形屋孫兵衛
京一条通
津□(不明)屋忠兵衛
京寺町通三条上ル町
吉野屋八郎兵衛

『赤染衛門綾輦』（宝暦四年五月）の例である。本書は『割印帳』に「板元京吉野や八郎兵衛／売出鱗形屋孫二郎」とある。中央のみ住所表示が簡単になっているのはかかる関係を反映するのであろうか。住所表示の不均衡と板の字添加の二つを兼ねたものに『賢女心化粧』（延享二年正月）がある。

東都　鱗形屋孫兵衛
京都　銭屋庄兵衛
同　寺町通松原通上ル町
菱屋治兵衛板

『心化粧』は其磧遺稿と称し、其磧と菱屋とは縁が深い事を考えて菱屋を板元としてよかろう。

板・刊等の文字を付して代表店を示す例に『風流御前義経記』（元禄十三年三月）の

大坂　油屋与兵衛
万屋仁兵衛
鴈金屋庄兵衛
京　上村平左衛門刊板

『風流勧進能』（明和九年正月）の

江戸芝神明前
　奥村喜兵衛
同日本橋通南三町目
　前川六左衛門
大坂嶋の内かさり屋町
　西田屋利兵衛
京二条通富小路西江入町
　野田藤八開板

『役者百人一衆化粧鏡』（寛政十二年七月）の

東都書坊　鶴屋喜右衛門
平安書肆　菊屋安兵衛
　　　　　塩屋喜助
浪華書舗
　　八文字屋八左衛門梓

等がある。一は『増益書籍目録大全』（宝永六年）に、二は『割印帳』により、三は撰者が八文舎自笑なる事により、刊板・開板・梓の文字を付した店を代表店と認めるのである。なお上村の例としては『西鶴織留』（元禄七年三月）『万の文反古』（同九年正月）とも

江戸　万屋清兵衛
大坂　鴈金屋庄兵衛
京　上村平左衛門板

とあるが、『増益書籍目録大全』によれば二書とも上村を板元としている。しかし

京都　寺町松原下ル町
　梅村市兵衛
浪花　心斎橋順慶町
　渋川与市
　通本石町十軒店
　山崎金兵衛
江府　大伝馬町三丁目
　鱗形屋孫兵衛　板

とある『花実御伽硯』（明和五年正月）や

京寺町通二条下ル町
　野田弥兵衛
京二条通富路《ママ》西へ入町
　野田藤八　合板
江戸芝神明前
　奥村喜兵衛

とある『興廃妹背山』（明和六年正月）の例は注意を要する。前者は『割印帳』に板元売出を山崎とし、後者は『割印帳』に板元を野田弥兵衛、売出を奥村とするが、本書には『茶人気質』の予告があり『割印帳』には『茶人気質』の板元を野田藤八とする。『雪有香蒐集書目』九に収める橋枝堂野田藤八の蔵板目録には『茶人気質』とともに『妹背山』が見える。板元は野田藤八とすべきであろう。板・合板と数店中の二店の下にのみおき、その二店中の右側が代表店になっている。板でくくった特定店に右より序列を付けているのである。

ここに以上の場合の例外の一二を付記しておこう。『浮世栄花一代男』（元禄六年正月）と『本朝二十不孝』（貞享三

年十一月）の例である。前者には

江戸日本橋青物丁
万屋清兵衛
大坂心斎橋上人町
鴈金屋庄兵衛
油屋宇右衛門
京　松葉屋平左衛門
板

とあるが、『増益書籍目録大全』（元禄十一年）によれば松葉屋上村平左衛門を代表店とすべきである。上村刊本の例により板の字にそれを示しているのであろうが、住所繁簡の度が逆になっている。『二十不孝』には

江戸青物町
万谷《（ママ）》清兵衛
大坂呉服町八丁目
岡田三郎右衛門
同平野町三丁目
千種五兵衛板

とある。本書は『増益書籍目録大全』（元禄十一年）に板元を「池田や」とする。西鶴との関係から見て池田屋岡田三郎右衛門が板元であるのはうなずける。しかし千種の名の下に板とあるのである。これは下と左が匡廓一杯で余裕のない事から来た便宜的な処置ではないかと思うのである。

次に板行等の文字を左傍に別出した場合である。『山路の露』（貞享四年三月）に

江戸神田新革町
書林　西村唄風
同
洛下三条通　斉藤作兵衛
西村嘯松子
彫刻

とある。序に「書林西村嘯松子」とあり、『増益書籍目録大全』にも「西村一」を板元とする。即ち嘯松子西村市郎右衛門を代表店とすべきである。『世間胸算用』（元禄五年正月）の

京二条通堺町
上村平左衛門
江戸青物町
万屋清兵衛
書肆　大坂梶木町
伊丹屋太郎右衛門
板行

の場合も板元の時何時も左端にあった上村の位置が右になっている事から、左端の伊丹屋が代表店である可能性がある。しかし『心中大鑑』（宝永元年五月）の

京寺町二条上ル町　板木屋
治郎右衛門
本屋
六兵衛
同

宇　兵　衛
板行

の場合は板木屋を代表店とすべきであろう。やはりこの場合は板行の文字が必ずしも左端の店を直接受けるのではないといえよう。

代表店名を大ぶりにしるす例としては

京　　二条通麩屋町
　　金屋長兵衛
江戸　書林　神田新革屋町
　　西村梅風軒
大坂　北御堂前
　　書肆　森田庄太郎　刊板

という『日本永代蔵』（貞享五年正月）の例がある。求板本に求板者名を大きく出す例（『風流茶人気質』の明治以後の求板本に大阪府東区の前川善兵衛名を特に大きく入れる等）が時にある事二名連名の場合と同様である。

次に姓・屋号を同と略記する場合である。

『古今武士形気』（宝暦八年正月）の

書肆定栄堂
大坂　心斎橋南四丁目南側
　　吉文字屋市兵衛
　　同安土町北へ入ル西側
　　同　源十郎

江戸　日本橋南三丁目西側
　　同　　治郎兵衛
『月華通鑑』（安永七年正月）の
京都書坊　堀川通四条上ル町
　　銭屋善兵衛
大坂書肆　心斎橋南四丁目
　　吉文字屋市兵衛
江戸書林　日本橋南四丁目
　　同　次郎兵衛

等がそれである。治（次）郎兵衛は定栄堂吉文字屋市兵衛の出店であろう。源十郎（源重郎とも）は『古今百物語』（寛延四年正月）にも見え、宝暦末頃まで散見する。前掲二書とも『開板御願書扣』に吉文字屋市兵衛を板元とするが、なお前者は「書肆定栄堂」とはじめにしるし、後者は定栄堂の蔵板目録を付ける。市兵衛を代表店としてよい。この市兵衛と次郎兵衛は二名連名の場合も他店を入れ三店の場合も市兵衛を前におき、一二例外はあるが殆どの場合次郎兵衛の屋号を同と略する。しかし浮世草子では『割印帳』によると板元売出として次郎兵衛名を掲げる場合が多くなる。これは当時次郎兵衛が行事であった事が江戸の記録の『割印帳』に反映しているのかもしれぬ（二名連名の場合であるが、『西海奇談』は右側の市兵衛名の下に板とあるのに『割印帳』に次郎兵衛を板元とするなどその疑いを抱かせる例である）が、次郎兵衛は明和五年中に右の刊記に見るような移転をしており、業務拡張によるのかもしれぬ。この事情は常に順序を崩さぬ連名だけでは判断出来ない。その場合は店の格という事で市兵衛で代表させるより仕方がなかろう。なお吉文字屋二店連名の安永初年刊二三書を再摺する時銭屋を加え、余白の関係からかその名を二店の前に入れている。この便宜的処置から生じた順序を初摺時より踏襲するのが『本朝三筆伝授鑑』（安永六年正月）と前掲の『月華通鑑』

である。この場合も市兵衛を次郎兵衛の前に掲げる事を守っているので、代表店が中央に来る事になるのである。

次に均衡型の場合の代表店の位置を考えよう。宝暦明和の頃になると住所に繁簡の差を付けるなどという例は稀になり、均衡型が多く、又代表店下に板の字を付ける例も増し、刊記が整った形になる。均衡型の二三の例をあげると、

『古今いろは評林』（天明五年十一月）の

東都　つたや　重三郎　板
浪花　いづみや　卯兵衛　元
平安　八もんじや　八左衛門

『福徳過報噺』（安永元年九月）の

江戸日本橋南二丁目　小川彦九郎
大坂心斎橋筋大宝寺町　西田屋利兵衛
書林　京富小路通二条下ル町　大和屋善七

『怪談記野狐名玉』（明和九年正月）の

大坂心斎橋南江弐丁目角　升屋彦太郎版
書　京都御幸町通御池下ル　菱屋孫兵衛版

林
大坂御堂筋瓦町南江入ル
和泉屋幸右衛門版

先ず『いろは評林』は「八文舎自笑述」と発端にあり、奥付の板下も或いは自笑の字かと思われる。八文字屋を代表店としてよい。『過報噺』には『風流行脚噺』『小児養育質気』の予告がある。この二書刊記の六名連名と一致するのは西田屋・大和屋であり、『割印帳』には板元を大和屋膳七、売出を小川彦九郎とする。大和屋が代表店である。『野狐名玉』は『開板御願書扣』に「開板人升ヤ彦太郎」とある。

この頃には刊記が整ったものになるとともに、連名順序についての配慮がはっきりとあらわれているものが出る。『古今役者大全』（寛延三年三月）の

売所　江戸大伝馬町三丁目
鱗形屋孫兵衛
売所　大坂高麗橋筋二丁目
正本屋九右衛門
板元　京麩屋町通誓願寺下ル
八文字屋八左衛門

『都鳥妻恋笛』（明和四年正月求板本）の

板元　大坂心斎橋南二丁目角
升屋彦太郎
売所　京寺町通押小路下ル
金屋治助
同　江戸日本橋通二丁目
吉文字屋治郎兵衛

『桜御殿邯鄲の枕』（同九年三月改竄改題本）の

板元　大坂心斎橋南二丁目角
　　　升屋彦太郎
売所　京都寺町通松原下ル町
　　　梅村市兵衛
同　　江戸日本橋通三丁目
　　　前川六左衛門

の如く板元・売所とはっきり書出すのがそれである。そして前者は板元の八文字屋が左端、後者は升屋が右端に来る。前の『いろは評林』『野狐名玉』の場合も同様であった。上村平左衛門が板元の場合左端に自店名をおく傾向のある事を見たが、今の八文字屋・升屋の場合も各自好みがあるように思われる。今試みに宝暦より天明初までの浮世草子を『開板御願書扣』『割印帳』と対照し、三店以上連名のもので代表店を知り得るもの（再摺を除く）を拾うと、右端六、左端九となる。代表一店名の下にのみ板の字を添えるものを数えると左端六が加わる。ここに右端に板の字を添えては据りが悪く、その排列が均衡型にも影響するというような事情も考えられるかと思うが、左端を代表店とする方が多い。しかし店による好みという事も考えるとやはり左右両端を注意するのがよいといえる。但し中間に位置するものも少数ながらある。前掲『月華通鑑』『三筆伝授鑑』がそうであったし、板の字で二店を括りその右が代表店となると考えた『御伽硯』『妹背山』もそうである。又『小児養育質気』（安永二年三月）に

二条通東洞院東へ入町
　林　伊兵衛
富小路通二条下ル町
　大和屋善七

京都書林　御幸町通御池下ル町
　　　　　菱屋孫兵衛
　　　　　釜座通押小路下ル町
　　　　　武村嘉兵衛
大坂書林　心斎橋筋大宝寺町
　　　　　西田屋理兵衛
江戸書林　本町三町目
　　　　　前川六左衛門

とあるが『割印帳』によれば板元は武村である。本書より僅に早く同年正月刊の『風流行脚噺』には同じ六名の同順序の連名があるが、この場合は『割印帳』に林を板元とする。ここに疑問がないわけではないが、『養育質気』板元は左端より三番目におかれているのである。思うに京都という地域で括った時、『行脚噺』の林は右端、本書の武村は左端となり、『行脚噺』の順序を持越せるという判断があったのではなかろうか。中間に来た場合は一見して判別するわけにはゆかぬが、かかる場合は前の板の字により括った如くに地域により連名を小グループに括り、その内での左右を問題にするという考えに出たものではなかろうか。

以上住所・屋号の記載の繁簡、姓・屋号等の同字による略記、一部の店名の下の開板・板・梓等の文字の付加、記名の文字の大小などによる不均衡は、例外はあるが一応板元（代表店）を定める目安になる事、記載内容・配置ともに均衡型の場合は左端に代表店が来る場合が多いが、右端に位置する場合も相当にあり、同じ店の組合せの場合はその順序が一定である事が多く、又左右何れにおくかは板元になる店の好みが働いているらしい事、特殊の事情の下に中間におかれた例が少数存する事などを考えた。なお押印（浮世草子にはない）の問題等二三説き残した事があるが、別の機会を期する事にする。

注

現在『様太鞁』の改題改竄本『けいせい新色三味線』によって首巻が見られるが、序文は新補であり、原序の有無は未詳。

西鶴関係書刊記は多く天理図書館編『西鶴』の図版により、書籍目録類は斯道文庫編その他の影印・翻刻によった。

補訂一束

新日本古典文学大系78

新日本古典文学大系78『けいせい色三味線けいせい伝受紙子世間娘気質』の補訂箇所をまとめているが、今の国文学の衰状では増刷時に補訂する時が近くに来るとも思えぬので、本文の訂正は八文字屋本全集が出ているのでそれに任せ、『世間娘気質』に見られる西鶴の剽窃箇所は、佐伯孝弘氏の『江島其磧と気質物』（平成十六年七月、若草書房）を参照願うことにして、最小限の注の補訂をして、増刷時などの機会を期することにする。

一一頁上5　銀壱弐匁づゝ→銀壱弐両づゝ

四〇頁注一一　麩屋町四条西入ルの地。現下京区→上京区。御所西方に当る。

一二八頁上6　しづ原→しづゑ

一三九頁注二六　……本尊十一面観音の脇にまつる薬師如来か。→その薬師堂の縁日。

一五〇頁注六　目の詮義とは……→鯛を多く用い、鯛は目を賞翫する。二代男三の一によるか。

一五七頁注四二　（末に下文を補う）以下は蒙求・下の相如題柱の故事利用。

一七六頁注三〇　庄兵衛の婆ゝ未詳→庄兵衛の婆ゝとは当時の流行語。

一七八頁注一二　客の揚屋への挨拶→遊女の別れの挨拶。
一八三頁下9　玉山→国山
一九五頁注二四　（末に加える）幻として出ること一代男七の五による。
二一六頁上7　荻野→萩野
二九五頁注一二　（全文を削り、下文にかえる）自分の銭を紛失して罪に問われる。身から出た錆は自ら償う。出典は句双紙等。
二九八頁注五　（末に加える）「是も以前の」以下「出ざりければ」辺まで新可笑記二の五剽窃。
三一〇頁注一八　（「難波ぶりは未詳」以下を改める）難波ぶりは菱屋製の大坂風の味の酒。
四五七頁注四六　子供に灸をすえた後、山を見せる慣習があった。ここは難儀をしのいで安心した様子をいう。（全文をこのように改める）
四六五頁二三　（末に加える）また、野白内証鑑三の十八番に閨中の男女取違えの趣向があり、その再用である。

八文字屋本全集

第十四巻所収『風流東海硯』解題に、『風流西海硯』と後篇『風流東海硯』の改題本『契情買豹之巻』について、長谷川が解説を書いている（五〇八—一〇頁）。執筆当時までの披見本は第二・三・五・八巻のみであったので、若干推測に亘った点があった。これを補いまた訂正しておきたい。

二〇〇二年（平成十四年）十一月の東京古典会の入札下見の場に、巻五欠の九冊本が出た。まず序題は「契情買豹之巻」、序は新挿である。署名は「午の春／大黿／識」とある。前記解説には総目録の存在を想定したのであるが、総目録はない。刊記部分はひどい虫入りであるが、解説に天理図書館蔵本の第五巻末に、「寛政十年午春　高麗橋二丁目山本忠蔵」とある事を記した。この山本忠蔵のものと判断される。それなら新挿の序の「午の春」も寛政十年であろう。なお題簽も虫損がひどいが、辛うじて一部「傾城買豹之巻」と読めるものがある。

次に問題になるのは、右解説に記したが、大坂本屋仲間の寛政二年改正『板木総目録株帳』に「東海硯」「西海硯」の株の所有者を「扇利」（扇屋利助）とし、両書名の間に「此二書合テ傾城買豹の巻ト外題改」とある事である。しかし寛政十年の序を新挿した山本忠蔵刊本の存在は、改題の時期は寛政十年、それを手がけたのは山本である事を示しているると思われる。それなら寛政十年に扇屋利助から山本に譲渡されたのかというと、文化九年改正の『板木総目録株帳』にも、「東海硯」「西海硯」とその両者の合本の「傾城買豹之巻」を「扇理」として登録しているので、寛政十年の譲渡は考えにくい。

『大坂本屋仲間記録』の「補訂箇所一覧」によると、寛政二年の『株帳』の「扇利」は「河兵」を訂正したもので、「此二書」云々は付箋であるという。それならこの訂正や付箋貼付は寛政二年より遅れる可能性があろう。山本刊本の寛政十年より遅れるのではなかろうか。この場合「河兵」（河内屋兵助カ）が問題であるが、誤記であったとしたら、寛政十年山本改題刊行↓扇屋利助へ譲渡と考えられ、誤記でなかったなら、河兵↓山本↓扇利か山本↓河兵↓扇利かの経路が考えられよう。何れにしても改題は山本の手によって行われたと考える。

同全集二十三巻所収の『当世行次第』は、底本は三之巻を欠き、収める事ができなかったが、近藤瑞木氏が「怪談一時三里について――当世行次第の改題本――付三之巻翻刻」（東京都立大学人文学部「人文学報」第三六二号二〇〇五年三月）において、「寛政元年酉六月新版／書林／江戸通本町三丁目／西村源六／京堀川通／堺屋嘉七／大坂南久宝寺町心斎橋／平野屋九兵衛」の刊記を有する『怪談一時三里』が『行次第』の改題本である事を指摘された。原序文中の題名部分と年号・署名を削り、原目録題を改めているという。そして全集に欠く三之巻を『一時三里』によって補って下さった。所蔵は今治市の河野美術館。近藤氏の御教示に御礼申上げる。

同じく第二十三巻の『陳扮漢』解題中、四一四頁十三行、（『歌舞伎台帳集成』の術語では「狂言読本」）を削る。

初出一覧

其磧の方法一斑—通俗への路— 国語と国文学五月号（平成十五年〈二〇〇三年〉五月）

京都が育てた浮世草子—八文字屋本研究の現状— 京都語文七号（平成十三年五月、佛教大学国語国文学会、注を加えた）

宝永の追随者—『浮世草子集二』解題— 天理図書館善本叢書『浮世草子集二』の解題。新たに題を付けた。都合で挿入写真を除き、序跋広告の翻刻（振仮名を省く）を入れ、注として全四作の梗概を記した。

「仮名手本忠臣蔵」考—その成立と浮世草子— 学苑二月号（平成六年二月、昭和女子大学近代文化研究所）

松伐り 新稿

浮世草子と実録・講談—赤穂事件・大岡政談の場合— 国学院雑誌十二月号（平成六年十二月、追補を加えた）

八文字屋本『風流庭訓往来』と黒本『敵討禅衣物語』 新稿

作られた笑い 江戸の笑い（平成元年三月、明治書院、挿画二図を除いた）

小室家蔵『集古帖』『古絵本』—『百合若大臣』など— かがみ三十二・三合併号（平成十年三月、大東急記念文庫、副題を加え、仮名遣を改め、絵入狂言本『一張弓勢三韓退治百合若大臣』の国会本欠落部だけの翻刻を、新たに作成した全篇の翻刻に改め、挿絵は国会本を用い、逸題六段本の中「一心二河白道」の一本の翻刻を削った）。

パリ訪書行 国文学研究資料館報三十六号（平成三年三月、末尾省略あり、注を加えた）

「柳多留初篇輪講」続貂　川柳しなの三五六号（昭和四十七年〈一九七二年〉十一月、しなの川柳社、仮名遣を改め、注を加えた）

語釈二題　季刊古川柳一一〇（平成十三年六月、川柳雑俳研究会、注を加えた）

建部綾足の伊勢物語講釈　武蔵野文学二十号（昭和四十七年十二月、武蔵野書院、仮名遣を改めた）

刊記書肆連名考　長澤先生古稀記念圖書學論集（昭和四十八年五月、三省堂、仮名遣を改めた）

補訂一束　新稿

経歴・著書論文目録

昭和　二　年（一九二七年）五月八日　大阪市天王寺区生玉寺町二番地に生まれる
同　九　年　四月　大阪市立阿倍野尋常小学校入学
同　十五　年（一九四〇年）三月　同校（卒業時は尋常高等小学校）卒業
同　年　四月　大阪府立今宮中学入学
同　十九　年　三月　同第四学年修了
同　年　四月　大阪高等学校（文科）入学
同　二十二年　三月　同校（文科甲類）卒業
同　年　五月　和歌山県紀伊中学校教諭
同　二十三年　三月　右退職
同　年　四月　東京大学文学部（文学科）入学
同　二十六年（一九五一年）三月　同学（国文学科）卒業
同　年　四月　同大学院（旧制）入学
同　年　五月　東京都立深川高等学校教諭

同　二十七年　三月　右退職
同　　　年　四月　池坊学園短期大学講師（専任）
同　二十八年　三月　東京大学大学院前期二年修了
同　二十九年　七月　池坊学園退職
同　　　年　八月　東京大学教育学部附属中学校教諭高等学校併任
同　　　年　十月　学習院高等科講師（非常勤　三十年三月まで）
同　三十　年　四月　お茶の水女子大学文教育学部講師（非常勤　三十一年三月まで）
同　三十一年　日本近世文学会委員（平成十年六月に至る）
同　三十二年（一九五七年）二月　熊本大学法文学部講師（専任）
同　三十三年　四月　同助教授
同　三十六年　四月　佐賀大学文理学部講師（非常勤　三十七年三月まで）
同　三十九年　四月　同右（四十年三月まで）
同　四十二年　四月　熊本女子大学文家政学部講師（非常勤　四十三年三月まで）
同　　　年十二月　熊本大学教授
同　四十三年　四月　佐賀大学文理学部講師（非常勤　四十四年三月まで）
同　四十六年　一月　文学博士（九州大学）
同　　　年　四月　九州大学文学部講師（非常勤　四十七年三月まで）
同　四十七年　四月　熊本大学大学院文学研究科担当

同　四十九年　四月　国文学研究資料館文献資料調査員（五十一年三月まで）
同　五十年（一九七五年）四月　埼玉大学教養部教授教養学部講師併任
同　年　九月　熊本大学大学院文学研究科講師（非常勤　五十一年三月まで）
同　五十一年　四月　共立女子大学文芸学部大学院文芸学研究科講師（非常勤　六十一年三月まで）
同　年　七月　熊本大学大学院文学研究科講師（非常勤　五十二年三月まで）
同　五十二年　四月　埼玉大学大学院文化科学研究科担当
同　年　四月　日本女子大学文学部大学院文学研究科講師（非常勤　五十四年三月まで）
同　五十五年　四月　茨城大学人文学部講師（非常勤　五十七年三月まで）
同　年　六月　国文学研究資料館特別調査員（五十六年三月まで）
同　五十六年　四月　早稲田大学大学院文学研究科講師（非常勤　五十八年三月まで）
同　五十七年（一九八二年）四月　国文学研究資料館教授（文献資料部）第三文献資料室長併任
同　年　六月　日本近世文学会常任委員（平成十年六月に至る）
同　五十九年　四月　資料館第二文献資料室長
同　年　六月　五島美術館評議員（現在に至る）
同　六十一年　四月　資料館文献資料部長第四文献資料室長併任
平成　三　年（一九九一年）三月　同右停年退官
同　年　四月　昭和女子大学教授（大学院文学研究科）
同　年　七月　国文学研究資料館名誉教授

同十年（一九九八年）三月　昭和女子大学退職
同　年　六月　大東急記念文庫理事（現在に至る）
同　十二年　四月　県立広島女子大学講師（同年九月三十日まで）
同　十七年　四月　埼玉大学名誉教授

著　書

浮世草子の研究―八文字屋本を中心とする―　桜楓社（昭和四十四年〈一九六九年〉三月　平成三年十一月再刷）
仮名草子集浮世草子集（日本古典文学全集37）神保五彌他共著　小学館（同四十六年十一月）
井原西鶴（図説日本の古典15）児玉幸多・浅野晃他共著　集英社（同五十三年六月　平成元年七月新装版）
西鶴集（鑑賞日本の古典15）宗政五十緒共著　尚学図書（同五十五年三月）
大東急記念文庫貴重書解題第三巻国書之部　中村幸彦・島津忠夫共著　大東急記念文庫（同五十六年十一月）
浮世草子考証年表―宝永以降　青裳堂書店（同五十九年十二月）
けいせい色三味線けいせい伝受紙子世間娘気質（新日本古典文学大系78）　岩波書店（平成元年〈一九八九年〉八月）
耳嚢　上・中・下　同（同三年一・三・六月）
浮世草子新考　汲古書院（同年十二月）
元禄世間咄風聞集　岩波書店（同六年十一月）

浮世草子集（新編日本古典文学全集65）　小学館（同十二年二月）

西鶴をよむ　笠間書院（同十五年十二月）

近世文学考　汲古書院（同十九年六月）

編　書

北岡文庫蔵書解説目録―細川幽斎中心文学書―野口元大共編　熊本大学法文学部国文学研究室（昭和三十六年〈一九六一年〉十二月）

幼童抄〔連歌作法書〕（西日本国語国文学会翻刻双書第四）　同上刊行会（同三十七年九年）

歌舞伎評判記集成一―十一巻　研究会会員共編　岩波書店（同四十七年九月―五十二年十二月）

浮世草子集（大東急記念文庫善本叢刊近世篇2）　汲古書院（同五十一年六月　平成六年七月復刊）

随筆集（同13）　同（同五十三年十月）

大東急記念文庫書目第二冊　中村幸彦・島津忠夫共編　大東急記念文庫（同年十二月）

角川古語大辞典全五巻　編集委員として　角川書店（同五十七年六月、五十九年三月、六十二年九月、平成六年十月、同十一年三月）

日本文学史辞典　谷山茂他共編　京都書房（同五十七年九月）

浮世草子集二（天理図書館善本叢書78）　八木書店（同六十年一月）

あやしぐさ（古典文庫四八三）　古典文庫（同六十二年一月）

江戸の笑い（国文学研究資料館共同研究）ハワード・ヒベット　明治書院（平成元年三月）

共編

八文字屋本全集全二十三巻　江本裕・長友千代治・渡辺守邦・岡雅彦・若木太一・篠原進・花田富二夫・石川了・中嶋隆・倉員正江・神谷勝広・佐伯孝弘・藤原英城・杉本和寛共編　汲古書院（同四年〈一九九二年〉十月、五年三月・七月・十一月、六年三月・七月・十一月、七年三月・七月・十二月、八年三月・七月、九年一月・五月・九月、十年一月・五月・九月、十一年三月・九月、十二年一月・六月・十月）

近世文学俯瞰　同（同九年五月）

日本古典籍書誌学辞典　井上宗雄他共編　岩波書店（同十一年三月）

嬉遊笑覧全五冊（五未刊）江本裕・渡辺守邦・岡雅彦・花田富二夫・石川了共編　岩波書店（同十四年〈二〇〇二年〉四月、十六年二月・七月、十七年八月）

西沢一風全集全六巻　江本裕・倉員正江・神谷勝弘・藤原英城・杉本和寛・井上和人・長友千代治・大橋正叔・石川了・沓名定・神津武男共編　汲古書院（同十四年八月、十五年三月・十一月、十六年六月、十七年二月・十月）

大東急記念文庫善本叢刊中古中世篇　編修委員　汲古書院（同十五年四月―続刊中）

論　文（翻刻・評釈を含む）

其磧自笑確執前後　年刊西鶴研究五集（昭和二十七年〈一九五二年〉十月）

けいせい新色三味線　国語国文二十二巻四号（同二十八年四月）

けいせい伝受紙子の成立　国語と国文学三十巻五号（同年五月）

雨月物語「青頭巾」と新撰大団扇「邪淫の懺悔」　文苑創刊号（同二十九年二月）

八文字屋本出版年表　国語と国文学三十一巻七号（同三十年七月）

上京の謡始　国文四号（同年同月）

西鶴と其磧—「けいせい色三味線」について—　国語と国文学三十三巻七号（同三十一年七月）

其磧・一風・団水　近世文芸四号（同三十二年五月）

西鶴と八文字屋本　解釈と鑑賞二十二巻六号（同年六月）

「今川当世状」の成立—江島其磧時代物考序説—　国語国文二十六巻七号（同年七月）

江島其磧作好色物の構想　年刊西鶴研究十集（同年十二月）

浮世草子に関する考察二則　法文論叢十号（同三十三年六月）

「寛濶役者片気」と「和漢遊女容気」—気質物の一面についての考察—　国語と国文学三十五巻十二号（同年十二月）

「武士国土産」その他—考証三条—　法文論叢十一号（同三十四年六月）

元禄末年の浮世草子—西沢一風を中心として—　国語と国文学三十七巻八号（同三十五年八月）

「俗つれ〴〵」　解釈と鑑賞二十五巻十一号（同年十月）

八文字屋本年表　近世国文学—研究と資料—　三省堂（同年同月）

紀海音の浄瑠璃に及した八文字屋本の影響—「鎌倉三代記」「傾城無間鐘」について—　国語と国文学三十八巻九号（同三十六年九月）

八文字自笑と江島其磧の抗争　解釈と鑑賞二十七巻七号（同三十七年六月）

川柳名句百選評釈（十句担当）　国文学七巻十二号（同年十月）

北岡文庫蔵書解説目録（続）野口元大共同執筆　法文論叢十五号（同三十八年六月）

「手管仕様帳」と「陽台三略」　季刊文学・語学二十九号（同年九月）

川柳難句謎解き百五十選（六句担当）　国文学八巻十一号（同年同月）

宝永の浮世草子―巷説・先行作品との関聯について―　近世小説（国文学論叢六輯）至文堂（同年十月）

「けいせい色三味線」名寄考　国語と国文学四十巻十一号（同年十一月）

江島其磧の時代物と歌舞伎―享保前半期の作品について―　法文論叢十六号（同三十九年六月）

呉服行商（川柳江戸職業往来）　国文学九巻十一号（同年九月）

豆男物　解釈と鑑賞二十九巻十二号（同年十月）
　再録―同三月臨時増刊号（同五十八年三月）

「日本小説書目年表」補正―宝永以降浮世草子の部―　かがみ十号（同四十年三月）

西鶴以後の浮世草子―団水・其磧を中心に―　国文学十巻六号（同年五月）

「和漢遊女容気」と「世間自慢顔」　解釈と鑑賞三十巻六号（同年同月）

浮世草子研究資料としての絵入狂言本　法文論叢十八号（同年六月）

絵入狂言本の効用　かがみ十一号（同四十一年三月）

浮世草子の通俗軍談利用と国性爺合戦　国語国文学研究二号（同年十二月）

野白内証鑑　解釈と鑑賞三十二巻五号（同四十二年四月）

息子（西鶴の創り出した人間像）　同　三十二巻八号（同年七月）

西鶴の追随者と版元合戦　日本文学の歴史7　角川書店（同年十一月）

近世文学の研究について　季刊文学・語学四十七号（同四十三年三月）

浮世草子年表稿（宝永元年以降）　法文論叢二十四号（同年九月）

仮名草子　講座日本文学7　三省堂（同四十四年二月）

けいせい禁談義・野傾髪透油　国語国文学研究五号（同年十二月）

「仮名手本忠臣蔵」の一原拠　演劇研究会会報八号（同年同月）

後期江戸文学と浮世草子　法文論叢二十五号（同四十五年三月）

「西鶴以外の浮世草子」（田崎稿）増補訂正　新版日本文学史四巻　至文堂（同四十六年九月）

浮世草子と「やつし」　国語と国文学四十八巻十号（同年十月）

「柳多留初篇輪講」続貂　川柳しなの三五六号（同四十七年十一月）

建部綾足の伊勢物語講釈　武蔵野文学二十号（同年十二月）

並木宗輔考—所謂推理小説的趣向について—　近世文学作家と作品　中央公論社（同四十八年一月）

西鶴における詩と散文の接点　解釈と鑑賞三十八巻四号（同年三月）

刊記書肆連名考　長澤先生古稀記念圖書學論集　三省堂（同年五月）

柳亭種彦と「好色産毛」　天理図書館善本叢書月報16（同四十九年五月）

諸国色里案内　日本庶民文化史料集成九巻　三一書房（同年六月）

西鶴作品原拠臆断　西鶴論叢　中央公論社（同五十年九月）

浮世草子と役者評判記　歌舞伎評判記集成9月報（同五十一年一月）
西鶴研究（国語国文学研究の戦後三十年）　季刊文学・語学七十六号（同年四月）
元禄文学のゆくえ・自笑と其磧　日本文学史4　有斐閣（同年十一月）
西鶴と後続文学　鑑賞日本古典文学27西鶴　角川書店（同年同月）
書肆八文字屋の果した役割は何か　国文学二十二巻十一号（同五十二年九月）
「男色大鑑」と「武道伝来記」―西鶴武家物小考―　埼玉大学紀要二十六巻（同五十三年一月）
（西鶴）同時代作家からの照射　講座日本文学西鶴下　至文堂（同年同月）
江戸時代文学の研究と随筆　鼠璞十種上月報（同年八月）
八文字屋本　日本文学全史4　学灯社（同年九月）
好色五人女の実説・造型・好色一代女の構想・世界・西鶴と其磧　西鶴物語　有斐閣（同年十二月）
出発と帰着　好色一代男　国文学二十四巻七号（同五十四年六月）
改題本今川当世状考　国語国文四十九巻八号（同五十五年八月）
西鶴作品の素材と方法　古文研究シリーズ西鶴　尚学図書（同五十六年五月）
近世小説史の研究・近世作家研究・西鶴新攷・西鶴年譜考証・西鶴・完本色道大鏡・川柳辞彙・寛政改革と柳樽の改版　国文学研究書目解題　東大出版会（同五十七年二月）
浮世草子の西鶴離れ　資料館講演集3近世の小説（同年三月）
馬琴と埼玉　新編埼玉県史資料編12付録（同年同月）

「曲輪太平記」考　かがみ二十三・二十四合併号（同年同月）

浮世草子と「鸚鵡籠中記」　中村幸彦著述集五巻月報３（同年八月）

川柳雑俳のことば　俳句十二月号（同年十二月）

後家集―新潟洒落本の一書　洒落本大成十八巻付録（同五十八年二月）

その後の西鶴―受容・継承についての一考察―　国語と国文学六十巻四号（同年四月）

かくやいかにの記　随筆百花苑六巻　中央公論社（同年六月）

商人家職訓・商人軍配団・飛鳥川当流男・今昔出世扇・色縮緬百人後家・江島其磧・御伽名題紙衣・女大名丹前能・女非人綴錦・気質物・鎌倉武家鑑・寛濶平家物語・其磧置土産・其磧諸国物語・禁短気次編禁短気三編・熊坂今物語・けいせい色三味線・けいせい歌三味線・傾城伽羅三味線・傾城禁短気・けいせい風流杉盃・傾城武道桜・傾性野群談・好色敗毒散・御歌書目録・五ケの津余情男・御前義経記・西鶴置土産・西鶴織留・西鶴俗つれ〴〵・西鶴名残の友・咲分五人娘・猿源氏色芝居・自笑楽日記・諸国心中女・新色五巻書・新色三ツ巴・新平家物語・世間手代気質・世間子息気質・世間娘気質・善悪身持扇・忠臣略太平記・通俗諸分床軍談・手代袖算盤・渡世商軍談・渡世身持談義・浪花田鶴・難波みやげ・西　日本古典文学大辞典（同年十月―六十年二月）

沢一風・八文字其笑・八文字自笑・八文字瑞笑・八文字屋本・花楓剣本地・百性盛衰記・風流今平家・風流曲三味線・風流呉竹男・風流軍配団・風流御前二代曾我・風流西海硯・風流三国志・風流連三味線・風流友三味線・風流詫平家・武道近江八景・北条時頼記・乱脛三本鑓・都鳥妻恋笛・盛久側柏葉・野傾旅葛籠・野傾友三味線・野白内証鑑・遊女懐中洗濯・遊里様太鼓・義経風流鑑・吉原一言艶談・頼朝鎌倉実記・頼朝三代鎌倉記・和漢遊女容気

海外資料調査—旧三井文庫本—　国文学研究資料館報二十二号（同五十九年三月）

カリフォルニア大学バークレー校旧三井文庫写本目録稿　渡辺守邦他共編　調査研究報告五号（同年同月）

「源氏物語」と「好色一代男」　源氏物語とその受容　右文書院（同年九月）

草双紙と浮世草子—黒本「出雲お国芝居始」「思案閣女今川」について—　汲古六号（同年十一月）

「遊女懐中洗濯」より「けいせい卵子酒」まで　かがみ二十五号（同六十年三月）

花盛り以後・マイナーの時代　日本文学新史近世　至文堂（同六十一年一月　新版平成二年十月）

江島其磧（作家の謎事典）　国文学三十一巻十一号臨時増刊（同年九月）

浮世草子伝存事情覚書―「けいせい請状」周辺の場合―　早稲田大学蔵資料影印叢書九巻浮世草子集月報（同年同月）
八文字屋の末路　国文学研究資料館紀要十三号（同六十二年三月）
カリフォルニア大学バークレー校蔵旧三井文庫本「耳嚢」　かがみ二十六号（同年同月）
板木の修訂　調査研究報告八号（同年同月）
（翻刻）旧三井文庫本「耳嚢」（巻一）　同　九号（同六十三年三月）
キセキかギセキか　叢書江戸文庫８八文字屋集月報７（同年四月）
作られた笑い　江戸の笑い　明治書院（平成元年三月）
（翻刻）旧三井文庫本「耳嚢」（巻之二）　調査研究報告十号（同年同月）
浮世草子と浄瑠璃・歌舞伎　解釈と鑑賞五十四巻五号（同年五月）
浮世親仁形気小石屋又右衛門等八項（古典文学作中人物事典）　国文学三十四巻九号（同年七月）
洒落本と先行文芸との関係　国語と国文学六十六巻十一号（同年十一月）
浮世草子　別冊国文学40新古典文学研究必携（同二年十一月）
パリ訪書行　国文学研究資料館報三十六号（同三年三月）
先達案内　書誌学月報四七号（同年十二月）
色道独機嫌二之巻　近世文学論叢　明治書院（同四年三月）
江戸の元禄―世間咄風聞集の世界　国文学研究―資料と情報―　資料館（同五年三月）
近世小説の展開仮名草子から西鶴登場まで　解釈と鑑賞五十八巻八号（同年八月）
「仮名手本忠臣蔵」考―その成立と浮世草子―　学苑二月号（同六年二月）

江島其磧八文字屋との確執　解釈と鑑賞五十九巻八号（同六年八月）

浮世草子と実録・講談―赤穂事件・大岡政談の場合―　国学院雑誌十二月号（同年十二月）

浮世草子との復縁―読本研究への要望―　読本研究十輯上套（同八年十一月）

一風・其磧・都の錦　近世文学俯瞰（同九年五月）

小室家蔵「集古帖」「古絵本」　かがみ三十二・三合併号（同十年三月）

文芸と歌舞伎の交流（一）―浮世草子と読本　岩波講座歌舞伎・文学第四巻（同年十月）

浮世草子・奥付・改装・合綴本・刊印修・刊記・刊語・原装・好色本・行成表紙・紙捻・書誌学・書物・製本・装訂・帳綴じ・特製本・図書学・綴じ分け本・八文字屋本・版元・本・無刊記本・木記・和装本・和綴じ　日本古典籍書誌学辞典（同十一年三月）

京都が育てた浮世草子―八文字屋本研究の現状―　京都語文七号（同十三年五月）

語釈二題　季刊古川柳一一〇（同年六月）

大東急記念文庫の今日まで・近世関係書解説　典籍逍遙　大東急記念文庫（同十九年三月）

学界展望

近世　解釈と鑑賞二十九巻五号・八号・十号・十三号、三十巻一号・三号（昭和三十九年五月・七月・九月・十一月、四十年一月・三月）

書　評

竹西寛子著『往還の記〈日本の古典に思う〉』　熊本日日新聞（昭和三十九年十月十一日）

荒川秀俊『江戸の実話』　熊本日日新聞（同四十年七月五日）

高尾一彦『近世の庶民文化』　熊本日日新聞（同四十三年三月三十一日）

暉峻康隆著「西鶴新論」　国文学研究七十八集（同五十七年十月）

新編稀書複製会叢書（全十一篇別冊一）の完結　週刊読書人一八九八号（平成三年九月二日）

紹介・推薦（年月はパンフレット配布時）

西鶴と競う代表格　（西村本小説研究会編「西村本小説全集」勉誠社　昭和六十年三月）

本当らしく書く　（野間光辰著『近世芸苑譜』八木書店　同年十一月）

「近代小説史」新生す　（野田寿雄著『日本近世小説史仮名草子篇』勉誠社　同六十一年二月）

宝の山　（中村・日野編「新編稀書複製会叢書」臨川書店　平成元年十月）

恰好の指標　（野田寿雄著『日本近世小説史井原西鶴篇』勉誠社　同二年一月）

成るべくして成った浅野西鶴　（浅野晃著『西鶴論攷』勉誠社　同二年五月）

佳境に入る　（「早稲田大学蔵資料影印叢書国書篇第三期」平成三年十二月）

国文学からの期待　（小川恭一著『江戸幕府大名家事典』原書房　平成四年一月）

江戸を開く鍵　（中西賢治編「川柳評万句合勝句刷」川柳雑俳研究会　同五年七月）

秘庫悉皆公開の快挙　（「大英図書館蔵日本古版本集成」本の友社　同八年三月）

更なる飛躍を目指した好企画　（江本・谷脇編『西鶴事典』おうふう　同年七月）

私の三冊　（「図書」臨時増刊　同年十二月）

江戸の世のホラー文学　（「江戸怪異綺想文学大系」国書刊行会　同十二年八月）

近世文学研究事典　（おうふう　同十七年十二月）

随想等

熊本から　会報10（東京大学国語国文学会　同三十三年十月）

ふるさと古典散歩近世篇26立田自然公園細川幽斎の墓　西日本新聞（昭和三十八年十月十三日）

同　48佐敷番所の鼻―和田巌足の配所　西日本新聞（同　三十九年四月十二日）

辞書の説　鼓動二十八号（同四十一年十二月）

後悔　小高敏郎君追悼録（同四十二年十月）

あらさがし　鼓動三十号（同四十三年十二月）

幽霊の見かた—その変相　熊本日日新聞（同四十四年八月十七日）

（わが著書を語る）浮世草子の研究—八文字屋本を中心として—　出版ニュース十月上旬号（同年十月）

口絵の自笑・其磧像について　日本古典文学全集37月報12（同四十六年十二月）

俳諧事始め　熊本日日新聞（同四十八年一月十七日）

回想・この一冊114山崎麓編「日本小説書目年表」　国文学二十五巻一号（同五十五年一月）

偶然にして深い御縁〈長澤規矩也氏追悼〉　書誌学復刊新二十八号（同五十六年七月）

地虫釣　環十四号（同六十年九月）

（文庫紹介）酒田市立光丘文庫　国文学研究資料館報二十六号（同六十一年三月）

（新収資料紹介）絵本吾嬬鏡　同二十七号（同年九月）

大先達野間光辰先生　近世文芸四十七号（同六十二年十一月）

浮世草子の黄金時代を築く、長谷川強氏に聞く　新日本古典文学大系月報7（平成元年七月）

川柳評万句合〈山澤英雄氏追悼〉　川柳しなの四月号（同三年四月）

西鶴と大阪　大阪春秋六十七号（同四年四月）

刊行のことば　八文字屋本全集第一巻（同年十月）

八文字屋本—通俗小説の面白さ　中央公論五月号（同五年五月）

往時茫々　環二十二号（同年九月）

『福翁自伝』　福沢手帖92（同九年三月）

近世文学西せり〈中村幸彦氏追悼〉　ビブリア一一〇号（同十年十月）
回想―大東急記念文庫をめぐって〈中村幸彦氏追悼〉　かがみ三十四号（同十二年三月）
混乱の時　会報39号　東大国語国文学会（同十二年十月）
完結に当って　八文字屋本全集第二十三巻（同年同月）
一つのピリオド―暉峻先生を偲ぶ　近世文芸七十五号（同十四年一月）
刊行にあたって　西沢一風全集第一巻（同年八月）
内に秘められた信念〈川瀬一馬氏追悼〉　かがみ三十五号（同十五年三月）
古典文庫―戦後の偉業―　文集吉田幸一先生敬慕（同年四月）
読本と私　読本研究新集第五集（同十六年十月）
刊行に当って　浮世草子研究創刊準備号（同年十一月）
完結にあたって　西沢一風全集第六巻（同十七年十月）
刊行にあたって　西鶴・浮世草子研究第一号（同十八年六月）

辞典執筆（順不同）

国史大辞典（弘文館）・日本文学小辞典（新潮社）・日本文学鑑賞辞典（東京堂）・原典による日本文学史（河出書房）・随筆辞典・平凡社世界百科大辞典・万有百科大辞典・学研大百科辞典・グランド現代百科辞典・日本史大事典（平凡社）・日本古典文学大事典（明治書院）等

口頭発表

八文字自笑と江嶋其磧の確執について　東京大学国語国文学会（昭和二十六年十一月）
けいせい伝受紙子について　日本近世文学会（同二十七年十一月）
江嶋其磧の時代物　同（同二十九年十月）
西鶴と其磧　同（同三十年十一月）
其磧・一風・団水　同（同三十一年十一月）
気質物について　同（同三十三年五月）
元禄末年の浮世草子　同（同三十四年六月）
「風流曲三味線」の成立再説　同（同年十月）
「忠孝寿門松」と「山崎与次兵衛寿の門松」　同（同三十五年十月）
浮世草子と「世間咄風聞集」　同（同三十六年十一月）
宝永の浮世草子—所謂雑話物と先行文学との関係—　同（同三十七年十一月）
享保期の歌舞伎・浄瑠璃と浮世草子　同（同三十九年六月）
浮世草子名義考　同（同四十二年十一月）
浮世草子と忠臣蔵—実説・実録と小説・演劇の間—　同（平成五年十一月）

講　演

浮世草子の西鶴離れ　国文学研究資料館第四回夏期公開講演会（昭和五十六

年九月四日）

小説と講談　平成三年度国学院大学国文学会春季大会公開講演会（平成三年六月二十二日）

江戸の元禄―世間咄風聞集の世界―　国文学研究資料館第十五回夏期公開講演会（同四年七月三十日）

噺の種―江戸文学余話―　古川柳研究会創立五十周年記念講演会（同年十月十七日）

在外日本文献の資料的価値　新宿紀伊国屋ホール（同八年三月二十八日）

近世文学史の隙間　皇学館大学国語国文学会（同年十一月十三日）

京都が育てた浮世草子―八文字屋本研究の現状―　佛教大学国語国文学会（同十二年十月七日）

連続講演西鶴　国文学研究資料館（同十三年九月二十八日、十月十二日、同二十六日、十一月九日、同二十二日）

座　談　会

鳶魚と歌舞伎（服部幸雄、司会　朝倉治彦）　三田村鳶魚全集19月報（昭和五十一年十月）

近世文学五十年　文学五・六月号（平成十四年五月）

「古典文庫」と戦後国文学研究　リポート笠間45（同十六年十二月）

索　引

あ　行

赤染衛門綾輩……二三〇
商人軍配団……一五・七二
商人軍配記……一八五
曙夜討曾我……八二
赤穂義士四十七士伝……一一三
赤穂義士伝……一一二
赤穂義士伝一夕話……二九・一〇九・一一三
赤穂事件……八二・一〇五
赤穂鍾秀記……八九・九四・九六・一〇七
赤穂精義内侍所……一〇七・一一一・一一三・一一三
浅野久兵衛……二三四
浅野弥兵衛……二三四
足利尊氏……七一
飛鳥川当流男……二一七
油屋宇右衛門……二三三
油屋与兵衛……二三〇
安倍清明白狐玉……三九
天河屋義平……九四
許多脚色帖……八二
天野屋利兵衛……九四・一〇七
天野屋利兵衛伝……一〇八
嵐喜世三郎……五八・六〇
嵐三右衛門……六六
粟島譜嫁入雛形……二三三
合鏡女風俗……三八
伊賀越乗掛合羽（安永五）……二二四
伊賀越乗掛合羽（文化十一）……二二四
紙鳶……一八五
為愚癡物語……一八五
石井兄弟の仇討……一〇五
和泉屋卯兵衛……二三七
和泉屋金七……一八七
和泉屋幸右衛門……二三八
出雲寺四郎兵衛（和泉掾）……二三〇・二三二
伊勢物語……一八四
伊勢物語古意……二〇八
伊勢物語古意追考……二〇八
伊勢物語集註……二三二
伊勢物語頭書抄……一八四
伊丹屋太郎右衛門……二三四

市河団十郎……五二・一四九
巌嶋姫滝……六八
一心二河白道……一八一
（逸題六段本）……一六九
一張弓勢三韓退治百合若大臣……一四八
犬つれ〴〵……一八五
狗張子……一八五・二三三
茨木屋幸斎……七一
井原西鶴……七・一九・二七・三三
異本浅野報讐記……一〇八
今川（女郎）……三三
今川一睡記……八六
今川物がたり……三三
今様廿四孝……五二・九〇
妹背山……一八四
色里三所世帯……一八五・一八六
いろは文庫……一〇九・一一〇
女男色遊→後日豆右衛門女男色遊
陰陽神……六一
上田秋成……一九・三七
上村平左衛門……二一七・二三〇・二三一・二三四
浮世栄華一代男……一六・一三八・二三二
浮世親仁形気……一六・二五・二二六
宇治源氏弓張月……五八
卯月の潤色……七三
歌徳明石潟朗天草紙……一三一
梅村市兵衛……二三一・二三九
鱗形屋孫兵衛……二三〇・二三一・二三八
栄花遊び出世男……一九
栄花枕……一九
絵入狂言本……七・二四・三九・二一四
絵入女鏡躾方……一八四
易水連袂録……一〇六
江島市郎左衛門（江島屋）……二二六
江島其磧……七・二四
江戸桜……五八
榎並甚兵衛……二一九
燕石雑志……一九・三一
塩冶判官……八三・八七
扇屋利助……二四五
大岡政談……一一四
大飾叶曾我……三四
大岸宮内……八九・九九
大坂物語……一八五
太田庄右衛門……二一八
大星由良之助……八九
大森善清……六四
大山詣……一四〇
岡田三郎右衛門……二三九・二三三
岡田伝兵衛……二一七
お軽……九一
小川彦九郎……二三七
荻野沢之丞……一五〇
荻野八重桐……三四
奥付……二三四
奥村喜兵衛……二三一・二三二
小栗判官……八三

小佐川十右衛門……六〇・八六
御伽名題紙衣……九
御伽比丘尼……一一三
御伽百物語……二三〇
伉俠双蛺蝶全伝……三七
鬼鹿毛無佐志鐙（歌舞伎）……八三・八四・
八五・一〇六
鬼鹿毛無佐志鐙（浄瑠璃）……八三・八四・八五
女曾我兄弟鑑……二二六

か　行

介石記……九六・一〇六
怪談一時三里……二四五
怪談記野狐名玉……二三七
怪談袖鏡……二二三
開板御願書願……二三六・二三八
かいふ屋……一六九
柿本人麿誕生記……一三一・一八五
陽炎日高川……一二四
加古川本蔵……一〇二
梶川与惣兵衛……一〇二
花実御伽硯……二三三
歌仙金玉抄→系図伝記歌仙金玉抄
敵討禅衣物語……一二四・一二五
仮名手本忠臣蔵……三六・八一
金屋治助……二三八
金屋長兵衛……二三五
金草鞋……一三五
歌舞伎……三八
歌文要語……二一〇
鎌倉三代記……三四・一一八
鎌倉武家鑑……一七・三三・三六・六八・一〇五
上方語……四〇
唐崎八景屏風……五〇・五二
棠大門屋敷……二二四
雁金屋庄左衛門……二二六
雁金屋庄兵衛……二三〇・二三一・二三三
河勝五郎右衛門……二一九
河内屋兵助……二四五
河原心中……五二
寛濶役者片気……七二
刊記……二一四
巻飾堂吉田孝賢……六九
勧進能舞台桜……三七・一二三・一八五
関東二度ノ敵討……九九
神原利兵衛……二一八
鬼一法眼虎の巻……二一八
祇園の梶……六一
菊屋七郎兵衛……二四・二一八
菊屋安兵衛……二三一
義経記……一六九
義士随筆……一〇八
其磧→江島其磧
其磧置土産……一二三・二二三
其磧諸国物語……一二三
北野心中……五一
吉文字屋市兵衛……四六・二三五

吉文字屋源十郎……二三五
吉文字屋次郎兵衛……四六・二三六・二三八
吉浅拾葉集……二一一
紀海音……三三
旧本伊勢物語……二〇一
狂歌咄……一八五
狂言記……三〇
京都書林行事上組済帳標目……九六
京都本屋組合……四一
曲亭馬琴……一九・三二
玉堂閑話……一二三
魚躍伝……一一〇
近士武道三国志……八六・一八五・二三〇
禁書目録……九六
訓蒙故事要言……一二三
寓意草……一九七
草の種……一八五
楠三代壮士……二二六
楠正成……七一
工藤祐経……三四
熊谷女編笠……二三五
栗原幸十郎……二三〇
曲輪太平記……九七
君臣図像……一八五
傾国乱髪……一八五
系図伝記歌仙金玉抄……一八五
傾城洗髪……二一九
けいせい安養世界……五二・九〇
傾城今川心中……六六
けいせい色三味線……七・八・一〇・一八・一九・二四・二六・二七・三〇・四〇・四九・五一・五三・六一・六五・六六・二三〇・二四三
けいせい請状……四六・四九・五一
けいせい哥三味線……二一
傾城買の心玉……六一・六五
契情買豹之巻……二四四
傾城伽羅三味線……六七
傾城禁短気……一一・一六・一八・一九・二五・三一・六八・七一・九〇・九三・一八五
傾城禁談義……六八
けいせいぐせいの舟……三五・三七・一一七・一二三
けいせい卵子酒……四〇
けいせい伝受紙子……三六・八三・八四・八五・八七・八九・一〇九・一一〇・一一三・二四三
けいせい盃軍談……四三・六九・七九
けいせい信太妻……五八
けいせい白山禅定……四七・四九
けいせい新色三味線……二四一
傾城銭車……四三・六二・七八
傾城播磨石……八二・九〇
傾城反魂香……六六
けいせい風流杉盃……四三・四四・六六・七四・九〇
傾城武道桜……八二
契情蓬莱山……一三一・一三三
けいせい三嶋暦……四七
傾城三つの車……八二
傾城無間鐘……三三・一一八

けいせい八咫鏡……六八
けいせい列女伝……四六
月尋堂……二九・三四・九七・九九
下六藤六踊……三〇
兼好法師物見車……八三・八四・八五・八六
賢女心化粧……二三〇
鎌倉比事……五六・一一六
元禄曾我物語……一〇五・一二〇・一八五
こあつもり……一八一
広告予告……二一四
講釈……六一
好色伊勢物語……二二六
好色一代男……七・九・一一・二六・二七・六七
好色一代女……七・五三・一三六
好色一代曾我……五三
好色貝合……二一七
好色かんたんの枕……二二五
好色五人女……八・三〇・五九・一八五・二二五
好色嶋原合戦……六三
好色十二人男……二一九
好色盛衰記……五三
好色二代男……一〇・二七・三一・五八
好色敗毒散……六六
好色ひともと薄……一五四・一八五
好色由来揃……一一三
江赤見聞記……九一・一一〇
高師直……八三・八七
興廃妹背山……二三三
高名太平記……八六・九五・九六・一〇八・一〇九
古絵本……一四七・一六九
国性爺合戦……七二
古契三娼……二〇
こゝろ葉……二三三
古今犬著聞集……二八
古今いろは評林……八一・二三七
古今百物語……二三六
古今武士鑑……二三四
古今武士形気……二三五
古今役者大全……二三八
小島市郎衛門……二三一
小島弥左衛門……二三一
御前於伽……二一九
古銭玩弄……六四
御前義経記→風流御前義経記
御前独狂言……二二七
御存商売物……三七
後醍醐天皇……七〇
碁太平記白石噺……一三三
後日まめ右衛門……一九
碁盤太平記……八三・八七・八九・九一
小間物屋彦兵衛……三九・一一四
米屋心中……五一
五郎丸……三四・九九
声色……五八・六一
魂胆色遊懐男……一六・一九・一三八

さ　行

西海奇談……二三六
西海太平記……八六・一一三
西鶴→井原西鶴
西鶴置土産……五九・一八五
西鶴織留……五三・二三一
西鶴俗つれづれ……八・三〇・一八五・二一八
斎藤作兵衛……二三四
祭礼鎧曾我……五八
坂上庄兵衛……二二七
榊山小四郎……五八
相摸守平高時入道……七〇
相摸入道千疋犬……七三
開分二女桜→北条時頼開分二女桜
桜御殿邯鄲の枕……一二〇・二三九
桜御殿五十三駅……一二〇
桜曾我……三四
桜曾我女時宗……三四
さゝいからの五郎介……六六
硝後太平記……八二・八九
指面草……五七
沢田一斎……二〇五
沢田庄左衛門……二〇一
三右衛門……二一七
三巻本……四〇
山東京伝……五七
三本木河原の心中……五二
三野色軍談……七二
思案閣女今川……三七
塩屋喜助……二三一
私可多咄……一一六
式亭三馬……一九・三八
色道懺悔男……二三一
色欲年八卦……四八
地獄楽日記……二一八
自讃歌註……一八四
自笑楽日記……一二三
子孫大黒柱……五六
下谷桂おとこ……一八五
十返舎一九……四〇・一三五
芝居一代男……七
渋川与市……二三二
祝言記……一八四
集古帖……一四七
趣向……一六・五一
出世景清……三四
出世握虎昔物語……三七
出版願書……二三六
主要板元弁別
住所記載の有無……二三三
住所記載の精粗……二三三
住所・屋号等重出……二三二・二三九
書籍目録による判定……二一八・二三一
序跋による判定……二一九
続篇の場合……二三一
堂号付加……二二四

同の字による省略（住所）……二三三
同の字による省略（姓）……二三四・二三五
排列順序……二三七・二三九
板の字の付加……二三〇
板・板行・開板の字の有無……二三五
板・板行の字を別行にする場合……二三六
板元明示の記載……二三八
本・支店関係……二一九
文字の大小……二三九・二三五
両者均衡型……二一七
正月揃……一八五
笑談医者質気……一八七・一九四・一九九
滑稽しつこなし……一四〇
小児養育質気……二三八・二三九
商人職人懐日記……一八五
正本屋九右衛門……二三八
正本屋九兵衛……四七・二三四
浄瑠璃……三四
浄瑠璃正本屋……二三
浄瑠璃本……二一六
女鏡秘伝書……一八四
諸国安見回文の絵図……一八五
諸国因果物語……二一四・二三一
諸国勇力染……一〇〇
書籍目録……二一六
序跋……二一四
白闇色ちやうちん付リ男色百草染……五六
新可笑記……二三九
新好色文枕……七二
新色五巻書……五三
心中茜の色揚……五二
心中大鑑……五二・六六・二三四
心中重井筒……六六
心中恋のかたまり……五二
心中抱牡丹……五八
心中半七三勝七年忌……五二
新撰姓氏録……二〇九
新竹斎……二一七
新町火事……七一
水府百姓一揆……八六・一〇五
姿絵百人一首……一八四
須藤権兵衛……二一九・二二七
須原屋市兵衛……二一〇
須原屋茂兵衛……五六・二三四・二三五
隅田川……七一
駿河屋五兵衛……二一八
勢語臆断……二〇八
清兵衛……二一七・二三五
赤城義臣伝……九一
赤水郷談……二一一・二一三
世間旦那気質……一八五
世間妾形気……三七
世間子息気質……三七
世間娘気質……一五・三八・一四二・二四三
世間胸算用……二三四
世間用心記……一二〇
雪有香蒐集書目……二三一

瀬戸物屋庄右衛門……二二九
銭車……六五
銭屋七郎兵衛……二一〇
銭屋庄兵衛……二三〇
銭屋善兵衛……二三六
瀬尾源兵衛……二一七
浅吉一乱記……一二三
川柳評万句合（勝句刷）……一八八・一九〇・一九三・一九四・一九八
増益書籍目録大全……二一八・二二一・二二三・二二五・二二八・二三一・二三三・二三四
宗祇諸国物語……一二三
象牙屋三郎兵衛……五六
僧正遍昭物語……一一三
蔵板目録……二二五
草木軍談賤爪木……二三四
曾我物……三四
曾我物語……一一九
続近世畸人伝……二〇七
曾根崎心中……五一
曾呂利はなし……一八五

た　行

大伽藍宝物鏡……七
大鼇……二四四
太閤記六ノ巻九州軍記……一八一
大織冠……六六
題簽……二一四
大内裏大友真鳥（浮世草子）……一七・三五
大内裏大友真鳥（浄瑠璃）……一七・三五・一九一・一九三
大仏殿堂供養……六五
大仏餅屋……一四
大平色番匠……四三・五五・七六
泰平女今川……一三
太平記……七〇・八一・八二・一一九
太平記菊水之巻……一三一
太平記さゞれ石……八三・八五
太平義臣伝……九六
太平記忠臣講釈……九一
大名重宝記……六〇
内裏造営……六一
尊氏将軍二代鑑……三五・八七
竹田出雲……三四・三五・五七
建部綾足……二〇一
武村嘉兵衛……一八七・二四〇
糺物語……一八五
多田南嶺……二五
橘屋次兵衛……五六
伊達髪五人男……四七・五四
田中庄兵衛……二一八
田中の局……一八九
玉勝間……二〇七
玉水屋八兵衛……二一八
譚海……一九七
だんじり六法……六六
丹波屋茂兵衛……二三三

丹波与作無間鐘……一二三
智恵鑑……一三六
近松平安……六九
竹斎行脚噺……二三七
千種五兵衛……二三三
千尋大和織……一二
茶傾大明神……六五
茶契福原雀……七三
忠義太平記大全……八五・九二・九四・九六・一〇八・一〇九・一一〇・一八五
忠義武道播磨石……八五・九一
忠孝永代記……五二・九〇・一一七
中将姫京雛……五八
忠臣いろは軍記……八六
忠臣金短冊（浮世草子）……三六・八八・九六
忠臣金短冊（浄瑠璃）……三六・八六・九一
忠臣略太平記……九二・九四・九六・一〇八・一〇九・一一三
忠誠後鑑録……九一・九四・一〇七・一一〇
昼夜用心記……六六
陳扮漢……二四六
通俗漢楚軍談……七二
通俗軍談……七二
通俗諸分床軍談……六五・七二
通俗巫山夢……一三九
月華通鑑……二三六
突目……一九五
つたや重三郎……二三七
津国女夫池……一一八
鶴屋喜右衛門……二三四・二三二
庭訓往来……一二五
手代袖算盤……一〇二
寺岡平右衛門……八九
儻偶用心記……二九・五二・九〇・一二〇
伝奇作書……九六
天鼓……五七
棠陰比事……三九・一一五
東海道敵討……一〇五・一二〇
東海道四谷怪談……一九四
当世商人気質……三八
当世御伽曾我……三四・一〇〇
当世乙女織……二三四
当世書生気質……三八
当世智恵鑑……八六・一〇七
当世行次第……二四五
藤内太郎……六六
当流全盛男并京土産……五六
当流曾我高名松……九九
渡世商軍談……七二
富川房信……一二五

な　行

内侍所……二九・九四・一〇六・一〇八
永田長兵衛……二三七
中村明石清三郎……一六九
中村七三郎……五七
中村四郎五郎……六〇
中村伝九郎……一五〇

名残の盃……六六
難波鉦……二七
銘酊気質……三八
並木宗輔……三四・三五・三六
成出権兵衛……二三
男色大鑑……一四三・二三三
南都十三鐘……八八
西川祐信……二四・四〇
錦文流……二三四
西沢一風……二四・五二
西田屋利兵衛……二三一・二三七・二四〇
西村市郎右衛門……二三二・二三五・二三七・二三八・二三四
西村源六……二二八
西村唄風（梅風軒）……二三四・二三五
西村半兵衛……二三五・二三七
西山物語……二〇四・二一〇
日光邯鄲枕……三六
日本永代蔵……六六・一八五・二三五
日本契情始（浮世草子）……三五・三八・八七・九三・二二六
日本けいせいの始り（歌舞伎）……三八
日本傾城始（浄瑠璃）……三八
日本新永代蔵……二二九
日本八葉峰……四七・四九
日本霊場順礼始……三九
女房気質異赤縄……三八
濡燕子宿傘……三七
野田藤八……二三一・二三三
野田弥兵衛……二三三
野村増右衛門……一〇六

は　行

誹諧替狂言……一九六
八文字其笑……二五
八文字自笑（初代）……二三・二五
八文字自笑（三代）……二五・一二五
八文字瑞笑（白露・二代自笑）……二五・一二五
八文字屋八左衛門……二三・二二六・二三一・二三七・二三八
八文字屋本……二三
花屋久治郎……一八七
林伊兵衛……一八七・二三九
林九兵衛……二三三
早野勘平……九一
播磨椙原……一〇六・一一〇
板木総目録株帳（寛政二）……二四五
板木総目録株帳（文化九）……二四五
板木屋治郎右衛門……二三四
菱屋治兵衛……二二〇・二二一・二三〇
菱屋孫兵衛……二三七・二四〇
人見利兵衛……七〇
ひとりね……一八・三一
百安楚飛……一八九
百人一句……一八四
百人一首像讃抄……一八四
評判太平記……八八
平野心中……五一
風俗絵本……四〇

風流東鑑……三四・一〇〇
風流行脚噺……一三八・二四〇
風流宇治頼政……二二六
風流勧進能……二三〇
風流曲三味線……一三・一八・一九・三一・五一・五四・五七・五八・六一・六六・六七・七一・一二三
風流けいせい口舌箱……四五・五三
風流源氏物語……二二九
風流好色十二段……二二〇
風流御前義経記……四九・一八五
風流西海硯……二四四
風流三国志……六六・六八・七二
風流酒吸石亀……二二五
風流殺生石……二三八
風流茶人気質……二三三・二三五
風流庭訓往来……二二四・二二五
風流東海硯……二四四
風流伽三味線……二二
風流七小町……九〇
深江屋太郎兵衛……二三三
福徳過報噺……二二七
福引閏正月……八二
福森兵左衛門……二三三
武家義理物語……二八・一一三
武家不断枕……一〇六
藤川武左衛門……五八
富士太鼓……一三一
伏見屋藤右衛門……二三三
藤村半太夫……五八
武将花押集……四二
舞台三津扇……三八・四一
仏説十王経……一八四
武道穐寝覚……一〇六
武道三国志……二三一
武道伝来記……五三・一四三
懐硯……五九・一一六・一三三・一四三
武遊双級巴……一二三
文台屋太兵衛……二二〇
平治物語……一八四
宝永通宝……六四
北条時頼記……三五・八八・一一七
北条時頼開分二女桜……三五・三九・一一三
卜養狂歌集……一八四
本田次兵衛……二一七
本朝桜陰比事……一八五・二二六
本朝会稽山……一八五
本朝三筆伝授鑑……二三七
本朝諸士百家記……二二四
本朝二十不孝……一四三・二三三
本朝浜千鳥……五二・九〇・一一六
本朝列仙伝……二二八
本屋宇兵衛……二三五
本屋三郎兵衛……二二〇
本屋藤九郎……二三三
本屋六兵衛……二三四

ま　行

前川六左衛門……二二五・二三一・二三九・二四〇
増田円水……五四
升屋五郎右衛門……二一九
升屋大蔵……二五
升屋彦太郎……二三七・二三八・二三九
松伐り……九九
松葉屋平左衛門……二三三
松本重巻……五八
松本治太夫……七
真名伊勢物語……二〇一
豆右衛門後日女男色遊……一六・一九・一三八
豆男物……一九
豆女物……一九
万年草朝露……二二五
見返……二二五
三河屋利兵衛……二一〇
耳嚢……一三〇・一四〇
都鳥妻恋笛……二三八
都の錦……一〇六
京ひながた……七
美夜古物語……一四七
宮戸川物語……一八五
妙海語……一〇九
妙海語評……一〇九
昔敵討実録……一二〇
百足屋治良兵衛……二三五
武玉川……一九五
村上喜剣……一一
村山四郎次……一五〇
名医戯笑噺→笑談医者質気
名女情比……二三七
目へ乳をさす……一九五
物部守屋錦輦……一二三
毛利田庄太郎……二三三・二三五・二三五
諸鞚奥州黒……一八五

や　行

八尾甚左衛門……二一八
役者色仕組……二三六
役者鮪振舞……二三六
役者噂風呂……二三六
役者口三味線……七・一六・四〇・五四
役者謀火燵……八七
役者稽古三味線……六八
役者御前歌舞妓……四七・四八
役者座振舞……三四
役者三蓋笠……二三六
役者三世相……五九
役者職敵……一八五
役者せりふ集……一八五
役者胎内捜……六八
役者春空酒……二三六
役者友吟味……五八・六〇
役者二挺三味線……五八

役者箱伝受……九九
役者百人一衆化粧鏡……二三一
役者評判記……七・二四・三八
役者万年暦……七
役者美野雀……二三三
役者若咲酒……二三六
野傾今様梓弓……六七
野傾髪透油……四〇
野傾禁談義……六六・六八
野傾旅葛籠……一九・二一
安井嘉兵衛……二三三
柳沢淇園……一八・三一
柳沢騒動……三六・一〇五・一二〇
柳多留初篇……一八七
野白内鉦鑑……一一・一二・一九・三七・五二・六八・九〇・一二二・一三六
山県大弐……一三三
山口権兵衛……二三五
山崎金兵衛……二三三
山崎屋市兵衛……二三三
山路の露……二三三
倭歌小野五文字……一八五
倭織錦船幕……一八五
大和屋善七……二三七・二三九
大和山甚左衛門……三八
山中平九郎……一五一
山本九右衛門……二一六
山本忠蔵……二四五
山本飛驒掾……五七
山本弥三郎……五七
山本六兵衛……二三〇
ゆいせき諍……一八四
遊色控柱……二一九
遊女懐中洗濯……四〇・六七・六八
遊婦多数寄……一八七・一九四
遊里様太鼓……二一八
雪女五枚羽子板……六六
弓張月曙桜……一二三
百合若大臣→一張弓勢三韓退治百合若大臣
万木治兵衛……二一八
用明天皇職人鑑……五七
吉野屋八郎兵衛……二三〇
吉原恋の道引……一八四
淀屋一件……六〇
世の是沙汰……二一七
頼朝三代鎌倉記……三四・三六・一〇五・一一八
万の文反古……一四三・二三一
万屋清兵衛……二二五・二二六・二二九・二三一・二三三・二三四
万屋仁兵衛……二三〇
万屋彦太郎……二三二・二三四・二三五

ら　行

柳子軒松根……六二
療治場……一八七・一九三
六人僧……一四〇

わ　行

若後家卯の花重……………………………三
若衆……………………………………一八四
和国百女………………………………一八四
割印帳…一八七・二三三・二二六・二三〇・二三一・二三三・二三六・
二三八・二四〇
椀久一世の物語……………………………二〇

長谷川　強（はせがわ　つよし）

〈現住所〉
〒330-0834
さいたま市大宮区天沼町2-507-5

近世文学考

二〇〇七年六月　発行

著　者　長谷川　強
発行者　石　坂　叡　志
整版印刷　富士リプロ

発行所　汲　古　書　院
〒102-0072 東京都千代田区飯田橋二-五-四
電　話　〇三（三二六五）九七六四
FAX　〇三（三二二二）一八四五

ISBN978 - 4 - 7629 - 3562 - 6　C3093

KYUKO-SHOIN, Co., Ltd. Tokyo.